UNIVERSALE
ECONOMICA
FELTRINELLI

CATERINA SOFFICI
Nessuno può fermarmi

© Giangiacomo Feltrinelli Editore Milano
Published by arrangement with The Italian Literary Agency
Prima edizione ne "I Narratori" marzo 2017
Prima edizione nell'"Universale Economica" maggio 2019

Stampa Nuovo Istituto Italiano d'Arti Grafiche - BG

ISBN 978-88-07-89242-4

www.feltrinellieditore.it
Libri in uscita, interviste, reading,
commenti e percorsi di lettura.
Aggiornamenti quotidiani

razzismobruttastoria.net

A Ico

Il mare era fiorito di cadaveri.

ESCHILO

Siamo sempre lo straniero di qualcun altro.

TAHAR BEN JELLOUN

La vita mi sembra troppo breve per trascorrerla coltivando risentimenti e prendendo nota dei torti subiti. In questo mondo siamo tutti, e non possiamo non esserlo, carichi di colpe.

CHARLOTTE BRONTË, *Jane Eyre*

La nave continua a inclinarsi.

Devo trovare un punto per scendere. La prua si alza sempre più. Da quest'altezza è come lanciarsi dal quarto piano.

Una delle lance di salvataggio si incaglia mentre la calano. Rimane appesa per una carrucola, ha un sussulto e si ribalta. Una ventina di uomini vengono catapultati in acqua. Volano in mare a gambe all'aria. Poi, con un violento sobbalzo, la scialuppa si sgancia dall'argano e precipita in mare di prua, travolgendo chi è già finito in acqua. Molti spariscono tra le onde, la testa e le ossa spaccate dall'impatto, già cadaveri prima di venire risucchiati dall'abisso.

Altri annaspano. Gridano. Ma nessuno può andare in loro soccorso. Boccheggiano, trascinati verso il fondo, in un ribollire di acqua e nafta.

Le lance di salvataggio, già stracariche, si allontanano veloci a colpi di remo. Sento le grida degli ufficiali. "Andatevene! Non c'è più posto! Ci ribaltiamo!" Scacciano chi prova ad avvicinarsi dibattendosi nell'acqua. Alcune lance sono talmente piene che un solo uomo in più le farebbe affondare.

A quel punto la nave dà uno scossone e si impenna bruscamente. La botta è tale che uno dei due cannoni sul ponte si stacca e inizia a scivolare verso poppa.

E lì ho visto cosa è l'inferno. Neppure durante la ritirata sulla spiaggia di Dunquerke fu tanto l'orrore.

Nella sua corsa folle verso il vuoto, il cannone si tira dietro il filo spinato. E nel filo spinato gli uomini, uno dopo l'altro, *vengono uncinati e ingabbiati senza alcuna possibilità di liberarsi. Ammutoliti dalla violenza rapinosa di quella rete di spine, travolti e intrappolati, si divincolano come triglie, le facce bianche, impietrite, e il terrore negli occhi sbarrati.*

Provano infine a gridare, con le mani protese in cerca di un appiglio. Non riesco a distinguere le parole. Ma forse non sono neppure parole, piuttosto suoni indistinti e gutturali, lamenti primordiali, come il grugnito della belva che li sta ingoiando.

Scivolano, a qualche metro da me, verso la fine.

Il cannone e il suo grumo umano precipitano in acqua con un volo di alcune decine di metri e toccano l'oceano con un tonfo sordo. Li vedo inabissarsi, con le braccia tese verso l'alto in un gorgogliare di schiuma e in un turbinio indistinto di carne, tonnara di uomini e fil di ferro.

1.

"Pronto, mi sente?"

Lo sento benissimo. Il problema è che non riesco a parlare.

Mi ronza la testa e ho la sensazione che il sangue se ne stia andando dal cervello. Mi siedo sullo sgabello ricoperto di velluto rosso.

Era rosso, almeno. Dovrei farlo rivestire. Ci penso sempre quando vado a rispondere al telefono e mi casca l'occhio sul bordo, così liso che ormai mostra la trama della tela.

Ogni volta lo scrivo su un foglietto: *tappezziere*. E poi perdo il foglietto. O chissà dove lo infilo. Comunque il tappezziere non è mai venuto, questo è sicuro. Quindi presumo di non averlo mai chiamato.

Guardo la mia immagine nello specchio dell'ingresso e vedo una vecchia signora con la cornetta in mano. Sono proprio io, Florence Willis, nella penombra di questa torrida giornata di luglio, con una mosca che continua a sbattere contro lo specchio intuendo una via di fuga riflessa. Tengo le tapparelle abbassate per lasciare fuori l'afa. Già a metà mattina i vestiti si appiccicano al corpo e ti entra quel torpore delle giornate d'estate, quando si aspetta solo il calare del sole e il primo refolo d'aria portato dall'imbrunire.

Tutto si muove al rallentatore, oggi, anche il mio cervello non riesce a funzionare più veloce. E dall'altra parte quella voce.

Bartolomeo Berni? Com'è possibile?

Sono le dieci e mezzo. Questo lo so perfettamente. Quando è squillato il telefono stavo per scendere a portare fuori la spazzatura e poi sarei uscita per la mia camminata. Dice il dottore che devo camminare almeno quarantacinque minuti al giorno.

E io cammino. Esco e cammino, anche se non so bene dove andare.

Mi avvio senza una destinazione precisa. Ogni giorno credo di cambiare itinerario, ma poi finisco per passare sempre dalle stesse strade. Quando c'è il mercato almeno ho una meta, arrivo fino alla piazza e giro tra i banchetti. Mi diverte guardare la merce, sentire le voci della gente.

Camminare non mi dispiace. È questa storia dei quarantacinque minuti che mi infastidisce. Perché sono una persona meticolosa, e se uno mi dice quarantacinque se poi ne camminassi solo quaranta, per dire, mi sentirei in colpa.

Insomma, alle dieci e mezzo porto giù la spazzatura. Non che faccia mai niente di particolare, la mattina. E neanche il pomeriggio o la sera, per la verità. Ma certe piccole cose le faccio sempre alla stessa ora. Non c'è un motivo, è che mi sono abituata così. La mia vita è fatta di piccole abitudini. Ve ne dico una? Non posso iniziare la giornata se prima non ho rifatto il letto. È da quando sono bambina che seguo questo rito. Rifare il letto è rimettere le cose al loro posto. Anche voi avete le vostre manie, solo che non ci fate caso perché siete sempre di corsa. Io invece ci penso spesso, perché vivo sola, e quando si è soli si ha molto tempo libero e si pensa tanto. Si pensa un po' a tutto. Certe volte mi siedo in poltrona e provo a leggere. E subito mi trovo a seguire altri pensieri. Le righe si accavallano, leggo paragrafi interi senza capire cosa sto leggendo, perché nel frattempo la mia mente è già altrove. Allora torno indietro e rileggo. Leggo, mi perdo e rileggo. Talvolta mi appisolo.

Ma sto divagando, come sempre. Insomma, sono le dieci e mezzo e il mio nuovo telefono squilla con insistenza. Non come quando chiamano per le promozioni, che buttano giù senza darti neppure il tempo di rispondere.

Questa mattina di luglio è diverso, non vuole smettere.

"Pronto?"

Arrivo un po' in affanno, perché questa nuova cornetta portatile mi fa impazzire. Non è mai dove dovrebbe essere. Non sapete quanto preferivo il mio vecchio telefono grigio della Sip, quello con la rotella, appeso alla parete nel corridoio. Ora ho questa specie di astronave che quando suona lancia bagliori blu elettrico, come il lampeggiante di un'ambulanza. "Modello Rocket, nero, con tastiera retroilluminata. Dia retta a me, è un vero affare," ha detto il commesso, "il miglior rapporto qualità prezzo sul mercato. Può memorizzare i dieci numeri che chiama più di frequente."

Non so per quale motivo mi sono fatta convincere. Forse non volevo deluderlo, poveretto. Non sono mai stata brava a dire no. Non ho nessun numero da memorizzare e non chiamo di frequente. Anzi, diciamolo, non telefono mai a nessuno.

"Pronto? Parlo con la signora Willis?... Sono Bartolomeo Berni."

Devo resistere all'impulso di riattaccare. Non ci posso credere. Bartolomeo Berni? Se è uno scherzo, è di pessimo gusto. Ma non può essere uno scherzo. Dev'esserci un'altra spiegazione.

Sono impazzita. Ecco cos'è. Sto diventando matta, chiaro. Arteriosclerosi, Alzheimer, niente è da escludere. Quando la mia mente vaga, ogni tanto arriva anche il pensiero terribile di non esserci più con la testa. Una volta questa cornetta portatile squillava e non capivo da dove venisse il trillo ovattato. L'ho cercata ovunque ed era nello sportello del frigo, dove stanno le bottiglie. Capite? Faccio cose del genere.

Alla mia età succede. Ho visto tanti amici finire così. Loro erano lì e la loro testa non c'era più, fluttuava in un mondo dove noi non potevamo più entrare.

Sta succedendo anche a me, penso. No, forse sto solo sognando. Mi sono appisolata e sono ancora in quel dormiveglia dove il reale e il fantastico si rincorrono. Quella terra di mezzo dove sogni, ricordi, realtà, fantasia si mischiano in una specie di nebbia.

La solitudine fa brutti scherzi. Passo intere giornate da sola. Credevo di essermi abituata alla solitudine. Ma non ci si abitua mai davvero. Ve l'ho detto, si pensa troppo quando si è soli tutto il giorno.

Oggi non c'è il mercato. Se voglio scambiare due parole potrei andare a comprare un po' di frutta. Potrei scendere da Vinicio: "Belle quelle pesche", "Assaggi le susine", "Vorrei un quarto di anguria", "Le faccio portare su il sacchetto dal ragazzo", "Fa caldo oggi, speriamo piova". Tutto qui. Fine della chiacchierata. Spesso le mie conversazioni sono soltanto queste, sul cibo e sul tempo. I miei interlocutori sono Vinicio, il garzone, la barista, il giornalaio.

Non che mi lamenti, per carità. C'è chi sta peggio. Ma, come dicevo, alla solitudine non ci si abitua mai davvero.

"Pronto?... Signora Willis? È ancora lì?"

Continuo a tenere il telefono in mano, senza dire una parola. Mi guardo nello specchio e guardo la mia nuvola di capelli bianchi. L'ultima volta che ho visto Bartolomeo Berni ero così giovane.

Il povero, caro Bart. Eravamo tutti così giovani.

Io ho sempre dimostrato meno dei miei anni, ma allora sembravo davvero una ragazzina. Avevo la pelle chiarissima, levigata e fine come la porcellana, gli occhi color azzurro del cielo e i capelli così biondi che quando hanno iniziato a diventare bianchi non me ne sono quasi accorta. Li portavo lunghissimi, allora. Poi, durante i bombardamenti su Londra, li ho tagliati e ho sentito che un pezzo di giovinezza se ne andava via con loro. Era l'autunno del 1940, questo lo ricordo bene. Quanto tempo è passato? Chi lo sa. Siamo nel 2001. Più di sessant'anni. Mamma mia, una vita fa.

"Pronto, signora? Scusi, sono Bartolomeo Berni. Se l'ho disturbata richiamo in un altro momento."

"No no, non mi ha disturbato," riesco a dire.

Non voglio affatto che richiami. Voglio sapere a chi appartiene questa voce.

"Credo che lei abbia conosciuto mio nonno. Durante la guerra, a Londra."

Certo che l'ho conosciuto suo nonno Bartolomeo. E anche sua nonna, la mia amica Angela. La chiamavano Lina. Si chiamavano tutti con un diminutivo, nel Quartiere. Per noi inglesi era Little Italy. Per gli italiani era semplicemente The Hill. E "down The Hill", come dicevano, non usavano nomi: solo diminutivi. Bart e Lina. Mickey e Flo, che eravamo Michele e io. Da quando bazzicavo The Hill ero diventata Flo. Avevo capito di essere una di famiglia quando avevano cominciato a chiamarmi con quelle tre lettere, Flo. "Ciao Flo." "Ciao" era stata la prima parola che avevo imparato. L'italiano mi piaceva. Una lingua così morbida e musicale. Dentro il Quartiere parlavano tutti italiano. Ho conosciuto vecchie che non hanno mai imparato una parola d'inglese. Non ne avevano mai avuto bisogno, ci pensavano i loro uomini a uscire dal Quartiere. Io invece l'italiano l'avevo imparato subito. "Ti amo" era stata la prima frase.

Rimetto il telefono al suo posto. E rimango a fissare il vuoto.

Chissà perché vuol sapere di suo nonno. A chi importa ormai di quella vecchia storia? Tutti hanno sempre voluto dimenticare, lui adesso vuole ricordare.

Dice che ha trovato una strana lettera nelle carte della nonna e che forse io posso aiutarlo. Non capisce. Credeva che il nonno fosse morto al fronte. Invece pare di no. "Perché era su quella nave?" ha chiesto.

Bella domanda. Nessuno l'ha mai capito. Sono state fatte tante ipotesi e ho sentito dire tante di quelle stupidaggini su questa vicenda. Assurdità, congetture fantasiose, storie di spie. Tutte insensatezze. Nessuno ha mai dato una spiegazione ufficiale, comunque.

Mi ha chiesto se può venire a trovarmi. Potevo dirgli di no? Sì, ovvio che avrei potuto. Anzi, forse avrei dovuto. Certe cose sarebbe meglio lasciarle dove stanno, ben sigillate nelle stanze della memoria di chi le ha vissute e senza riaprire più quelle porte. Non si sa mai cosa ne esce, quando uno va a stuzzicare i vecchi lucchetti arrugginiti.

Invece gli ho detto di sì.

"Vieni quando vuoi."

"Allora se non le dispiace potrei venire domani, sono di passaggio a Milano."

Sembra gentile, al telefono. Sono curiosa di vederlo. Chissà se gli assomiglia.

Scrivo *tappezziere* su un foglietto e lo infilo nella cornice dello specchio. Lo chiamerò dopo. E poi scrivo *parrucchiere* su un altro foglietto. Sennò lo dimentico. Però lui è meglio se lo chiamo subito, penso. Quando viene il ragazzo voglio essere in ordine.

La mia vita è piena di foglietti. Brutta bestia, la memoria. Quando ti serve, non si fa trovare. Quando la vorresti lasciare riposare nel suo antro, si sveglia d'improvviso, arriva al galoppo e travolge tutto. Strano come alla nostra età più le cose si allontanano, più diventano nitide. Chissà com'è il nipote di Bartolomeo. Quando mi sono fidanzata con Michele, quei due erano come fratelli. Tutta la famiglia Berni mi trattava come una figlia.

E quelli sono stati anni indimenticabili, nonostante tutto.

Da Vinicio scendo dopo. Ora fa troppo caldo e mi piace indugiare qui, nella penombra della cucina, con le tapparelle abbassate e la luce che filtra a lame. Mi siedo al tavolo e finisco il caffè rimasto a freddare nella tazzina. È piacevole stare appoggiati al piano di marmo, rinfresca anche lo spirito.

È bastata quella telefonata per riportarmi lì, in Warner Street.

Mi pare di vederli, Michele, Bart e gli altri. Tornavano

coperti di fango o di polvere, a seconda della stagione. Si sentiva il vocio venire su da Mount Pleasant, quando rientravano nel quartiere a gruppetti. La gente sull'uscio delle botteghe li guardava passare e anche i più distratti sapevano che era mercoledì.

Arrivavano sotto il ponte della ferrovia e svoltavano in Warner Street.

"Ehi Bart, com'è andata?"

"Li abbiamo fatti neri."

Ma non era mica vero. Anzi, di solito le prendevano, in quelle sfide del mercoledì. Gli inglesi erano imbattibili a cricket, ma anche a calcio erano ossi duri. Giocavano in un campo ricavato tra i magazzini dietro Farringdon Road, giù verso i binari della ferrovia. Nel gruppo c'era anche Joseph, il giovane poliziotto di quartiere. Era entrato in servizio nella stazione della Metropolitan Police a Holborn. Faceva di tutto per essere presente, ma non sempre riusciva a scegliere il turno giusto e spesso arrivava solo a fine partita, in tempo per la birra. Erano cresciuti tutti insieme. La madre di Joseph era irlandese e lo portava alla chiesa di St Peter, lì a Clerkenwell. Lui e Bart avevano fatto i chierichetti. Mentre quel Luigi non mi piaceva. C'era qualcosa che non mi convinceva. Troppo ossequioso. Era falso. Io le persone le capisco, perché ho una specie di sesto senso. E quello proprio non mi piaceva. Faceva l'amico di tutti, ma era un modo per mascherare l'aria altezzosa e la sottile soddisfazione di sentirsi un gradino sopra gli altri. Solo perché era diventato aiutomaître al Savoy e guadagnava bene.

Secondo Michele, suo padre era ammanicato con l'ambasciata. "C'ha dei santi in paradiso," diceva.

Non capivo questa storia dei santi. Anche alla chiesa di St Peter era pieno di santi. Le prime volte che ero entrata ero rimasta affascinata dalla devozione con cui i fedeli curavano le statue dei loro protettori. Era una devozione su base regionale. Santa Rita, san Gennaro, santa Lucia, san Francesco di Paola, santa Trofimena, protettrice della città di Minori. Svettavano nelle navate laterali della chiesa come vessilli delle diverse regioni d'Italia e sotto ogni piedistallo c'era una distesa di candele sempre accese.

Michele rideva e mi spiegava i modi di dire italiani: i santi il padre di Luigi non ce li aveva in paradiso, ma in un posto molto più terreno. Rideva. Voleva dire che aveva agganci in alto, gente potente, qualcuno legato alla politica. Gente che lo proteggeva e lo aiutava, insomma.

Bart diceva che Michele era proprio uno scarpone a calcio. Così avevano cominciato a metterlo in porta fin da quando era arrivato. Aveva sedici anni e frequentavano insieme la scuola serale di St Peter. Ma lui non se la prendeva. Anzi, aveva trasformato una debolezza nella sua forza. Era diventato il portiere più richiesto di Little Italy.

Io lo amavo proprio per questo. Perché era nato ottimista e perché dove gli altri vedevano problemi, lui vedeva possibilità. Il suo bicchiere era sempre mezzo pieno. Anche dopo, quando la situazione stava precipitando, aveva sempre conservato la fiducia.

"In qualche modo ce la caveremo, non ti preoccupare," ripeteva.

Era un uomo buono e non perdeva mai il sorriso e la voglia di fare una battuta. Era molto più alto di me e io dovevo essere un po' ridicola accanto a lui, piccola e minuta come sono. Quando mi abbracciava sentivo l'odore del tabacco e del sudore e lasciavo andare la testa sul suo petto, come se davvero fosse un grande porto dove le burrasche non potevano entrare.

Magari. Nessuno sarebbe stato in grado di proteggerci dalla tempesta in arrivo. Ma lui sorrideva, diceva che andava tutto bene e che bisognava stare allegri.

Non si poteva non credergli. "Cuor contento il ciel l'aiuta," diceva. Questo lo capivo anche da sola. È un modo di dire italiano che mi è sempre piaciuto. È così vero. E Michele era fatto proprio così. Un cuor contento.

L'avevo intuito subito, dalla prima volta che l'avevo visto, lì all'Ivy, il ristorante dove lavorava in Litchfield Street, a due passi da Leicester Square. Mi aveva fermato sulla porta con l'approccio più banale: "Bella giornata, eh?". Devi proprio essere un povero sciocco o un temerario entusiasta per usare una frase così. Eppure lui l'aveva fatto.

"Bellissima," gli avevo risposto io. E lo avevo guardato fisso negli occhi. A ripensarci, anch'io dovevo essere abbastanza temeraria.

Lui mi aveva sorriso e aveva buttato per terra la sigaretta, spegnendola sotto il tacco.

"Non ti avevo mai visto. Capiti spesso da queste parti?"

"Dipende. Il mio capo viene a mangiare qui."

Aveva gli occhi nerissimi. E i capelli scuri, ricci e morbidi come il manto di un vitello. Aveva le spalle grandi e larghe. E avevo notato subito gli avambracci. Indossava la camicia bianca da cameriere con le maniche arrotolate e non riuscivo a distogliere lo sguardo. Se questo si può chiamare amore a prima vista, allora mi ero innamorata a prima vista dei suoi avambracci.

"Scusa, ora devo andare," aveva detto. Lasciandomi lì, sulla porta, nel mio tailleur grigio scuro e le scarpe di cuoio nero che mi facevano male. Per il nuovo lavoro mi ero comprata delle calze e due camicette di seta, una a piccoli pois blu e una con delle farfalle azzurre. Ero stata la prima del corso di dattilografia e avevo avuto il posto all'Home Office senza difficoltà. Mi ricordo come una brava scolara, disciplinata. L'anno della maturità avevo addirittura vinto il gagliardetto da Head Girl.

Quel giorno indossavo le farfalle. Lo ricordo perfettamente.

"Anch'io sono di fretta," avevo avuto la prontezza di rispondere. E mi ero infilata veloce nel ristorante, cercando nella penombra il tavolo dove il mio capo sedeva con il primo ministro Chamberlain. Il locale era di lusso, con posate d'argento pesante, bicchieri di cristallo e su ogni tavolo una tovaglia candida inamidata e un vasetto di porcellana con un'orchidea bianca. Erano divisi da piccoli séparé di legno dove erano attaccati lumi a forma di globo accesi anche di giorno, che diffondevano una luce discreta. Tutto aveva un'aria molto intima e riservata. Il proprietario era un italiano, e anche in sala e nelle cucine lavoravano italiani. C'era un gran giro di italiani, all'Ivy Restaurant.

Era il primo giorno che andavo all'Ivy a portare un dossier urgente. Doveva essere vistato e riportato subito a Whitehall. Certe pratiche non si potevano affidare a un fattorino. Prima di lasciare il locale ero riuscita a girarmi fingendo di raccogliere la penna, e l'avevo intravisto.

Era in piedi accanto allo scaffale dei vini. Sapevo che non mi aveva perso di vista un minuto. Era il giugno del 1938. Avevo ventitré anni, lavoravo nella segreteria del ministero degli Interni, guadagnavo due sterline a settimana, un'enormità per quei tempi. Me ne andai a casa con la leggerezza nel cuore e la certezza che avrei rivisto quel giovane italiano.

Lina l'avevo conosciuta alla festa di Little Italy, il giorno della processione della Madonna del Carmelo. Era stato una domenica di luglio.

"Sei libera domenica?" mi aveva chiesto Michele con semplicità, prendendomi alla sprovvista un giorno che stavo uscendo dall'Ivy con uno dei miei fascicoli sotto il braccio. Ero sempre io a portare i documenti importanti al tavolo del ministro. Dall'Home Office ci arrivavo in un quarto d'ora, a piedi.

Ero la più giovane, per questo mi mandavano. Camminavo svelta e le altre avevano sempre una scusa o un acciacco.

Tirava un gran vento e nuvoloni bianchi gonfi di pioggia correvano veloci nel cielo estivo, coprendo e scoprendo il sole che, quando riappariva, chiazzava la strada di luce e ombra.

La luce di Londra d'estate. Non avete idea di com'è diversa da quella che ho trovato in Italia.

Mi si era affiancato e aveva chiesto: "Ti posso accompagnare?" quando già aveva cominciato a camminarmi accanto.

"Ma tu non devi lavorare, adesso?" gli avevo risposto.

"Ho cambiato turno, riesco a stare fuori mezz'ora."

Fino ad allora non eravamo mai andati oltre uno scambio di battute e incroci di sguardi. Ora invece la situazione si era ribaltata. Non mi guardava affatto, ma mi inondava di parole.

"Se sei libera, ti porto alla festa del Quartiere italiano. Non puoi perderla..."

Io ero rimasta in silenzio, non mi aspettavo una proposta così diretta. Noi inglesi siamo molto più complicati, in queste faccende.

Con una mano mi tenevo il cappello sulla testa.

"Aria di burrasca," aveva detto guardando in alto. "Quando a luglio si mette a piovere, non la smette più. Ma vedrai che domenica ci sarà il sole. E per questo tu devi venire."

Che c'entrava il sole? In caso di pioggia forse l'invito non sarebbe stato più valido?

Ma girava sempre le cose in maniera che era impossibile resistergli.

"Vedremo," gli avevo detto. E con un cenno della mano mi ero avviata verso l'ufficio.

"A Holborn," mi aveva gridato dietro. "Alle undici."

Ero andata. Era lì ad aspettarmi, fuori dalla stazione della metropolitana di Holborn. E c'era il sole.

"Ero sicuro che saresti venuta," aveva sorriso.

Che arrogante, pensai.

"Andiamo," disse.

Mi aveva portato nel Quartiere. Non avevo mai varcato il confine di Little Italy. Ero rimasta senza parole. Neanche alle parate di re Giorgio c'era tanta folla, così eccitata e allegra.

Le vie erano un carnevale di addobbi e lampadine colorate. Festoni di palloncini attraversavano le strade da parte a parte, bandierine e ghirlande di fiori erano appese alle finestre e ai lampioni di ferro battuto. Si riusciva a malapena a camminare lungo Clerkenwell Road, Farringdon Road e Leather Lane da quanta gente c'era.

Musica e canti accompagnavano la festa. Tutti erano in attesa che da Back Hill spuntassero i carri con le statue dei santi e le scene bibliche. Ad aprire la processione era la statua della Madonna del Carmelo, con il Bambino in braccio, in abito rosso, velo bianco e una corona di stelle d'oro. Dondolava avanzando nella folla, portata a braccia dai parrocchiani su un piedistallo, anch'esso dorato. Davanti a tutti camminava il priore della chiesa di St Peter insieme a uno stuolo di chierichetti vestiti di bianco, con i ricami e il bordo di trina. Portavano le candele e il più grande agitava il turibolo dell'incenso.

La banda suonava. A un certo punto erano state aperte le gabbie e due coppie di colombe bianche si erano alzate in volo. Il cielo era azzurro, senza una nuvola.

Michele aveva avuto ragione.

In una calda e bellissima giornata d'estate, così rara da noi, avevo fatto conoscenza con il genio italico e la sua creatività.

"È uno spettacolo, no? Che ti avevo detto?" Michele era entusiasta. "Quello è sant'Antonio. È il patrono di Padova. Ogni città ne ha uno." Le statue, montate su portantine, avanzavano sulle teste della folla, ondeggiando come se stessero per cadere. "Questa processione si fa tutti gli anni dal 1883, ci pensi? Cinquantacinque anni... solo durante la guerra è stata sospesa."

Come in ogni festa italiana, c'era anche tantissimo cibo. Carretti di legno dipinto vendevano vino, lupini, bomboloni, croccanti di pinoli, panini speziati, focaccia, gelati.

Di fronte a una bancarella di confetti e croccanti di mandorle avevamo incontrato Lina e Bart.

Michele aveva fatto le presentazioni.

"Lei è Florence. E loro sono Angela e Bartolomeo."

Credo sia stata l'unica volta che ho sentito i loro nomi veri, per intero.

"La famosa Florence... finalmente!"

Sapevano già di me. Chissà cosa gli aveva raccontato... Era sicuro che sarei venuta, avevo pensato.

Avevano appena comprato un cartoccio di dolcetti rotondi.

Lina l'aveva allungato verso di me: "Vuoi assaggiare?".

Avevo assaggiato e avevo adorato quei biscotti, croccanti all'esterno e con un cuore tenero e zuccheroso.

"Si chiama pasta di mandorle," aveva detto semplicemente Lina.

Sgomitando per farci largo tra la folla eravamo andati, tutti e quattro, verso un angolo dove gli uomini giocavano alla morra. Michele e Bart si erano uniti a loro, curvi su un tavolino dove si scommetteva.

Lina e io ci eravamo lasciate portare dalla corrente verso le bancarelle.

Di lei, in casa Berni dicevano che aveva un cattivo carattere.

Capisco cosa volevano dire, ma con me è sempre stata diversa. Aveva un modo di fare diretto, senza tanti giri di parole. A qualcuno sembrava dura. Ma non lo era affatto. Ci eravamo subito piaciute. Dicevano che era scontrosa e che non dava confidenza. Con me era stata subito cordiale.

Quel giorno mi aveva portato nelle strade del Quartiere italiano e mi guidava in luoghi mai visti. Io, inglese, straniera nella mia stessa città. Nella città dov'ero nata e cresciuta. Avevamo guardato vetrine e bancarelle. Avevamo provato cappelli.

Avevamo mangiato il gelato di crema e limone, in una cialda arrotolata di fronte a noi, ancora calda, da un vecchio con le dita magre, lunghe e rosse come zampe di gallina. Prendeva la pasta bollente e la girava sopra la forma per creare il cono come se le sue mani fossero insensibili al fuoco.

Le dita del vecchio... Che testa matta che ho... Ricordo cose strane.

Ero diventata molto amica di Lina. Me le aveva insegnate lei le prime parole in italiano. Ed era lei che traduceva quando Dante e Margherita, senza rendersene conto, si rivolgevano a me nella loro lingua.

"È un fatto positivo. Significa che ti considerano di famiglia," mi rassicurava.

Era stata la mia guida e la mia complice.

Un mercoledì, con Lina eravamo andate a guardare una partita di calcio di nascosto. Avevamo tagliato per un vicolo, tra cassette sfondate e pozzanghere di acqua marcia. C'era puzza di verdura fradicia e di urina. Un gatto randagio era emerso da sotto un cumulo di immondizia e ci era sfrecciato davanti soffiando e lanciando un'occhiata carica di sfida e terrore.

Ci sentivamo eroiche. Li avevamo intravisti sbirciando tra le assi, perché non volevano fidanzate tra i piedi. Più che un campo da calcio era uno spiazzo di terra battuta, con qualche ciuffo di erba ai lati. Una nuvola di polvere, una porta disegnata con la vernice bianca sul muro di mattoni rossi e l'altra ricavata con tre pali con su stampato in nero NORTHERN RAILWAYS, presi chissà dove.

Avevamo aspettato il momento in cui si sarebbero tolti le maglie e sarebbero rimasti a torso nudo per asciugarsi il sudore. Che ingenue eravamo. Una trasgressione innocente che ci aveva procurato il brivido del proibito. Ci bastava così poco. Eravamo giovani e innamorate.

Poi eravamo scappate, sperando in cuor nostro che ci vedessero. Ma i ragazzi erano troppo impegnati a commentare le loro gesta calcistiche per sentire le nostre risate soffocate e lo scricchiolio delle assi rotte sotto le nostre scarpe mentre ci allontanavamo veloci.

Finita la partita, andavano a bere una pinta al Coach and Horses, il pub davanti a Back Hill. Oppure una limonata proprio al Berni's Café, all'angolo con Warner Street, dove c'era anche il flipper e avevano i gelati più buoni di Clerkenwell.

Il Berni's era semplice e accogliente. C'erano una decina di tavolini quadrati e d'inverno il caminetto di ghisa era sempre acceso. Certi vecchi paesani ci passavano le giornate, a giocare a carte e a bere un quartino di rosso. Li vedo come fossero qui, Dante Berni e sua moglie Margherita. Lei alla cassa, le braccia forti e il vestito nero. Non le sfuggiva niente. Lui al banco, con il grembiule bianco legato in vita.

Bartolomeo era un bravo figlio, lavoratore. Serviva ai tavoli, e quando arrivava il camion con i prodotti dall'Italia scaricava e metteva in ordine i vasetti di marmellata, la pasta di grano duro, la salsa di pomodoro, i barattoli di carciofini e le merci più preziose: olio e vino.

"Gli inglesi non le hanno mai mangiate delizie come queste," diceva Dante.

L'apertura di un nuovo prosciutto era un privilegio riservato al capofamiglia. Toccava a lui assaggiare la prima fetta. E lo stesso rito si ripeteva per ogni nuovo salame, per ogni nuova forma di pecorino o caciocavallo.

Margherita guardava da lontano e sorrideva. Quella prima fetta era il tacito riconoscimento per tutta la fatica e tutti i sacrifici di Dante. Aveva passato i cinquanta e i chili messi su intorno alla vita erano il segno che ce l'aveva fatta. Dal carretto dei gelati fino a lì. Era uno di quei ragazzi che giravano per Soho e Holborn, li chiamavano Hokey Pokey, perché trascinavano i carretti gridando "oh, che poco!". Il cono costava pochi penny, ma a forza di "risparmiare il penny", come dicevano, Dante aveva messo su il negozio. Non era da tutti.

La domenica, alla messa, Dante si guardava intorno e ne vedeva ancora tanti, di poveracci.

Ora era tutto cambiato, ma a quei tempi la fame lui l'aveva patita davvero. Una vecchia che sapeva tutto di "quei tempi" mi raccontò che allora nel quartiere i poliziotti entravano solo in coppia. Troppo pericoloso andare in giro da soli. Una volta avevano sgomberato una casa dove vivevano ammassati cinquanta immigrati italiani, in Summers Street, senza acqua corrente e con un solo bagno sul ballatoio. Scoppiavano spesso risse tra bande di italiani e bande di irlandesi. O con inglesi che arrivavano da altri quartieri. Qualche volta ci era scappato il morto accoltellato. E quando pioveva le strade diventavano ruscelli di acqua e liquami, al punto che per uscire di casa bisognava mettere delle assi come passerelle.

Per fortuna le cose erano cambiate, gli italiani avevano fatto fortuna. Il quartiere non era più il ghetto pauroso dove Charles Dickens aveva ambientato *Oliver Twist*, un romanzo che avevo letto poi da adulta e che mi aveva così impressionato.

E da quando in Italia era al governo quel Mussolini, sul passaporto di Dante non c'era più scritto "emigrante" ma "cittadino italiano all'estero". Quel Mussolini non doveva essere una cattiva persona, se ci teneva così tanto agli emigrati, era stato il commento dei vecchi giocatori di scopone al Berni's. "Nessuno si era mai occupato di noi," aveva detto un altro che ricordava bene "quei tempi".

Una mattina era arrivato dall'Italia un ragazzino appuntito. Sembrava l'avessero piallato, da quanto era magro. Due occhioni nocciola e zazzera di capelli castani, parlava pochissimo e si guardava intorno smarrito. Doveva avere sì e no undici anni ed era il figlio di un qualche parente dei Berni. Veniva da un paese tra Pontremoli e Borgotaro, uno di quelli sparsi sull'Appennino tosco-emiliano. A Little Italy erano tutti parenti, funzionava così. Prima arrivava uno, e quando faceva fortuna via via a catena seguivano gli altri. Si chiamava Gioacchino. Dante l'aveva preso come garzone, anche se non ne avrebbe avuto bisogno. Il tempo di imparare l'inglese e ambientarsi, e Gioacchino era andato a lavorare in uno dei ristoranti del centro. Si aiutavano a vicenda gli italiani.

A noi inglesi sembrava che avessero famiglie enormi.

"Bardi è grande quanto Roma?" avevo chiesto un giorno.

Margherita era scoppiata a ridere. Ridevano spesso quando facevo domande sull'Italia. Ma, a ripensarci, la mia non era una domanda stupida. Little Italy era piena di persone arrivate da Bardi. Interi caseggiati, solo di bardigiani. Ma anche gente da Pontremoli o da Barga. E strade di napoletani. E palazzi abitati esclusivamente da siciliani. Si muovevano in gruppo, gli italiani. Immaginavo città trasferite in Inghilterra. Alcuni andavano anche in Galles e in Scozia. Dante diceva chè tutti i caffè del Galles erano di italiani. Lui aveva un sacco di amici che avevano fatto un po' di soldi a Londra e poi si erano trasferiti in Galles.

La sera, da Berni's, davanti a un bicchiere di vino, i vecchi raccontavano di Bardi e delle montagne, e di come erano arrivati lì. Raccontavano di bambini venduti per pochi spiccioli a gente del circo perché li salvassero dalla miseria e li portassero in America. O a Londra, anche se nessuno sapeva di preciso dove fossero.

"Di là dal mare," dicevano. Una bocca in meno da sfamare e un po' di soldi per campare gli altri figli. C'erano storie mitologiche di mangiatori di fuoco e di montagne da attraversare a piedi, e di ragazzini dilaniati da branchi di lupi nei boschi.

A quel punto Dante spariva silenziosamente nel retrobottega e si inventava un conto da rifare o un lavoro rimasto a mezzo. Non le voleva sentire, quelle storie. A noi invece piacevano molto, stavamo ad ascoltarle come si ascolta una fiaba. Lina e io, sedute nel bovindo con una tazza di tè, incalzavamo come bambine:

"E poi? Che cosa successe?".

"Ma davvero erano arrivati a piedi?"

"Come avevano fatto a passare le montagne?"

"E il mare?"

"Ci sono ancora i lupi a Bardi?"

A Dante i racconti su quei bambini non piacevano perché sapeva che non erano favole. Anche lui era stato uno di loro. Non ne parlava mai, però.

Lo so perché me l'aveva raccontato Margherita. Dante era stato un suonatore d'organetto e aveva vissuto sotto un padrone. Lo picchiavano, se la sera non portava abbastanza soldi al dormitorio. Prima girava la manovella dell'organetto con una piccola scimmia. Quando la polizia aveva proibito gli organetti perché la gente protestava che ce n'erano troppi e facevano troppo rumore, l'avevano messo a spingere un carretto di gelati. Penny dopo penny, il carretto alla fine se l'era comprato.

Sua madre era rimasta vedova con troppi figli: ogni nuovo inverno, prima di andarsene se ne portava via uno, di malattia o di stenti.

Un giorno la mamma aveva chiamato Dante, l'ultimo maschio rimasto vivo: "Figliolo, non posso più tenerti con me, ti do in affitto a questo signore. Tu fai il bravo, fai l'ometto. Lavora e metti da parte tanti soldi, così poi torni". Dante aveva otto anni. La madre lo aveva guardato con gli occhi lucidi e lo aveva abbracciato stretto prima di dargli una piccola spinta verso l'uomo, che aspettava accanto a un mulo stracarico di sacchi di juta. Dante aveva inghiottito e ricacciato le lacrime in gola. Doveva fare l'ometto, come diceva la mamma. Era lui, ora, l'unico maschio di casa. Non voleva piangere e aveva aspettato di scomparire dalla vista della madre prima di dare sfogo ai singhiozzi. "Smettila di frignare, moccioso," lo aveva sgridato il signore. "Che sennò finisci male." Lui aveva fatto il bravo, il signore invece non era stato bravo per niente. Ogni giorno lo picchiava e non gli dava da mangiare.

A Londra erano arrivati a piedi, a parte un tratto su una barca dove aveva vomitato tutto il tempo. Quello era il mare, gli avevano spiegato, mostrando la distesa d'acqua e schiuma bianca, onde e gabbiani, e spazzata da un vento gelido, come non l'aveva mai sentito neppure sulle sue montagne.

Arrivati dall'altra parte del mare, gli adulti avevano iniziato a gridare: "La Merica! La Merica!".

"Siamo a Nuova York," dicevano altri.

Erano sbarcati al porto di Londra. E c'era un gran fracasso, urla, carri e facchini, colonne di gente e carichi di merci, e nessuno capiva niente perché tutti parlavano straniero.

Poi era arrivato un uomo che parlava italiano e aveva preso i più piccoli: "Venite con me e non fate scherzi," aveva detto facendo schioccare la frusta con cui guidava un carro trainato da due cavalli, talmente vecchi che avanzavano a passo d'uomo. Andava così piano che dietro, seduti nel cassone, i ragazzini avevano fatto in tempo a guardare la città attraverso il telone. Non avevano mai visto tanta gente tutta insieme. Strade affollate di persone che correvano di qua e di là, e negozi, e luci, e un rumore assordante. Dopo un paio d'ore, il carretto si era fermato all'imbocco di un vicolo.

"Scendete da quei gradini," aveva detto l'italiano sulla soglia di Vine Hill. E sotto, ad aspettarli, c'era un altro italiano, alto e con un gran testone.

Dante aveva capito subito che il gran testone era il capo e che era meglio obbedire. Era solo un bambino, ma era forte come un torello e sapeva che nessuno lo avrebbe fermato. Avrebbe lavorato sodo e messo da parte tanti soldi per poter tornare presto dalla mamma.

A Londra, Dante aveva "risparmiato il penny". Si era svegliato alle quattro tutte le mattine e per farsi forza si ripeteva le ultime parole della mamma: *Fai l'ometto, lavora che poi torni*. Erano passati i giorni, i mesi e gli anni, una mattina si era guardato in una vetrina e aveva visto davvero un ometto. Era alto, magro, con una peluria nera sopra il labbro superiore. Così aveva contato i risparmi, che teneva nascosti in un barattolo dentro un buco ricavato sotto gli scalini di mattoni rossi di Vine Hill. Ce n'erano abbastanza per tornare al paese dalla mamma. Aveva iniziato ad accarezzare l'idea, pensava al viaggio, valutava se poteva permettersi il treno. E ogni tanto, mentre lavorava, si fermava come imbambolato e cercava di ricordare il volto di sua madre. Ma non ci riusciva, il volto che amava tanto era sfumato come fosse avvolto dal vapore che saliva dai tombini della metropolitana.

Proprio in quella primavera, poi, era arrivato da Bardi un paesano che lo cercava. "Sapete se qui c'è un certo Dante Berni?" aveva domandato in giro. Non ci era voluto molto a trovarlo, lo conoscevano tutti. "Tu sei il figlio dell'Assunta?" gli aveva chiesto quell'uomo. "Mi spiace doverti dare una brutta notizia. Tua madre se l'è portata via la polmonite. Ha tossito e sputato sangue tutto l'inverno. Ora almeno ha smesso di soffrire, poveretta. Devi essere fiero di lei, era una brava donna." Gli aveva stretto la mano e gli aveva dato una pacca sulla spalla: "Mi spiace, ti porto le condoglianze di tutto il paese".

E così era successo che Dante non aveva mai più rivisto sua madre e al paese aveva deciso di non tornarci più. Rimaneva a Londra, con il suo gruzzolo. Lo avrebbe usato per comprare un carretto dei gelati tutto suo.

Era un bel tipo, Dante. Viveva a Little Italy da oltre quarant'anni, eppure era rimasto paesano fino al midollo. Il suo inglese aveva un accento strano. L'avevo capito dopo, cosa era: un misto di emiliano e di toscano della Lunigiana. Ci avevo messo un bel po' a conquistarlo. Per gente come lui era impensabile che un italiano sposasse un'inglese.

Michele non era loro figlio, ma lo trattavano come se lo fosse. Quando era arrivato dall'Italia, Dante e Margherita lo avevano accolto come il fratello che Bartolomeo aveva perso appena nato. Era morto poche ore dopo il parto e per un pelo non aveva portato con sé anche Margherita. Erano cresciuti come fratelli. Bart era il bravo ragazzo, serio e con la testa sulle spalle. Gli avresti affidato i gioielli della Corona. Michele era sbruffone, con la lingua tagliente e la battuta pronta. Quando entrava lui, al Berni's Café, sembrava entrassero dieci persone. Conosceva tutti, salutava, scherzava.

Dante, silenzioso dietro il bancone, faceva caffè e mesceva il vino. D'estate continuava a mescolare le sue creme per fare i gelati. Le barre di ghiaccio arrivavano ancora su un carro trainato da un ronzino, avvolte in sacchi di juta, portate da un vecchio che andava a prenderle giù ai docks.

Sentivo i suoi occhi addosso. Mi studiava.

"Moglie e buoi dei paesi tuoi," diceva.

Ma io di buoi a Londra non ne avevo mai visti. Avevo visto solo qualche capretta, nei cortili di Little Italy, che le donne mungevano per fare il formaggio.

2.

"Parlo con la signora Willis?"

L'ho chiamata con una scusa.

"Sono Bartolomeo Berni."

Non è vero che domani sarò di passaggio a Milano. Ci vado apposta per vederla. Lei è l'unica che può dirmi la verità. Continuo a pensarci da quando ho trovato la lettera nel cassetto di nonna Lina e nessuno in casa è stato in grado di raccontarmi qualcosa di sensato.

"È morto in guerra," mi ha detto una volta mio padre.

"Sì, ma come?"

"In Inghilterra. Nell'estate del 1940, io ero appena nato, lo sai."

"Possibile che nonna Lina non ti abbia raccontato di più?"

"'È morto in guerra,' diceva. Punto. Che cosa le avrei dovuto chiedere? Non ne ha mai parlato volentieri. È rimasta vedova così giovane, è naturale che abbia solo voluto dimenticare."

"E poi?"

"E poi. E poi. Sembri un bambino. Dopo la guerra è tornata in Italia. Non ha più voluto rimettere piede a Londra."

"Possibile che non ti abbia mai portato nella città dove sei nato?"

"Ti ho appena detto che non c'è più voluta tornare. Come mai tutto questo interesse per il nonno?"

Mio padre è fatto così. È un superficiale. Senza cattiveria.

"Il passato è passato. Pensa piuttosto a laurearti e a trovarti un lavoro."

Va avanti un po' per frasi fatte, un po' per inerzia, e il resto è un misto di perbenismo e pragmatismo. Per lui la speculazione intellettuale non esiste. Monetizza il tempo e anche i pensieri. Evidentemente, per lui pensare troppo è uno spreco di denaro.

Quando gli avevo comunicato che mi sarei iscritto a Filosofia aveva fatto una smorfia. Un segnale impercettibile per gli altri, ma inequivocabile per me. Indice di massima stizza. Dava per scontato che sarei finito a Legge o a Economia. Non fai studiare un figlio così, tanto per perdere tempo in questioni evanescenti e vaghe. Un figlio avvocato o bancario aveva una logica, per lui. L'idea di un figlio filosofo lo lasciava disorientato. Per non dire che lo disturbava profondamente.

"Disoccupato o professore di liceo, così finirai," aveva detto chiudendo il giornale sul tavolo di cucina e alzandosi di scatto. È il suo modo di annunciare che la conversazione è finita.

Comunque, ogni volta che ho provato a parlare del nonno, il discorso si è arenato lì: il passato è passato.

"Ma allora come mai mi avete dato il suo nome?"

"È stata tua nonna a chiederlo. Lei ci teneva tanto e per noi era uguale. In fondo era mio padre, anche se non l'ho conosciuto. Ma qual è il problema? Non ti piace, Bartolomeo?"

Il problema non è questo, vorrei dirgli.

Il problema è che sei ottuso e prepotente. Ti senti un padreterno, ma sei solo un povero impiegato. Un impiegato di successo, che ha fatto soldi leccando il culo ai superiori. Ma sempre impiegato rimani.

Il problema è che con te non si può parlare.

Che non posso neppure dirti quanto mi fai rabbia, perché non lo capiresti.

"Gli passerà, sono paturnie da adolescente," hai detto alla mamma. Forse non te lo ricordi, ma io ho ventitré anni, altro che adolescente.

Il problema è che quando ho provato a parlarti hai tirato fuori la solita tiritera, di quanto è stata dura la tua infanzia da orfano e che io dovrei provare solo un decimo di quello che hai passato tu, e allora mi bacerei i gomiti. Altra frase fatta.

Il problema è che non sai quanto odio la tua ventiquattrore di pelle nera e quel gesto che fai quando chiudi il "Sole 24 Ore" sul tavolo con la mano aperta, da padrone del mondo, la mattina a colazione.

Poi ti metti la giacca e butti giù l'ultimo sorso di caffè emettendo quel risucchio osceno.

E quella frase, sempre la stessa, rivolta alla mamma: "Oggi ho i minuti contati, devo scappare. Ci vediamo stasera".

Il problema è che hai sempre i minuti contati. E io non ne trovo mai uno per dirti quanto sto male.

Che non posso neppure chiamarti quando mi prendono gli attacchi. Quando mi manca il fiato e mi sento il cuore in gola e mi sudano le mani e mi tremano le gambe, e sono sicuro che sto morendo di infarto.

Il problema è che non ho il coraggio di chiamare né te né la mamma, perché se lo facessi so come finirebbe. Mi direste che è solo immaginazione, che passerà, che non è niente. Ma poi non riuscireste a mascherare il disprezzo per questo povero figlio con velleità di filosofo, così sensibile, così debole. Un figlio debole, la peggiore delle disgrazie.

"Non ti preoccupare, non c'è nessun problema..." gli ho risposto. "Bartolomeo va benissimo. Va tutto benissimo."

A loro non interessa, è evidente, e io invece voglio sapere, perché sono sicuro che tutto è connesso. Anche mio padre è connesso con la morte del nonno. Lui non lo sa. Come la nonna, ha fatto l'impossibile per rimuovere il ricordo di quegli anni. La sofferenza è difficile da affrontare. Lui è fatto così. Ma non c'è dubbio che c'è un mistero, e che tutto è cominciato lì, a Londra, nell'estate del 1940.

Anche Pietro pensa che sono un idiota.

"Un povero idiota" per la precisione, ha commentato quando gli ho detto che avrei chiamato quella signora, Florence Willis.

"Ma sei scemo o cosa? Che ci vai a fare a Milano?"

Ha finito il boccale di birra ed è saltato sulla sua Vespa 125 Special. Gli piacciono le cose vintage. "Adesso devo andare. C'è una tizia che mi aspetta."

È pieno di tizie che l'aspettano. Le chiama tizie, ma non credo sia perché non ricorda il nome. È un modo per mantenere le distanze. È stato troppo innamorato di Martina e ci ha sofferto troppo, quindi adesso solo tizie. La tizia bionda, la tizia mora e la tizia di turno, che non so di che colore sia.

Comunque anche lui fatica a seguirmi con questa storia.

"Non ti è bastato il giro in moto a Bardi? Certo che sei strano forte."

Pietro è il mio migliore amico. È a lui che telefono quando mi prendono gli attacchi. Ero con lui la prima volta che è successo, e ha avuto una bella strizza. Mi ha portato al pronto soccorso in Vespa ed è rimasto lì ad aspettarmi, nello stanzone con la fila di seggioline blu di plastica e le piastrelle di finta graniglia in linoleum.

Non dovevo avere un bell'aspetto, quando siamo arrivati. L'infermiera mi ha fatto passare subito oltre la porta a vetri e mi hanno fatto l'elettrocardiogramma. Mi hanno messo il braccialetto con il codice giallo, sospetto attacco cardiaco. Sono rimasto steso su una barella per mezz'ora, con il cuore che correva all'impazzata e la mente ancora di più, verso un epilogo tragico e i commenti al mio funerale: "Pensa te, andarsene così giovane per un infarto".

L'arrivo del medico di guardia ha fermato il turbine dei miei pensieri e la tachicardia.

"Tutto a posto. Non c'è niente di patologico. È solo ansia. Ora le do un tranquillante. Se è possibile non guidi per andare a casa, si faccia accompagnare."

Mi ha tirato giù dalla lettiga quasi di forza e mi ha messo in mano un bicchierino di plastica bianca dove gocce gelatinose si scioglievano in un fondo d'acqua.

Le parole del medico, ancor più della medicina, sono bastate a calmarmi rafforzando la mia convinzione che la mente è il peggior nemico dell'uomo e che solo imparando a vivere si riesce ad addomesticarla e a trasformarla in un alleato.

Ho riattraversato la porta a vetri e ho trovato Pietro che aspettava seduto sulla stessa seggiolina su cui l'avevo lasciato. Aveva tirato fuori dallo zaino i libri per l'esame del giorno dopo, ma guardava fisso avanti a sé e non aveva l'aria di studiare.

"Quindi non sei morto, questa volta."

Non poteva risparmiarsi la battuta.

"No. È solo ansia, dice il dottore. Non morirò."

"Mi hai fatto prendere un colpo. Hai la faccia di uno zombie, ma almeno non tremi più. Andiamo, ti accompagno, che domani ho l'esame di Meccanica."

Mi ha lasciato sul portone. "Cavolo, ma l'ansia non è una cosa da donne?"

Non ero in vena di scherzare. "Piantala."

"No, dico sul serio," ha detto ridendo. "Come stai, fichetta mia?"

"Piantala."

"Ciao Mammolo, ci si sente dopo l'esame."

Poi l'ha piantata. Niente più sfottò, da quando ha capito quanto ero stato male.

Non c'è più tornato su. Gli attacchi invece sono tornati. Tanti e improvvisi. E quando tornano chiamo lui.

Ormai sa come fare quando vado nel panico e gli bastano poche parole per calmarmi.

"Dai Mammolo, respira profondo."

Solo Pietro può permettersi di chiamarmi così.

Perché è il mio migliore amico.

C'era anche lui quando ho trovato la lettera. Mi stava aiutando a svuotare l'appartamento di nonna Lina. Non si ha idea di quanta roba un anziano riesca ad ammassare in una casa. Sembrava impossibile che potessero starci così tante cose, anche se l'appartamento era piuttosto grande per una persona sola, cinque stanze al primo piano di un'antica casa nel quartiere di San Frediano a Firenze.

Si sale per strette scale in pietra serena con il corrimano in ferro battuto. All'ingresso, sotto le cassette delle lettere, c'è un tronchetto della felicità mezzo morto, ma gli inquilini del palazzo devono sempre averlo considerato mezzo vivo, perché qualcuno addirittura si prende la briga di annaffiarlo. Anche quel giorno c'era un rigagnolo d'acqua che affiorava da sotto il vaso.

Al pianerottolo del primo piano, il portoncino grigio scuro della nonna aveva un campanello d'ottone e la targhetta FAMIGLIA BERNI, sebbene la nonna ci avesse sempre abitato da sola. Non andavamo spesso a trovarla. E comunque solo di domenica, a pranzo, e portavamo i bignè allo zabaione o il dolce di pan di spagna e scorzette d'arancia, ricoperto da una glassa bianca quasi trasparente. Era il suo preferito.

Lo davano a me, quando ero bambino, e mi mandavano avanti. Tenevo il prezioso pacchetto con lo spago colorato sui palmi delle mani e quando la nonna apriva la porta esclamava: "Bravo il mio piccolo Bart, è il mio dolce preferito!".

Come potesse aver accumulato tanta roba in una sola vita e in una sola casa, era davvero una sfida alle leggi della fisica.

Dalla Misericordia erano venuti a riprendersi il letto medicalizzato.

Mia madre aveva già preparato gli scatoloni di cartone con scritto a pennarello rosso ABITI, SCARPE, VARIE, CUCINA, LIBRI. Erano impilate in corridoio, in attesa dei volontari della Caritas.

Anche mia madre è un tipo pratico. In questo si intende a meraviglia con mio padre e insieme avevano stimolato a forza il mio lato pratico, molto poco spiccato, come potete immaginare, per aiutarli nello sgombero.

Avevo supplicato Pietro di darmi una mano. Era arrivato con un'Ape, presa in prestito da qualcuno non meglio identificato. "Uno che mi deve un favore," aveva glissato. E se lo conosco poteva essere davvero chiunque, anche un serial killer.

L'aveva parcheggiata proprio sotto casa, poi era salito e aveva aperto la finestra: "È la maniera più veloce. Butta giù e cerca di centrare il cassone".

Avevamo fatto tre carichi di scarpe, piccoli elettrodomestici rotti, schedari con bollette vecchie di almeno vent'anni, cappotti muffiti, borse senza manico, vasi sbreccati, cassette da mangianastri, bottigliette e barattoli da marmellata, scatole di cartone piene di spaghi, raccolte di tappi di bottiglia, medicine e sa Dio cos'altro.

Alla fine ero sceso all'alimentari in via de' Serragli e avevo comprato un cartone di birra.

Era una di quelle serate magiche di inizio giugno, quando il cielo è una tavola azzurra e il sole scalda le pietre dei palazzi antichi, sale su per i muri e asciuga l'umido invernale dalle case e dalle ossa degli umani. Di quel tepore erano rimaste le ombre lunghe che si arrampicavano nelle anguste stradine del centro storico.

"Visto? È bastato un pomeriggio e abbiamo ripulito tutto. Se non ci fossi io, come faresti?"

Pietro doveva sbrigarsi, perché la tizia lo aspettava. Al solito.

"Facciamoci almeno una birra," avevo detto.

Avevamo i capelli pieni di ragnatele e le mani nere di polvere grigia e appiccicosa.

Ci eravamo aperti una lattina a testa e stavamo seduti su due poltroncine ricoperte di lino inglese a fiori verdi, in camera della nonna.

Era stato allora che avevo aperto il cassetto dello scrittoio.

Un gesto automatico, non che mi aspettassi di trovarci qualcosa. Era già passata mia madre a scegliere cosa tenere e cosa buttare. Mio padre figurarsi se trovava il tempo di venire a guardare tra gli effetti personali di sua madre. Lui si era occupato di organizzare il funerale, delle carte della banca,

atiche per la successione. Aveva deciso di vendere
ımento senza neppure comunicarcelo e ci era torna-
ıca volta, per mostrarlo all'agente immobiliare.

La busta era lì, incastrata sul fondo del cassetto. Forse
per questo era sfuggita a mia madre. Una busta color carta
da zucchero, con il timbro illeggibile. La lettera era piegata
in quattro ed era consumata ai bordi e lungo le piegature,
segno di una rilettura frequente.

Portava l'intestazione *General Register and Record Office
of Shipping and Seamen, Llantrisant Road, Cardiff.* Il Registro
e Archivio Generale della Navigazione e della Marina scriveva: "Con la presente certifico che Berni Bartolomeo, nato a
Londra l'1 maggio 1914, nazionalità italiana, occupazione
commerciante, ultimo indirizzo conosciuto, Warner Street,
Londra, era a bordo di una nave affondata il 2 luglio 1940.
Missing, presumed drowned".

Disperso, presunto annegato c'era scritto.

"Guarda qui," avevo detto a Pietro.

Ma lui doveva scappare, la tizia lo richiamava all'ordine
con un nuovo messaggio sul cellulare.

"Me lo fai vedere un'altra volta. Io vado, che prima devo
anche riportare l'Ape e farmi una doccia."

Aveva sceso le scale di corsa e avevo sentito sbattere il
portone.

"Dimmi dove andate, che vi raggiungo," gli avevo urlato
dietro, senza la certezza che mi avesse sentito.

Ero rimasto solo, nella penombra della camera di nonna
Lina, dove stava scendendo il buio, visto che mio padre aveva già fatto staccare l'elettricità. Avevo trascinato la poltrona
vicino alla finestra, per usare l'ultimo riverbero del tramonto. E mi ero aperto un'altra lattina.

Piegato in quattro, anche un ritaglio di giornale, ingiallito
e sgualcito se possibile ancora più della lettera. Era la prima

pagina del "Times" del 4 luglio 1940. Il titolo diceva: ARAN-DORA STAR AFFONDATA DA UN SOTTOMARINO TEDESCO. E poi:

Mille e cinquecento stranieri nemici a bordo. Tedeschi e italiani combattono per le scialuppe. Il capitano a bordo fino alla fine.

Avevo iniziato a leggere l'articolo. Il transatlantico inglese *Arandora Star* era stato silurato da un sottomarino tedesco nell'Atlantico a trecento miglia dalla costa occidentale dell'Irlanda mentre trasportava circa mille e cinquecento internati tedeschi e italiani in un campo di prigionia in Canada. L'articolo parlava di un alto numero di vittime e diceva che le perdite maggiori erano tra gli italiani.

Secondo i superstiti, mentre la nave affondava rapidamente gli stranieri sono stati presi dal panico, in particolar modo i tedeschi, che hanno spinto via gli italiani cercando di raggiungere le scialuppe per primi...

Il giornale riportava i racconti di alcuni soldati inglesi superstiti.

...Energumeni che si sono fatti largo correndo disperatamente verso le scialuppe. I poveri italiani non hanno potuto fare niente, c'era grande ostilità tra i due gruppi di stranieri, sia a bordo del transatlantico sia sulla nave di soccorso. I militari britannici hanno dovuto tenerli a bada.

Quindi nonno Bart era su quella nave?

Avevo ripreso la lettera. Non c'era dubbio. La nave era affondata il 2 luglio. L'articolo del "Times" era del 4. Mio nonno Bartolomeo Berni era a bordo dell'*Arandora Star*.

Ma non era morto in guerra? Avevo sempre pensato che

quella frase significasse morto al fronte. Invece era morto affogato. Troppe cose non mi tornavano.

La lettera era datata 10 febbraio 1946. Cioè quasi sei anni dopo l'affondamento. La guerra era già finita, a quel punto.

Cosa era successo nel frattempo?

Troppe domande e una certezza: né mio padre né mia madre mi avrebbero dato una risposta.

Comunque ci avevo provato, rimanendo sul vago.

A cena, avevo buttato lì: "Vi dice niente, il nome *Arandora Star*?".

Mi avevano guardato entrambi come avessi citato il titolo di un film. E io avevo deciso che era meglio lasciar perdere. Meglio non dire della lettera e dell'articolo.

Chiuso in camera, avevo mandato un messaggio a Pietro: *Mal di testa, non vengo. Divertitevi.* Non avevo voglia di spiegare e avevo spento il cellulare.

La busta era nella tasca dei pantaloni. Avevo riletto la lettera e l'articolo. Da quanto riferiva il giornale inglese, questa *Arandora Star* doveva essere una nave molto famosa.

Su Google avevo digitato: "arandora star". Sullo schermo apparivano articoli di giornale in inglese, link a siti storici e varie citazioni. Ci si riferiva alla nave e ai fatti del luglio 1940 con le parole "la tragedia dell'*Arandora Star*". Si parlava della famosa "nave da crociera di super lusso, con cabine di sola prima classe, requisita durante la guerra dal governo inglese per trasportare materiali e soldati e poi usata per deportare prigionieri di guerra e internati pericolosi". Nazisti e fascisti, diceva. "*Mystery remains around Arandora Star tragedy*," concludevano i giornali inglesi.

C'era la foto a colori di un transatlantico, un enorme confetto bianco, con due fumaioli rossi e neri e una stella blu – il simbolo della compagnia di navigazione – che spiccava al centro di un cerchio bianco. La nave era alla fonda in un'acqua cristallina, tutto intorno lance che sbarcavano turisti inglesi in lino bianco con panama e ombrellini da sole. In primo piano, palme e due indigene in parei multicolori, con

ceste cariche di frutta tropicale in bilico sulla testa. Era
tolina pubblicitaria della "Crociera invernale, gennaio-
1935" che avrebbe toccato Sud Africa, Indonesia, Ma....ia,
Ceylon, Egitto.

Le notizie erano confuse e frammentarie. Qualche sito
parlava di un migliaio di morti. Altri dicevano che gli italiani
annegati erano cinquecento.

Che cosa ci faceva mio nonno su quella nave? Era un fascista?

Google diceva che a Bardi, un paese dell'Appennino tra
la Toscana e l'Emilia, conosciuto per un maestoso castello
appartenuto ai Landi e ai Farnese e per una pala di altare del
Parmigianino, nel 1969 era stata costruita una cappella in
memoria dei Caduti dell'*Arandora Star*. C'era una piccola foto in bianco e nero. Sull'architrave della cappella era incisa a
lettere cubitali la scritta VITTIME ARANDORA STAR, sormontata
dall'immagine stilizzata di una nave che affonda, due comignoli e la sagoma nera del vascello impennato che sparisce
nelle onde.

Qualcuno aveva perfino fotografato la lapide:

*Questo sacello, voluto dalla pietà dei familiari e dei concit-
tadini, ricorda il sacrificio di quarantotto bardigiani che immo-
larono la loro vita nelle acque del Nord Irlanda. Deportati per
evento bellico sulla nave* Arandora Star *salpavano da Liverpool (GB). Destinati in cattività ai campi di internamento in
Canada, all'alba del 2 luglio 1940 perivano silurati, vittime
innocenti di un avverso destino. Perpetuandone la memoria,
questo luogo sia di conforto a quanti furono sensibilmente toc-
cati dalla tragedia e di monito ai posteri, per un futuro di pace,
di armonia e di fratellanza.*

Quarantotto morti sulla stessa nave e tutti provenienti da
un solo paese in mezzo alle montagne. Sono numeri da ecci-
dio, avevo pensato. Mi era venuta in mente Sant'Anna di

43

Stazzema. Il sito del Comune diceva che il 2 luglio, come ogni anno, ci sarebbe stata una commemorazione a cui erano invitati i parenti delle vittime. Già sapevo che sarei andato.

Fino a notte fonda avevo cercato notizie *in rete*. Trovavo foto in bianco e nero di immigrati italiani a Londra. Di famiglie intere in Galles. Di cuochi e camerieri in Scozia. Erano immagini dei primi del Novecento, degli anni venti e trenta. Uomini e donne corpulenti, dai fisici massicci e contadini, in posa davanti ai loro ristoranti dai nomi italiani, ai caffè con le seggiole di paglia, alle gelaterie e ai negozi di Delikatessen con le vetrine piene di bottiglie di vino. C'era Basilia Mariani, detta Mariana, negli anni trenta, al banco del negozio di alimentari al 167-169 di Farringdon Road a Londra, poi rilevato dal genero Pip Gazzano e dal figlio Joe. C'erano Luigi e Letizia Dondi con il cane, nel 1919, in Eyre Street Hilll, di fronte al loro pub, il Gunmakers' Arms, detto il Dondi's. C'era la famiglia Terroni, di fronte al negozio di specialità italiane in Clerkenwell Road, sempre negli anni trenta. "Raffaele, Duilio, Roberto, Luigi e Giovanni Terroni con l'assistente Benedetto," diceva la didascalia. Sotto la grande insegna L. TERRONI & SONS, sei uomini in piedi, fieri nei loro camici bianchi e nei vestiti scuri con il colletto inamidato, davanti a una vetrina colma di fiaschi di vino, con le pubblicità del Fernet Branca e del Ruffino. Avevano riprodotto nel cuore del Quartiere italiano il negozio di alimentari tipico del loro paese. Un grosso cartello elencava le varie specialità: vini piemontesi e toscani, conserve alimentari, olio d'oliva, formaggi, salumi, cereali.

E poi tante altre fotografie, in un bianco e nero seppiato: ancora uomini dai baffoni neri, in maniche di camicia e panciotto, davanti all'alimentari Parmigiani, tra botti di legno e salumi. Il corpo insegnante della scuola italiana di St Peter, la processione di Santa Lucia per le strade di Little Italy e quella della Madonna del Carmelo, anonimi venditori di gelati con i loro carretti trainati da cavalli e le barre di ghiaccio.

Erano volti sconosciuti ma dalla fisionomia nota, la fronte alta, il naso deciso, i capelli neri e gli occhi scuri. Gli stessi della foto di nonno Bart a Londra che avevo sempre visto in casa della nonna. Ricordo che la teneva sullo scrittoio in camera, lo stesso dove avevo trovato la busta color carta da zucchero.

Nonna Lina non aveva il culto della memoria. Non venerava gli affetti familiari con l'altarino di scatti messo in bella mostra in salotto. Al contrario, sembrava che le poche immagini esposte fossero più che altro un atto dovuto. C'era mio padre il primo giorno di scuola, sdentato, con grembiule nero, colletto bianco e fiocco. Un classico dell'iconografia della famiglia italiana. Poi mio padre al mare, in ginocchio sulla riva, con una palla. Poi ancora mio padre con una camicia bianca chiusa fino all'ultimo bottone e una grande croce di legno appesa al collo: la prima comunione, un altro classico. Ancora mio padre, in una recita di Natale, vestito da folletto. Quindi, dopo un notevole buco temporale, si saltava al giorno del matrimonio. Mio padre con mia madre al centro del gruppo di parenti, aria festosa ma non troppo. Non c'era altro, in salotto, che raccontasse qualcosa della storia della nostra famiglia.

Le avevo sempre avute sotto gli occhi quelle foto, ma soltanto ora capivo perché qualcosa stonava. Non era solo la strabordante ed esagerata presenza di mio padre, con il quale mia nonna presidiava il cassettone in modo quasi monomaniacale. No, non era solo questo. La cosa più strana l'avevo messa a fuoco proprio adesso: erano tutti ricordi scarni, ridotti all'essenziale, per niente gioiosi, e non c'era nessun accenno al periodo londinese. Le sole foto di Londra nonna Lina le teneva nascoste agli occhi del mondo. Difficilmente accessibili anche a noi di famiglia.

Avevo aperto piano la porta della mia stanza. Mio padre si era addormentato davanti alla televisione. Ero scivolato silenzioso nell'ingresso e avevo sfilato da sotto il tavolo una grossa scatola con scritto PERSONALE/FOTO. L'infallibile pennarello rosso usato da mia madre per catalogare le cose di nonna Lina destinate a finire in cantina. Avevo trascinato il cartone in camera e l'avevo aperto cercando di non fare rumore. Le due foto che cercavo erano lì. Ed erano come le ricordavo.

Dante e Margherita con il figlio Bartolomeo, Clerkenwell, 1934. La scritta a penna stilografica, in corsivo, sul bordo bianco della foto. Impettiti sulla porta del Berni's Café, lei vestita di nero, lui in abito grigio con il gilet e un grande grembiule bianco lungo fino ai piedi, il giovane Bartolomeo in mezzo. Doveva avere vent'anni in quella foto. Aveva la stessa pettinatura e lo stesso sguardo serio e imbarazzato dei molti italiani giovani, sconosciuti, che avevo visto nella mia notte di ricerche.

In una cornice di legno con intarsi di avorio c'era un'altra foto di nonno Bart. Lì invece sfoggiava un gran sorriso e un paio di baffi neri. Era la foto scattata il giorno del fidanzamento. Vestito di scuro, stringeva a sé la nonna con in testa un cappellino alla moda. Sedevano al centro di una lunga tavolata, decorata con fiori e festoni, e dovevano aver molto mangiato e bevuto a giudicare dal numero di piatti e bottiglie abbandonati sulla tovaglia. Tutto intorno altre coppie vestite a festa, intente a brindare. Sul verso della foto la nonna aveva scritto a penna: *Con Florence e Michele, 12 settembre 1938.*

Avevo richiuso la scatola e l'avevo riportata silenzioso sotto il tavolo. Le due foto le avrei tenute io, ma senza fare troppa pubblicità. Non volevo grane con mio padre.

A Bardi il 2 luglio ero arrivato in moto, per la Porrettana. Ero passato da Pontremoli inerpicandomi poi per una strada tutta curve e boschi di castagno.

Riconosco la cappella da lontano.

La cerimonia è già iniziata. Sono tutti di spalle, seduti sulle panche e in piedi lungo le pareti della cappella. Le porte sono spalancate e lo spazio è ristretto. Dalla mia posizione riesco a vedere l'altare e il parroco, madido di sudore sotto i paramenti da cerimonia. Le anziane sedute in prima fila si fanno aria con i ventagli. Il sindaco in vestito blu indossa la fascia tricolore e si tampona la fronte con il fazzoletto. La solennità del momento è marcata dalla presenza della forza pubblica, un carabiniere con aloni di sudore sulla schiena, sul collo e sotto le ascelle.

Siamo dentro un cimitero, con il cancello di ferro battuto, il viale d'accesso segnato dai cipressi, le cappelle di famiglia lungo il muro di cinta e le tombe con lapidi di marmo o pietra. Vasi pieni di fiori, vasi con fiori agonizzanti, vasi con fiori morti, vasi vuoti, vasi con fiori di plastica. Se l'affetto per il caro estinto si misurasse in termini di fiori freschi, il risultato sarebbe desolante.

Mi incammino lungo il vialetto cercando di fare meno rumore possibile, ma la ghiaia scricchiola sotto i miei piedi. Quelli seduti in fondo si girano e mi squadrano con aria interrogativa.

Abbozzo un sorriso rassicurante. Sono in ritardo, ma innocuo, è il messaggio che vorrei trasmettere.

Li ho convinti, si voltano di nuovo verso l'altare.

Per non fare altro rumore rimango fuori, impettito sotto il sole che mi batte sulle spalle e sulla testa. L'afa è insopportabile e l'aria è torrida. Il termometro sulla strada all'ingresso del paese segnava trentotto gradi. Ho lasciato la moto giù, davanti al Piccolo Bar, e sono salito al cimitero a piedi.

Davanti a me, anche lui in piedi sotto il sole, c'è un signore alto, vestito di scuro, con il panciotto attraversato dalla catena dell'orologio. Al suo fianco due bambini vestiti da cerimonia, con le camicie bianche stirate, un buffo papillon e i pantaloni blu, mentre la moglie è in lilla con cappellino in tinta. Come una famiglia di lucertole, stanno immobili sotto il sole e non sembrano accorgersi del caldo.

"La messa è finita, andate in pace."

"Amen," rispondono i presenti.

Ma non è davvero finita. Ora prende il microfono un signore corpulento, con la faccia del maestro buono, i baffi e gli occhiali. Anche lui in giacca blu, sudato.

"Sono grato a tutti quanti voi, che anche questo 2 luglio avete partecipato alla commemorazione delle vittime dell'*Arandora Star*. Non solo per i nostri quarantotto compaesani di Bardi, ma anche per tutti gli emigrati italiani che hanno perso la vita in quella tragedia. E per tutti gli uomini che ancora oggi sono costretti ad attraversare il mare per cercare migliori condizioni di vita."

Una delle signore nelle prime panche tira fuori un fazzoletto dalla borsa e si soffia il naso. Altre si tamponano gli occhi. Viste da dietro, quelle donne sembrano tutte uguali a nonna Lina. Stessa corporatura, stesse spalle un po' curve, stessi vestiti a fiori con le maniche corte e i capelli di un bianco che vira al violetto o all'azzurrognolo. Qualcuna di loro potrebbe aver conosciuto la nonna. E forse anche Bart?

La commozione nella cappella è palpabile. Scoppia un applauso.

Escono alla spicciolata. Si prendono a braccetto, si scambiano calorose strette di mano, altri si abbracciano. Qualcuno parla italiano. Altri inglese. Alcuni mischiano e saltano dall'italiano all'inglese. Per un giorno, il cimitero di Bardi si popola di personaggi che scatenano un curioso miscuglio di lingue e accenti.

Solco controcorrente il flusso in uscita e sono dentro. Arrivando dal sole abbacinante ci vuole un po' ad abituare gli occhi alla penombra. Sulle pareti della cappella, le lapidi di marmo bianco con quarantotto nomi e quarantotto foto ovali, tutte uguali. A un primo sguardo potrebbe sembrare un cimitero di guerra, ma questi volti in bianco e nero non appartengono a soldati. Alcuni erano giovani, ma tanti avevano passato la cinquantina quando sono morti. Erano padri di famiglia. Erano interi rami maschili – figli, fratelli, cugini. Vite ordinarie iniziate in date diverse ma finite tragicamente lo stesso giorno, il 2 luglio di sessantun anni fa.

A quelle dei quarantotto bardigiani si sono aggiunte negli

anni altre decine di foto. Altri nomi e altri volti, portati fin quassù dai familiari da ogni angolo del mondo. Li scorro uno a uno. Tutti incorniciati semplicemente, una Spoon River dimenticata sull'Appennino.

Cerco una foto di Bartolomeo Berni. Non c'è.

"Sei un parente?"

Il maestro buono è alle mie spalle e mi sorride. Ha un forte accento parmense.

Si presenta. Si chiama Beppe Conti. È il custode morale della cappella ed è il responsabile del Comitato per le vittime dell'*Arandora Star*. Dal 1985, precisa.

"Mio nonno era su quella nave. Si chiamava come me, Bartolomeo Berni."

Gli spiego della lettera, e della nonna e del suo incomprensibile silenzio.

Ascolta, annuisce.

"Mio padre non l'ha mai conosciuto. La famiglia era originaria di queste parti. Non so molto di più, per questo sono venuto."

Beppe dice che anche suo zio, Guido Conti, è morto sull'*Arandora*. E anche suo zio non ha mai conosciuto il figlio. "Potrebbero anche essersi incontrati, tuo nonno e mio zio."

"Già. Chi lo sa..."

La sola remota probabilità che questi due giovani uomini siano stati uniti nella disgrazia crea subito un'intesa tra Beppe Conti e me.

Mi invita a prendere un caffè. Scendiamo dal cimitero verso il paese vecchio e noto una targa sulla destra: *via dell'Emigrante*.

Ci fermiamo sotto la tettoia del Piccolo Bar.

"Qui vengono i nipoti di chi è partito tanti anni fa e si fanno fotografare sotto l'insegna del locale."

Mi pare incredibile, non è un locale storico, non ha niente di speciale o caratteristico. È un normale bar di paese, con i tavolini tondi di plastica e le sedie di alluminio.

"Chi è partito ha mitizzato questi luoghi. I discendenti hanno sentito raccontare in famiglia chissà quante storie sul

Piccolo Bar e quando arrivano è la prima cosa che cercano. Anche per loro è diventato un posto mitico."

Beppe ha ragione. In fondo è questo che fa la memoria. Bardi non è un luogo del presente, è un luogo della memoria.

Tutto vive nel ricordo, qui. Tutto in questo paese parla di emigrazione. Molte delle villette con giardino sono chiuse. Beppe dice che il paese ormai è quasi vuoto, tranne d'estate. Chi ha fatto fortuna all'estero torna in agosto. Perfino gli annunci mortuari davanti al Comune hanno un piede in Italia e uno fuori. Sono compaesani nati in Gran Bretagna, si chiamano Louis o Johnny ma hanno un cognome di qui e i familiari affiggono l'annuncio del lutto, in modo che il paese sappia della dipartita.

Beppe vuole assolutamente che rimanga a mangiare. È ora di pranzo, come ci ricorda il tocco battuto dal campanile. L'aria è pesante, all'afa si aggiunge l'umido e il cielo si è fatto bianco.

Pioverà, dice Beppe, guardando le rondini che passano rasenti alle mura del castello e descrivono giri sempre più bassi sui tetti. Le botteghe chiudono una a una. Il rumore delle saracinesche ci accompagna mentre lasciamo il Piccolo Bar e attraversiamo a piedi il paese. Le persiane hanno le gelosie abbassate. Rumore di piatti, profumo di soffritto e la sigla del telegiornale filtrano dalle abitazioni. Poi sarà l'ora della pennichella e della lunga sosta pomeridiana, fino alla riapertura dei negozi, quando le strade si animano di nuovo e i ragazzini possono tornare a tirare calci al pallone.

La trattoria è piena di gente.

Beppe ha invitato anche la famiglia delle lucertole in abiti da cerimonia vista al cimitero. Avevo ragione, sono stranieri. Vengono da Sydney. Uno zio era su quella nave, dice il marito, si è salvato e l'hanno spedito in Australia su un'altra nave, la *Dunera*. Ma non è mai più voluto tornare in Europa. Aveva troppa paura di rimettere piede su una nave, dopo quello che era successo. "Siamo venuti noi a rendere omaggio alle vittime, in occasione di questo viaggio in Italia. Sapevo della commemorazione del 2 luglio e ho fatto in modo di essere in zona in questa data. Ho voluto portare qui i miei figli, per mostrare loro il paese da dove vengono. Hanno bisogno di radici."

La moglie annuisce, sa qualche parola di italiano. I ragazzini parlano fitto fitto in inglese tra loro. Non sembrano molto interessati al luogo e tantomeno alla gente. Meglio i piatti di pasta fatta in casa che passano diretti agli altri tavoli.

Siamo l'attrazione della giornata. Abbiamo gli occhi dei paesani puntati addosso.

Al nostro tavolo, sotto la pergola di vite americana, si avvicina un'umanità curiosa. C'è chi si ferma, chi fa un commento, chi si limita a salutare. Chi si siede per un bicchiere di vino. Chi arriva per il caffè.

Ognuno ha la sua storia da raccontare. Un parente partito. Un fatto accaduto durante la guerra. I morti sull'*Arandora* sono qui tra noi, oggi, a Bardi. Restiamo a tavola fino a metà pomeriggio.

Io cerco di infilarmi tra un racconto e l'altro, faccio domande, ma di Bartolomeo Berni non riesco a scoprire niente. Nessuno lo conosceva.

"Perché mia nonna non ci ha raccontato dell'*Arandora*, se sapeva?" chiedo a bruciapelo.

"Troppo dolore. So di tanti che non ne hanno mai più parlato," risponde Beppe.

Altri vorrebbero dire la loro, ma sopra tutte si alza una voce: "Perché quella è sempre stata considerata la nave dei fascisti," dice perentorio un signore alto con un'imponente barba bianca, un curioso mix di contadino e notabile della zona, con scarpe da trekking e un paio di pantaloni verde militare con i tasconi. Gira il cucchiaino nella tazzina del caffè e parla con lentezza, come se ogni parola gli costasse una fatica immane.

"Era veramente una nave carica di fascisti?" chiedo.

"No. Ma i parenti si sono sempre vergognati a reclamare giustizia. Anche per quello che si era detto all'epoca."

Mi sentivo ancora più confuso.

Nonno Bartolomeo era un fascista? Forse un gerarca? Una spia?

Impossibile. In entrambe le foto mio nonno aveva gli occhi da cane.

È così che divido il mondo.

È un gioco che facevo da bambino, per ammazzare il tempo mentre aspettavo lo scuolabus. Scrutavo i passanti e li dividevo tra cattivi – occhi da gatto – e buoni – occhi da cane. Una mania classificatoria che non mi ha mai abbandonato, con buona pace dei felini.

Avevo confidato il giochetto a poche persone. Due, in verità. La mia prima fidanzata e Pietro.

"Tu sei un po' matto," aveva commentato lui.

"È un metodo sicuro."

"Neanche Lombroso..."

Un giorno l'avevo costretto a passare in rassegna una foto del liceo, per analizzare insieme i compagni di scuola.

"Questo è cane." "Questo è gatto." "Gatto." "Cane."

I nostri giudizi coincidevano in maniera sorprendente e la spartizione del mondo in cani e gatti corrispondeva a quella tra buoni e cattivi, come io sostenevo. A parte una meravigliosa compagna dagli occhi di gatto di cui eravamo stati infatuati entrambi e che per ciò ricadeva in una categoria a parte. Era una devianza minore, aveva detto Pietro.

Avevamo deciso che non era rilevante, ai fini della nostra statistica.

"Mammola, mi sa che hai ragione. Mi tocca ammetterlo. Ma come ti vengono in mente certe idee?"

"Pensi che saresti capace di dividere il mondo in buoni e cattivi, con i tuoi numeri?"

"Mi correggo: sei completamente matto, non un po'."

"Rispondi."

"No. Non ci riuscirei. Ma questo non toglie che tu sei fuori."

Comunque, nonno Bart aveva gli occhi da cane. E quindi non era possibile che fosse un fascista.

Ma non potevo escluderlo. Esistono anche, dovevo ammetterlo, i cani che mordono.

Al secondo caffè doppio, Beppe si alza e sparisce.

Torna dopo un po' con un corposo volume.

"Guardiamo qui."

È il registro delle visite alla cappella.

Tra centinaia di firme, pensieri e ricordi cerco il nome di mia nonna.

Cerco come Angela Berni. Niente. Lina Berni, niente. Forse si è firmata Angela Pacchiani, con il cognome da ragazza? Niente.

Passo in rassegna pagine intere di cognomi italiani accompagnati spesso da nomi di battesimo stranieri, come succede spesso con gli emigrati. Tanti sono venuti da Londra, altri da Cardiff, altri da piccoli paesi del Galles, altri dalla Scozia. Qualcuno dall'America, dall'Australia, dalla Nuova Zelanda.

Se anche nonna Lina si fosse spinta fino a Bardi, non ha lasciato traccia. E neppure mio padre. Ci sono altri Berni nel registro, è un nome comune da queste parti. Ma nessuno, apparentemente, della mia famiglia.

Non ho un vero motivo per pensarlo, eppure ho quasi la certezza che non sia mai stata qui.

Poi vedo il nome. Ho un tuffo al cuore: Florence Willis. Florence, lo stesso nome della foto del fidanzamento. *Florence e Michele*, lo ricordo perfettamente. Non si dimentica un nome così.

È stata a Bardi il 2 luglio del 1996, cinque anni fa. Abita a Milano.

È lei, sono sicuro che è lei. È la donna della foto.

3

Arrivarono che era già buio. Due colpi alla serranda abbassata e una voce: "Aprite".

Eravamo tutti lì, nella sala grande di Berni's. Dante e Margherita quella sera erano seduti a un tavolino. Cosa rara. Di solito mangiavano in piedi, dietro il bancone, sempre indaffarati.

Quella sera erano accasciati più che seduti, come abbattuti da una forza più grande di loro. Dante si era tolto la cravatta, che pendeva dallo schienale della sedia.

La notizia non era inaspettata, ma tutti speravamo ancora.

"L'Italia è entrata in guerra," aveva annunciato Julie, la capufficio. Era la segretaria più anziana e sedeva di fronte a me.

"Con chi?" avevo chiesto, cercando con quella domanda di consegnare all'ingenuità l'inevitabile. Come se ci fosse davvero una possibilità che Mussolini si schierasse contro Hitler.

"Tu cosa pensi?" aveva replicato. Non era ironia ma sarcasmo, con un fondo di cattiveria che non era riuscita a nascondere. "Bella gente, i tuoi amici italiani. Una vera pugnalata alle spalle."

Lo sapevo, lo temevo da giorni. Lo sapevamo che sarebbe successo, ma non avevamo abbandonato la speranza che la Storia invertisse il senso di marcia e iniziasse a girare in un altro verso.

Invece Mussolini aveva dichiarato guerra alla Gran Bretagna e alla Francia.

Proprio ora, mentre Parigi stava per capitolare e potevamo vedere i tedeschi dall'altra parte della Manica.

Proprio ora, che in centinaia avevano perso la vita ed erano affondati con i loro pescherecci per recuperare i nostri ragazzi intrappolati a Dunkerque.

Avevo fatto tardi, in ufficio. Erano giorni complicati e non si finiva mai.

Sarei voluta volare subito da Berni's, per vedere cosa succedeva. Invece ero dovuta rimanere. C'erano dispacci urgenti da trasmettere. C'era un gran viavai di gente che veniva a parlare con il ministro. La novità della dichiarazione di guerra dell'Italia complicava le cose.

"Vai, qui finisco io," disse Lucy.

Lucy era la mia collega, vivevamo insieme in una stanza in affitto a Pimlico. La proprietaria era una nobildonna decaduta. Non avevamo idea di cosa fosse successo alla sua famiglia, perché non ne parlava mai. Era chiaro invece che navigava in cattive acque ed era costretta ad affittare l'ultimo piano della sua palazzina vittoriana. La nostra camera era ampia, con due alti letti di mogano scuro, pesanti tende alle finestre, una carta da parati damascata. L'insieme era piuttosto lugubre, ma era comoda e vicina all'ufficio.

L'altra stanza era occupata da una vecchia signora, credevamo una zitella, molto riservata. Usciva con la veletta e i guanti, anche d'estate, salutava con gentilezza. Per il resto era come un ectoplasma: non si vedeva e non produceva suoni. Ci domandavamo in che modo si nutrisse. Come ospiti paganti, Lucy e io avevamo l'uso della cucina nel seminterrato, ma lì non la incontravamo mai, né lasciava segni della sua presenza nel bagno che dividevamo sullo stesso pianerottolo.

La padrona di casa aveva tenuto per sé il primo piano e nella quotidianità incrociavamo poco anche lei. Qualche volta scambiavamo due parole sulle scale e ogni venerdì mattina lasciavamo la busta con l'affitto su una console nell'ingresso. La sera la busta non c'era più.

Aveva un pianoforte a coda in salotto, un bel Bechstein, un residuo dell'antica agiatezza che mostrava i segni dell'attuale situazione economica, scordato e impolverato. Lo avevo fissato intensamente la prima volta che ero entrata nella stanza. La nobildonna se n'era accorta subito.

"Sa suonare?"

Avevo risposto di sì e lei mi aveva invitato a usarlo ogni volta che ne avevo voglia.

Quando suonavo, usciva dalle sue stanze e si sedeva dietro di me su un divano, con le mani in grembo. Ne percepivo la presenza, ma non si annunciava né parlava. Ascoltava e alla fine mi ringraziava e se ne andava, senza fare commenti.

Si era fatto ormai quasi buio quando alla fine ero riuscita ad alzarmi dalla scrivania. Avevo provato a telefonare da Berni's, ma non c'era stato verso. Molte linee erano state staccate o funzionavano a singhiozzo, dopo lo scoppio della guerra. Priorità alle comunicazioni belliche e di servizio, avevano detto. Era una fortuna riuscire a comunicare per telefono. Provavo e riprovavo il numero, ma niente. Non usciva alcun suono.

Il tempo di infilarmi la giacca, di prendere la borsa, ed ero in strada.

"Fammi sapere!" mi aveva urlato dietro Lucy.

Volevo arrivare prima che facesse buio. Con l'oscuramento, quando il sole tramontava, su Londra scendeva un nero di pece.

Non avevo tagliato per Soho, perché lungo la strada avevo incontrato un drappello di lavoratori della metropolitana armati di spranghe e bastoni.

"Maledetti bastardi, la pagherete!" si erano messi a gridare.

I primi mattoni contro le vetrine dei negozi italiani non si erano fatti aspettare. La gente sembrava fuori di sé, ingovernabile. All'angolo di Old Compton Street c'erano tafferugli, così avevo deciso di fare il giro lungo, passando da Holborn. Stavano arrivando i poliziotti, di corsa.

Camminavo più veloce che potevo, in preda a una paura mai provata prima. Correvo quasi, diretta a Little Italy. E più mi avvicinavo, più il terrore mi saliva in petto. A Saffron Hill sembrava passato un uragano. Due vetrine erano sfasciate, c'era gente che usciva portando via casse di vino e scatoloni pieni di cibo.

"Li prendiamo come risarcimento," gridava uno. "È ora che vi mettano tutti dentro, bastardi traditori!"

Due commercianti italiani, due fratelli che conoscevo di vista come avventori di Berni's, stavano inchiodando assi alla porta per difendere l'ingresso del loro magazzino. Altri, con le scale appoggiate al muro, staccavano le insegne dai negozi italiani.

Anche da Berni's avevano abbassato la saracinesca. Le pesanti tende nere dell'oscuramento mi impedivano la vista. Non riuscivo a vedere dentro. Non avevo bussato alla porta su Warner Street. Non era proprio il caso di attirare l'attenzione di un gruppetto di inglesi che uscivano dal Coach and Horses, il pub proprio all'angolo, dall'altra parte della strada.

Ero passata direttamente dall'ingresso sul retro, in Little Saffron Hill. Si attraversava un cortile sul quale guardavano le due enormi finestre in ferro nero, una della cucina e l'altra del magazzino. La porta era socchiusa e un tenue bagliore filtrava all'esterno, proiettando ombre sui bancali di cassette e sulle assi accatastate in un angolo della corte, incurante delle regole diramate dal ministero della Guerra per cui dopo il tramonto le luci non dovevano trapelare all'esterno. Londra era nera. Avevano spento perfino il Big Ben. Buio pesto, anche sui semafori e sui fanali dei taxi erano state montate speciali mascherine che mandavano il fascio solo in basso, verso la strada, per non essere visibili dall'alto. I bombardamenti su Londra sarebbero cominciati soltanto dopo l'estate, ma già in quei giorni vivevamo nella costante attesa di un attacco dal cielo.

Quella sera però nessuno si era accorto che la luce delle scale era rimasta accesa. Le scale salivano all'appartamento dei Berni. Quattro stanzette, un bagno e un corridoio lungo e stretto.

Girai l'interruttore e scese il buio, con un sordo *clack*. Entrai silenziosa. La tensione era nell'aria, Radio Londra stava trasmettendo il discorso del duce. Ancora non capivo bene l'italiano, ma quella voce che arrotondava le esse avevo imparato a riconoscerla quando Dante accendeva la radio e ascoltava il notiziario delle cinque e mezzo.

Intorno al grande apparecchio di legno si radunava sempre un drappello di persone per ascoltare le novità dall'Italia.

"Silenzio. Fate silenzio," diceva Dante. Poi si sentivano i colpi sordi di tamburo con cui Radio Londra iniziava le trasmissioni. Tu-tu-tu-tum, tu-tu-tu-tum, tu-tu-tu-tum.

"Silenzio," ripeteva qualcuno dai tavolini.

Ma non c'era niente da fare, rimaneva un chiacchiericcio di sottofondo impossibile da eliminare, misto al tintinnio delle posate e dei bicchieri e al tramestio di piatti che arrivava dalla cucina attraverso il passavivande.

Quella sera nella sala di Berni's il silenzio era surreale. Tutto era rimasto come sospeso. Bicchieri a mezzo, partite di scopone abbandonate a metà, sedie smosse. Erano tutti rivolti verso l'apparecchio di legno scuro, sulla mensola vicino alla nuova macchina da caffè a vapore. Dalla radio vibravano parole troppo inverosimili per essere vere.

"Combattenti di terra, di mare e dell'aria... Camicie Nere della rivoluzione e delle legioni... uomini e donne d'Italia, dell'Impero e del Regno d'Albania... Ascoltate..."

La voce era interrotta dai boati della piazza, che facevano tremare l'apparecchio. La radio e la macchina da caffè erano state le due innovazioni introdotte da Bart. Era un fanatico di ogni novità tecnica. Era affascinato dagli aggeggi meccanici, dagli ingranaggi, dagli stantuffi. Da bambino si faceva portare da Dante a Victoria Station per vedere i treni tra sbuffi di vapore e stridore di metalli.

"Voi non capite." E mostrava opuscoli di macchine e motorette. "Le automobili sono il futuro. Appena finisce la guerra, me ne compro una," diceva strizzando l'occhio a Lina. Poi le accarezzava la pancia in cui cresceva il loro bambino: "E ci andiamo a fare i picnic in campagna, noi tre. Proprio come le famiglie inglesi".

Adesso guardava la radio in silenzio.

"L'ora delle decisioni irrevocabili..."

Altro boato a Roma.

"La dichiarazione di guerra è già stata consegnata agli ambasciatori di Gran Bretagna e di Francia."

"È pura follia!" sbottò uno dei vecchi. "Io di guerre ne ho già fatta una... follia."

Anche gli altri la guerra l'avevano già fatta. Anche Dante aveva combattuto in trincea nella Somme, al fianco degli inglesi. Ma nessuno quella sera aveva voglia di replicare.

In genere si scatenavano discussioni su ogni tema, da Berni's. Avevo capito in quei due anni di fidanzamento con Michele quanto piace discutere, agli italiani. Ognuno aveva sempre da dire la sua. Tutti sempre in disaccordo con gli altri: ciascuno aveva informazioni esclusive, da fonti attendibilissime alle quali gli altri non potevano accedere, oppure si fondava su geniali intuizioni personali.

"...vincere. E vinceremo!" tuonò la voce. E tra fanfare militari e grida indistinte esplose un boato più grosso e definitivo.

Su quel boato Dante si alzò e spense la radio.

Nessuno aveva parole per commentare.

I vecchi dello scopone se ne andarono. Bofonchiando e sbuffando mentre si trascinavano fuori, anche loro passando dal retro.

Avevo ancora l'eco del boato che ronzava negli orecchi, quando Michele arrivò, bianco come un cencio, la testa piena di sangue.

"Ci tirano dietro le pietre."

A Soho c'era stata una sassaiola contro un gruppetto di camerieri che rincasava. Anche all'Ivy avevano chiuso prima. Aveva un grumo rosso scuro incrostato tra i capelli ricci e il sangue gli era colato lungo il collo a macchiare la camicia bianca con un ventaglio di schizzi vermigli.

A vederlo così il mio cuore aveva mancato un battito. Mi precipitai verso di lui. Provai ad abbracciarlo, ma si scostò.

"Non è niente."

Avrei voluto toccarlo, per sincerarmi che fosse tutto intero.

"Sei ferito?"

"Non è niente." Aveva evitato il mio sguardo, ma lo stesso vidi nei suoi occhi una luce strana, di rabbia e paura.

I colpi sulla serranda erano stati secchi e ci avevano fatto sobbalzare.

"Aprite." La voce era familiare. "Bart apri, sono io."

Joseph era in piedi lì fuori, con un collega più anziano. Indossavano la divisa nera da bobby, con l'elmetto sul quale brillava alla luce della luna la stella di Scotland Yard.

"Mickey, Bart," disse. "Dovete venire con noi. Anche tu, Dante."

"Perché?" chiese Dante.

"Ordini superiori," intervenne il più anziano, per togliere dall'imbarazzo il povero Joseph. "Dovete seguirci alla stazione di polizia per accertamenti."

Lina scoppiò a piangere.

"Che accertamenti?" gridò. "Non c'è niente da accertare."

Per tutta la serata era rimasta seduta al suo solito posto, nel bovindo, annichilita. Si teneva il pancione con entrambe le mani e non aveva proferito parola. Bart le si era avvicinato e le aveva cinto le spalle, ma lei sembrava non accorgersene, immobile e muta. Ora si era alzata di scatto e si era buttata nelle sue braccia piangendo.

"Perché? Non andare, non puoi lasciarmi proprio ora!"

Lo stringeva, come se quella stretta avesse potuto trattenerlo.

Quando aveva visto i nomi dei suoi amici sulla lista, Joseph era voluto venire di persona. Lo vedevo, non sapeva che dire. Però cercava di tranquillizzarci tutti.

Si accostò a Lina e cercò di prenderle le mani tra le sue.

"Non fare così, è solo una formalità. Tra un paio di giorni sarà tutto chiarito."

Joseph lo pensava davvero. Nessuno sapeva cosa stava succedendo. Anche la polizia era all'oscuro di tutto.

"Perché devi portarli via? Non sono criminali," piangeva Lina. "Che cosa hanno fatto?"

Joseph era rosso in viso, sudato. Entrando si era tolto l'elmetto, l'emozione e il caldo di quella giornata di fine primavera gli avevano appiccicato i capelli al cranio mettendo in evidenza le ossa. Anche quando tornavano dalle partite di calcio era rosso e accaldato, ma stasera sembrava più vecchio dei suoi venticinque anni.

"Lina, non lo so perché." Si rigirava l'elmetto tra le mani. "Sembra assurdo anche a me. Devono presentarsi per verbalizzare alla polizia. Io eseguo solo gli ordini."

Il collega anziano si stava spazientendo, era notte e voleva sbrigarsi. Non erano giornate facili per nessuno.

"Sono gli ordini. Prendete qualcosa. Può darsi che dobbiate passare un paio di notti fuori," disse.

A quelle parole Margherita si scosse dal torpore in cui era piombata.

"Vabbè, c'è poco da fare storie. Muoviamoci," tagliò corto, come se le sue mani laboriose non aspettassero che un cenno, qualsiasi cenno, pur di rimettersi in attività.

Ora sembrava aver ripreso il controllo della situazione.

"Aspettate qui." Andò al bancone e versò due bicchieri di vino ai poliziotti. "Arrivano subito."

Joseph e il collega anziano si sedettero. Conoscevano bene quegli italiani, come tutti i bobby che passavano in pattuglia a Little Italy. Erano brava gente, onesti lavoratori, non c'era niente da temere. Nessun bisogno di manette. Non sarebbero scappati. Non riuscivano a considerarli *nemici stranieri*, com'era scritto sul foglio con il mandato di arresto.

"Beviamoci sopra," disse il collega anziano a Joseph. "Stanotte dovremo darci da fare. La lista dei nomi è lunga."

Ma Joseph non toccò il vino. Aveva l'aria di un passero spaurito, di chi si rende conto di essere capitato in mezzo a qualcosa di più grande di lui, ma non è in grado di capire cosa. E tantomeno di agire di conseguenza.

Margherita andò di sopra, con Dante.

"Vedrai che non è niente..." continuava a ripetere. Lo diceva a voce alta, ma era una rassicurazione rivolta più a se stessa che al marito.

Aveva aperto il cassettone e metteva gli indumenti dentro la valigia.

"Se portano via anche te che hai cinquantacinque anni, vedrai che davvero non è niente."

Le mani le tremavano. Un tremore leggero.

"Che male potresti fare? E poi hai combattuto con gli inglesi l'altra volta. Vedrai che tutto si chiarirà presto..."

Dai cassetti si sprigionava l'odore della lavanda. Margherita prendeva la biancheria stirata e piegata con cura, intanto parlava e parlava. Dante la guardava in silenzio.

Li seguimmo su per le scale, con Michele.

"Cambiati almeno la camicia," gli dissi. "Non puoi andare così, tutto sporco di sangue."

Entrammo nella sua camera, la stanza che aveva diviso con Bart finché non si era sposato con Lina. C'erano ancora i due letti di ferro battuto, neri e cigolanti.

Mi prese la testa tra le mani e mi baciò. Mi stringeva e mi accarezzava il viso. Con un dito seguiva il profilo del naso fino a sfiorarmi le labbra.

"Non dirmi cosa devo fare." Provava a scherzare. "Che non sei ancora mia moglie..."

Provava a comportarsi come il Michele di sempre.

Ma quella sera nessuno ce l'avrebbe fatta a sollevare il mantello di malinconia e tristezza che era sceso su tutti noi. Era una cosa nera e letale, che si era appiccicata alle nostre anime come petrolio, opprimendole.

"Ma ci sposiamo appena tutto questo sarà finito. Tornerò presto e ci sposeremo. Questa è una promessa."

Per settimane quella frase mi avrebbe tenuto compagnia, nelle notti quando tutto mi sembrava perduto e non riuscivo a dormire e la mia mente era assalita dai pensieri più terribili. Aveva promesso che sarebbe tornato presto. E che ci saremmo sposati. Tutto questo sarebbe finito. Lo aveva *promesso*.

E io ci credevo. Avevo sempre creduto alle promesse di Michele, perché le aveva sempre mantenute.

Prese una piccola valigia di pelle, con i rinforzi di metallo e una cinghia per tenerla chiusa. Buttò dentro qualcosa anche per Bart.

Poi scendemmo. Mi teneva per mano.

Lina continuava a singhiozzare, aveva gli occhi gonfi, la faccia deformata dal pianto e dal dolore. Bart non si era mosso, era ancora lì che le accarezzava i capelli e la abbracciava.

"È ancora peggio se fai così, nelle tue condizioni non ti devi agitare. Prometti che starai tranquilla."

Joseph lo prese per il gomito.

"Bart, dobbiamo andare. Lina, mi spiace..."

Bart riuscì a divincolarsi dall'abbraccio di Lina. La guardò un'ultima volta negli occhi e la affidò a Margherita.

"Mamma, pensateci voi."

Si incamminarono così. Tra Joseph e il collega anziano. A un passante ignaro che li avesse visti imboccare Crawford Passage, diretti verso Farringdon Road, sarebbero potuti sembrare un gruppetto di uomini in partenza per una scampagnata o un viaggio di affari: una piccola valigia con dentro camicia e mutande di ricambio, il pigiama, un pezzo di sapone, lo spazzolino da denti e il pettine.

Un paio di notti, aveva detto Joseph.

Bart non aveva neppure preso la giacca, che penzolava appesa a un gancio sulla porta dello sgabuzzino nel retrobottega.

Ci avevano lasciato così, senza una parola di più.

Una camicia macchiata di sangue. Una cravatta abbandonata sullo schienale di una sedia. Una giacca appesa. E un bambino che stava per nascere. Questo ci era rimasto, quella sera.

Era stata l'ultima volta che avevo visto Bart, la notte del 10 giugno 1940.

Arriva con un mazzo di margherite bianche.

È un bel ragazzo. Non assomiglia per niente a suo nonno, ma ha qualcosa che me lo rende familiare. Il modo di muoversi, forse. Il modo di inclinare la testa. Le mani, chissà.

Ha suonato al citofono in strada. Abito in una palazzina con due cortili, due cancelli, senza portinaio.

La stessa voce, la stessa frase del telefono: "Sono Bartolomeo Berni".

Un tuffo al cuore, un altro.

"Attraversa il primo cortile, poi prendi la seconda scala a destra, quinto piano."

Non ho sentito il ronzio dell'ascensore. Pensavo si fosse perso su un'altra scala e invece me lo trovo sul pianerottolo, con i fiori in una mano e lo zainetto nell'altra. Ansimante.

Lo guardo bene, mentre mi porge le margherite. Un sorriso strano, non saprei se definirlo sfuggente o solo timido.

"Non amo prendere l'ascensore," dice. "Soffro un po' di claustrofobia," aggiunge timoroso, come per giustificarsi.

Indossa una polo verde e un paio di jeans.

Metto su il caffè. Non per me però, che sono già abbastanza agitata.

Ho dormito male, stanotte.

Non è stato solo il caldo. Dicono che dovrei farmi mettere l'aria condizionata. Ma io non lo voglio questo pinguino o come lo chiamano.

Ve lo dico io, il caldo non ha mai ammazzato nessuno. Alla fine anche l'afa se ne va, un po' di riscontro riesco sempre a crearlo, aprendo la finestra del bagno. Sono i pensieri, il problema. Avrei potuto aprire tutte le finestre del mondo ieri sera, ma il pensiero non sarebbe volato via.

Non sono proprio sicura di quello che sto facendo. Ieri, dopo che ha telefonato, ho provato a non pensarci, a fare altro. Ma niente. Non sono neppure riuscita a suonare la mia ora e mezzo, come ogni giorno. Suono nel pomeriggio, dalle cinque alle sei e mezzo, è un'altra delle mie piccole abitudini. Mi sono messa d'accordo con la vicina e abbiamo concordato questo orario, come dice il regolamento di condominio.

Bisogna concordare perché il suono del pianoforte dà fastidio, pensa te.

Non piace la musica, a questa gente. Stanno tutto il giorno con il televisore acceso, ma la musica dà fastidio. Sento il vociare stridulo al di là della parete, donne che si accapigliano in qualche programma della mattina e poi si accapigliano all'ora di pranzo e poi ancora il pomeriggio. Vociano tutti, e non sapete quante volte ho battuto sul muro perché abbassassero il volume.

Però il mio pianoforte li disturba... Quando ero giovane, a Londra, ho sempre creduto che gli italiani fossero amanti della musica. Musica e Italia erano la stessa cosa, per noi inglesi. Quando andavamo a giocare a bocce da Dondi's, in Eyre Street Hill, si sentiva il suono degli organetti di Chiappa, che aveva la fabbrica proprio lì accanto. Dante diceva che era stato il laboratorio più grande di Londra e che ai suoi tempi nel quartiere c'erano sessantun suonatori di organetto venuti da Bardi che vivevano in tre case in Summer Street e in Little Saffron Hill.

E quanta musica c'era, anche quando avevano proibito gli organetti.

Cantavano tutti, nel quartiere. Margherita sapeva la *Traviata* a memoria. Verdi, quanto lo cantavano... E poi Rossini, Bellini, Puccini. Quando attaccava con *Amami Alfredo* si sentiva fino in fondo a Warner Street. Gli operai del cantiere sotto il ponte della ferrovia a Roseberry Avenue si fermavano per ascoltare. E gli impiegati dell'ufficio smistamento della Royal Mail a Mount Pleasant, quando venivano da Berni's a bere un "caffè italiano", forte e nero, le chiedevano di cantare.

"Dai Margherita, facci *Casta Diva*." E rimanevano a bocca aperta. Come tutti noi. Perché Margherita aveva una voce bellissima da soprano, e avrebbe potuto davvero esibirsi in un teatro.

Dante l'aveva portata a sentire l'*Aida* quando era venuto il tenore Beniamino Gigli a Covent Garden. Andavano anche ai concerti alla chiesa di St Peter, su Clerkenwell Road. Uscivano a braccetto, vestiti a festa. Lei con il cappotto della domenica, quello con il collo di volpe e i bottoni grossi di madreperla. Lui con il cappello e le scarpe nere lucide. A St Peter c'era l'organo più bello d'Inghilterra e gli artisti italiani che lavoravano nei teatri di Covent Garden prima o poi venivano ingaggiati dal parroco per concerti di beneficenza. Raccoglievano fondi per la scuola o per l'ospedale italiano.

In certe occasioni arrivavano lussuose vetture da ogni parte di Londra guidate da autisti con il berretto. Accostavano vellutate al marciapiede e scaricavano signori inglesi vestiti eleganti. Anche gente di Mayfair e Kensington.

C'era sempre il pienone e sedersi era un problema, così Dante aveva preso l'abitudine di portarsi un paio di sedie dalla bottega, che sistemava lungo una delle navate.

Musica. Quanta musica... Ah, come lo ricordo. Era proprio la prima cosa in cui ci si imbatteva a Little Italy. C'era sempre un canto nell'aria, nel Quartiere.

Cantavano le donne cucinando o facendo il bucato nei cortili. E quando stendevano i panni sulle corde tese da una finestra all'altra, attraverso le strade. "*Quel mazzolin di fiori...*" iniziava una voce. E un'altra rispondeva "*...che vien dalla montagna...*". Arrivavano le voci da dentro i fabbricati, dalle finestre, dalle porte aperte sulla strada.

Tenevano le porte aperte, gli italiani di Little Italy.

"Anche al paese, in Italia, si faceva così," diceva Margherita. "Tanto ci conosciamo tutti."

Lei si ricordava com'era vivere in Italia, perché era arrivata che aveva vent'anni. I bambini andavano di qui e di là da soli, anche quelli piccoli. Tanto c'era sempre qualcuno che buttava un occhio o tirava uno scapaccione al bisogno.

Cantavano gli scalpellini napoletani e i marmisti, e dalla fabbrica delle statue di gesso di Back Hill arrivava l'eco di melodie che avrei poi imparato a canticchiare anch'io. *Santa Lucia*, *'O sole mio* e altre che non saprei quali fossero. Perché certe cose le ricordo benissimo, ma altre chissà dove sono andate a finire.

Da quando mi ha telefonato, il pensiero mi si è pian nel cervello. Devo decidere. Dirgli tutto? È questo che vrei fare? Non so. Non lo so proprio.

Non credo. Non credo sia giusto. Se Lina ha voluto tenere per sé questa storia, chi sono io per violare il suo desiderio?

Ho continuato a pensarci tutta la notte e stamattina sotto il casco del parrucchiere ho proseguito nei miei pensieri confusi senza arrivare a una soluzione.

Perché dal parrucchiere poi ci sono andata. Volevo essere in ordine, ve l'ho detto. *Parrucchiere* l'avevo scritto su un foglietto, ma mi sono dimenticata di chiamarlo. Mi ha fatto passare lo stesso, sono una cliente affezionata. Non ho mai cambiato parrucchiere, in tanti anni che abito qui.

Solo quando ho aperto la porta e me lo sono trovato davanti, con il suo sorriso sghembo, ho capito che la risposta era no. Non gli dirò proprio niente.

È strano, questo ragazzo. Sta seduto sul bordo del divano. Tiene la tazzina del caffè appoggiata sulle ginocchia, con entrambe le mani. Ci ha messo quattro zollette di zucchero. Quattro, mai vista una cosa del genere. E ha continuato a girare il cucchiaino con lentezza, facendolo tintinnare sul bordo, con un movimento rotatorio infinito, finché il liquido scuro non ha assorbito tutti i granuli.

Ha un modo di fare antico, non come i giovani della sua età.

Ma poi che ne so, io, dei giovani della sua età? Non ne frequento, di giovani. Li vedo passare veloci per la strada, per quale motivo dovrebbero accorgersi di me? Io li guardo, ma sono sicura che loro non mi vedono neppure. Sono invisibile, come sono invisibili tutti i vecchi. Io sì. Io mi fermo a osservarli e, va da sé, sono così diversi.

Vedo le oche giulive che si muovono nel mondo come in tv, in quella trasmissione della presentatrice bionda. Quella con la voce da uomo, non ricordo mai i nomi. La trasmissione dove le ragazze devono conquistare giovani uomini seduti su un trono. Ai tempi miei erano i ragazzi che conquistavano le ragazze. E questi qui hanno le sopracciglia affilate e curate, come le donne.

No, il televisore non ce l'ho. Io ascolto la radio, che mi tiene tanta compagnia.

La televisione la guardo di rado, solo quando mi fermo giù al bar. Hanno montato uno schermo in alto, su un braccio metallico. E quei giovani lì mi sembrano finti, come i cartoni animati. Bambole e bambolotti. Non ne so molto di loro, però mi sembrano strani. Davvero strani.

Vado sempre al bar che era del vecchio Carmelo, che aveva i tavoli di fòrmica marrone e il bancone d'acciaio. Faceva certi cappuccini meravigliosi, con la schiuma alta un dito.

I cappuccini sono ancora buoni, perché il barista è sempre lo stesso. Ma questo nuovo arredamento non mi piace. È finto anche lui, come quelli della televisione. Seggioline di plastica, copiate dalla televisione. Brutte e pure scomode. Ora che non c'è più Carmelo, stanno aperti anche la sera. Si riempie di studenti per gli aperitivi. Li chiamano happy hour. Che nome buffo.

Ma io non ci vado la sera. Vado la mattina o il primo pomeriggio, a prendere il cappuccino. Continuo a fermarmi lì anche se Carmelo ha venduto, perché è il mio posto e io alle mie abitudini ci tengo. Ma questo lo sapete già.

La settimana scorsa alla televisione ho visto cosa è successo in quella scuola a Genova durante il G8. Sono rimasta attaccata al video incredula. Tutti quei giovani massacrati. Devo essere rimasta lì un bel po', perché è venuto uno dei camerieri a chiedermi: "Signora, si sente bene?". Sono rimasta scioccata. Quanta violenza, quanta rabbia. Quelli – mi sono detta – non somigliano ai giovani dei programmi in tv. Non sono fatti di silicone, ma di rabbia.

Invece questo giovane Bart è di un altro modello. Né di silicone, né di rabbia. Che strano tipo. Mi guarda con occhi profondi, quasi febbrili. Ma non parla. Aspetta che sia io a raccontare. Mi pare che non abbia il coraggio di chiedere. È come se la voglia di sapere fosse in lotta perenne con la paura di scoprire qualcosa che sarebbe stato meglio non sapere.

Mi ha portato anche una foto, benedetto ragazzo.

L'ha tirata fuori dallo zainetto, ancora nella cornice, avvolta in una sciarpa di lana a righe.

"Non è un bell'imballaggio, lo so. Ma non ho trovato di meglio. La nonna la teneva in camera. Ho pensato che le avrebbe fatto piacere vederla."

La prendo con le due mani e guardo i nostri volti giovani e sorridenti. Come eravamo belli. Gli occhi mi si sono velati di lacrime.

"Non l'avrei mai detto..." mi è sfuggito con un fil di voce.

Non l'avrei mai detto, no, che Lina avesse conservato questa foto tra le cose più care.

Pensavo l'avesse distrutta. Sarebbe stato più logico che ne avesse fatto un falò, insieme a tutto quello che non voleva più avere sotto gli occhi.

"Cosa non avrebbe detto?"

"No, niente... Era così per dire... Non ricordavo questa foto."

Ma certo che ricordo quando ci hanno scattato questa foto. Quella sera. Era stata un regalo a sorpresa per Bart e Lina da un amico di Michele. Un omino piccolo e tozzo che viveva inseguendo con l'obiettivo le dive dei teatri del West End.

Aveva una macchina fotografica enorme. Con un flash tondo e luccicante come una padella che lo faceva apparire ancora più basso. Sembrava un bambino con in mano un grosso giocattolo. Secondo Michele, però, era il più bravo di tutti.

"Mettetevi così... Bene... I futuri sposi nel centro... Stringetevi un po'."

Michele l'aveva conosciuto fuori dall'Ivy Restaurant, dove l'omino trascorreva le serate ad aspettare cantanti, attrici e tutte le celebrità che frequentavano il locale. Passava belle mance ai camerieri per essere chiamato quando c'erano i pezzi da novanta. Che all'Ivy non mancavano mai.

Winston Churchill l'avevo visto lì pure io un sacco di volte. Pranzava anche con il mio capo. Era un habitué. Sempre con la bottiglia di champagne Pol Roger nel secchiello del ghiaccio. Andava anche al Savoy. Ma all'Ivy veniva se doveva fare conversazioni private o vedere qualcuno con una certa riservatezza.

"Quanto beve, quell'uomo! Non ci si può credere... Manda giù una quantità di alcol impressionante."

A servirlo era sempre Michele. Lo aveva chiesto sir Winston in persona al signor Giandolini, il proprietario dell'Ivy. Quel giovane gli ispirava fiducia.

Michele raccontava certe storie, su Churchill.

"Ieri è arrivato all'ora di pranzo ed è rimasto tutto il giorno al tavolo. Incontri e bevute. Champagne, whisky, bordeaux, porto. A ogni nuovo interlocutore che si sedeva con lui portavo una bottiglia diversa. Se n'è andato a mezzanotte. E sai che cosa ha detto al suo segretario? 'Be', adesso andiamo in ufficio a lavorare.'"

Se Churchill non l'avessi visto lì tante volte con i miei occhi, non avrei creduto a quelle storie fantastiche. Avrei pensato a uno degli scherzi di Michele, che si divertiva a prendermi in giro.

"Sei una credulona. Non è possibile che credi sempre a tutto. Crederesti anche se ti dicessi che ho visto piovere asini."

Churchill era amico del signor Giandolini. Dicevano che fosse intervenuto di persona per fargli ottenere la licenza degli alcolici.

Abele Giandolini era anche lui italiano. Aveva rilevato un caffè scalcinato all'angolo tra Litchfield Street e West Street, nel pieno centro di Soho, e ne aveva fatto uno dei ristoranti più alla moda di Londra. Su di lui circolavano un sacco di voci.

Dicevano che all'Ivy si incontravano spie e agenti segreti. Cercavo di immaginare chi tra quei distinti uomini d'affari in abiti di sartoria, con il collo della camicia inamidato e ai polsi preziosi gemelli d'oro, potesse essere un agente sotto copertura. Mi sembravano tutti normalissimi. Niente barbe finte. Chissà, probabilmente erano solo chiacchiere.

Il capo dell'MI5, però, l'avevo visto con i miei occhi. Ormai lo conoscevo bene. Entrava, non salutava nessuno e andava dritto al tavolo di Churchill. O del visconte Halifax, il ministro degli Esteri. O del mio capo. Una volta aveva incrociato il mio sguardo e mi aveva fatto un piccolo cenno con la testa, segno che mi aveva riconosciuto.

Non poteva non riconoscermi. Dall'inizio della guerra veniva di continuo nel nostro ufficio. Lui e una processione di gente del suo dipartimento. Funzionari con le scarpe lucidissime che scricchiolavano sul pavimento di legno. Entravano e si fermavano di fronte a Julie.

Scambiavano qualche parola sottovoce. Lasciavano plichi. Ne prendevano altri.

Talvolta venivano fatti passare velocemente nella stanza del ministro. Stavano pochi minuti, poi uscivano e camminavano via svelti, senza girarsi, senza una parola.

Altri dicevano che The Ivy fosse un covo di cospiratori.

Lo diceva Julie, in ufficio.

"Il tuo boyfriend lavora dove si incontrano i cospiratori."

"Di che cospiratori parli?"

Non amavo fare questo tipo di discorsi con Julie. Era sempre sgradevole, quando parlava di Michele.

"I cospiratori di Soho. Non fare la finta tonta. Non dirmi che non lo sai..."

"No, non lo so. Non so niente di questi cospiratori."

"Chiedilo a lui, chiedilo al tuo boyfriend italiano."

Julie aveva cambiato atteggiamento verso di me da quando avevo iniziato a frequentare Michele e il gruppo di amici italiani del Berni's.

Lo avevo chiesto a Michele. Ma lui era reticente.

"La tua amica Julie parla di cose che non sa," tagliava corto. "Dice un sacco di scemenze."

Poi cambiava discorso.

"Lascia perdere i cospiratori. Indovina invece chi c'era oggi."

"Dimmelo."

"No, prova a indovinare."

"Non fare il misterioso. Dimmelo."

"È la star del momento. Inglese. Capelli neri. Bellissima."

Lo faceva apposta, per farmi ingelosire. E io ci cascavo.

"Mai vista una donna più bella in tutta la mia vita."

A me veniva il nervoso.

"Famosissima... Ha conquistato Hollywood... Dai, è facile," rideva. "...Rossella in *Via col vento...* "

"Vivien Leigh? Davvero?"

E allora lui mi abbracciava e mi diceva: "Vedi che era facile facile? E se lei è bellissima, tu lo sei molto di più".

Era fatto così. Sempre a scherzare.

"Da noi passano solo star."

Snocciolava nomi. "Vivien Leigh e Laurence Olivier sono degli habitué. Ho sentito Marlene Dietrich cantare per i clienti. Dillo alla tua cara Julie."

Ma io avevo intuito che all'Ivy succedeva qualcosa. Ne ero sicura.

Solo che lui non me lo avrebbe mai detto.

Non subito almeno. Certo non all'epoca di quella foto, quando ci eravamo appena conosciuti.

Mi giro la foto tra le mani. Leggo la scritta.

"...*12 settembre 1938*. È stata la festa di fidanzamento di Lina e Bart. La ricordo bene."

Lui mi guarda. Continua a osservarmi, ma non fa domande.

Dai, ragazzo, avrei voglia di dirgli. Fatti avanti, se vuoi sapere. Io non ti dirò niente, ma tu almeno ci devi provare.

Invece lui beve il suo caffè in silenzio e aspetta un cenno da me.

Adesso la festa di fidanzamento prende vita nella mia testa. I ricordi affiorano alla memoria come rami trascinati dalla corrente. Santo cielo, quante cose. Ricordo anche il momento preciso in cui questa foto è stata scattata.

Non avevo mai visto tanto cibo in vita mia. Una carrellata di prosciutti, salami, formaggi e dolci squisiti mai assaggiati prima. Balli e canti fino a mezzanotte.

Era stata la mia prima volta per tante cose. Il primo vino moscato e i primi deliziosi cannoli con la crema di ricotta fresca, su un vassoio di foglie di fico. *tray*

E il primo bacio con Michele. Tutti avevano ballato a più non posso, quella sera. Avevo visto anche Dante e Margherita lanciarsi in un valzer. Dopo erano tornati al loro posto, di padroni di casa e genitori del futuro sposo.

Ballavano tutti e io non ero stata da meno, quella sera. C'erano un'orchestrina e un gruppo di napoletani con il mandolino, e altri che cantavano e ballavano la tarantella. Avevano tirato fuori i vestiti buoni, i vecchi avevano giacche di panno e non si toglievano il cappello neppure per ballare. I giovani facevano i galletti nei loro abiti blu gessati. *pinstripe*

Avevano messo dei tavoli fuori, in strada. Le lampadine colorate appese da Mickey e Bart tremolavano alla fresca brezza che soffiava dal fiume portando l'odore del mare. Era l'aria di settembre, a Londra.

Avevo un vestito chiaro e i capelli raccolti in una crocchia. Michele mi aveva preso e mi aveva fatto girare finché non mi ero abbandonata tra le sue braccia. Era stata la cosa più naturale del mondo. Avevamo continuato a roteare finché eravamo finiti fuori dal cono di luce e lì, appoggiati contro una ringhiera, avevamo lasciato che le nostre bocche si unissero. Ci baciammo e intanto Michele mi accarezzava i capelli. Sapevo che sarebbe finita così da quella prima volta che i nostri sguardi si erano piantati l'uno nell'altro all'Ivy Restaurant.

"Andiamo via di qui," mi aveva sussurrato in un orecchio.

Eravamo davvero due sfrontati, per quei tempi. Mi aveva preso per mano e mi aveva trascinato via. Avevamo camminato un paio di isolati, verso Hatton Gardens, e ci eravamo seduti sulle scale di una casa di mattoni rossi con le finestre bianche di legno. Una bella casa signorile, con vasi di fiori alle finestre e le inferriate verniciate di nero con le punte dorate. Eravamo rimasti lì per un tempo che ci era sembrato lunghissimo, baciandoci e accarezzandoci e sussurrandoci parole dolcissime.

I nostri corpi, reduci dal ballo, emanavano un calore avvolgente, si sfioravano, si toccavano. Fluttuavo in una bolla di felicità e di tepore, come sospesa nel vuoto, finché un brivido non mi era sceso lungo la schiena e all'improvviso tutto il freddo e l'umido della notte mi avevano risvegliato dall'ubriacatura.

"È meglio se andiamo, ora," gli avevo detto.

Lui si era tolto la giacca e me l'aveva messa sulle spalle.

"Vieni via con me, mia principessa. Promettimi che verrai sul mio cavallo bianco, ovunque io andrò."

Quanti ricordi, povero Michele.

Il cavallo bianco, figurarsi. Quante scemenze si dicono da innamorati. Michele diceva un sacco di stupidaggini. Però io mi sentivo davvero una principessa quando lui mi portava a ballare.

Solo Lina e Bart si erano accorti della nostra assenza. La festa era al culmine.

"E bravo, il vecchio Mickey." Bart gli aveva strizzato l'occhio. Erano abituati a intendersi senza parlare.

Eravamo tornati appena in tempo per i brindisi e i discorsi. Dante aveva fatto cenno ai musicisti di fermarsi, poi battendo con la forchetta sul bicchiere aveva chiesto il silenzio.

Uno a uno gli uomini della comunità di Little Italy avevano preso la parola.

Parlavano in italiano, io non capivo. Ma tutti annuivano, battevano le mani e brindavano tra risate e fischi.

Alla fine aveva fatto un discorso anche il sacerdote di St Peter. Li conosceva bene, i Berni. Aveva visto crescere Bart, e Michele l'aveva subito accolto nel coro della parrocchia e alla scuola serale, appena arrivato dall'Italia.

Dante no, non amava le chiacchiere. Tantomeno in pubblico. Aveva detto solo poche parole per chiedere un brindisi: "Tanta felicità per questi due giovani".

Lina pareva sul punto di piangere per l'emozione: "Le frasi e gli auguri di felicità eterna mi fanno paura. Non mi piacciono le celebrazioni. E nemmeno le cerimonie. sposarmi di nascosto. Non mi piacciono neanche le fc

A ripensarci, mi vengono i brividi.

Si erano sposati l'anno dopo, nella chiesa di St Peter. Michele e io eravamo stati i testimoni. Quasi di nascosto, come voleva Lina. Perché la guerra era alle porte e nessuno aveva tanta voglia di festeggiare. Era il luglio del 1939.

La vera festa era rimasta quella del fidanzamento. Era stata una bella serata, tutto era filato alla perfezione, almeno finché non era successa quella cosa.

Allora non mi era sembrato niente di grave. Ma a quell'epoca mi sfuggivano le sfumature. Le ho capite dopo. E ho capito dopo anche perché Michele si era incupito e mi aveva riportato a casa frettolosamente e quasi senza parlare.

Era successo dopo che gli invitati se n'erano andati.

Michele e Bart stavano riportando le sedie e le panche dentro Berni's.

Luigi era arrivato scendendo giù da Clerkenwell Road con un paio dei nuovi amici italiani che frequentava da quando lavorava al Savoy. Portavano le camicie nere, gli stivali, la giberna e la cintura alta di pelle. Praticamente in divisa fascista.

"Ciao, è tanto che non ti si vede da queste parti," gli aveva detto Bart. "La settimana prossima c'è una partita contro quelli di Poplar, se vuoi venire."

Luigi si era fermato sulla porta. Aveva tirato fuori un portasigarette d'argento, con un'aquila sul coperchio.

Bart si era rivolto ai due sconosciuti.

"Potete venire anche voi, se sapete tirare quattro calci a un pallone."

Non aveva ottenuto risposta. Luigi si era acceso una sigaretta e soffiava il fumo dritto davanti a sé.

"Vedo che si è festeggiato, qui. Allora è vero quello che ho sentito in giro. Nozze in vista, in casa Berni."

Bart non era il tipo che attaccava briga. Aveva allargato le braccia.

"Peccato, avrei brindato volentieri ai piccioncini," aveva continuato Luigi.

"Era una cosa in famiglia." Bart non voleva dare peso alla provocazione. Era entrato in negozio, aveva girato intorno al bancone e con calma era andato a prendere un vassoio con una bottiglia di moscato e dei bicchieri.

"Mica tanto di famiglia. Mi hanno detto che c'era un bel po' di gente..."

Michele li aveva ignorati. Continuava a portare le sedie dentro e le capovolgeva sui tavoli.

"Non così tanti... Un festeggiamento piuttosto intimo. Verrai al matrimonio, non ti preoccupare. Ci sposiamo a luglio."

Bart aveva appoggiato il vassoio su un tavolo e aveva versato il vino dolce.

Luigi e i suoi compari avevano alzato i bicchieri e sui loro volti il vetro fine dei calici aveva riflesso la luce bianca dei lampioni di Warner Street.

"Alla salute," aveva detto Luigi.

I compari in camicia nera avevano bevuto.

"Alla salute vostra e del duce," avevano risposto gli altri.

"Anche noi eravamo a una festa. Siamo stati al gala delle Camicie Nere a Charing Cross Road," aveva detto il più giovane, poco più che un ragazzino.

"Se vi piacciono le feste dovreste venire alla nuova Casa del Littorio. C'è una nuova sala da ballo fantastica che piacerà a queste signorine," gli aveva fatto eco l'altro.

Michele rimaneva in disparte, silenzioso.

Aveva finito con le sedie, si era avvicinato a me e mi aveva preso la mano. Sentivo la tensione attraverso la sua stretta.

"Certo, verremo," aveva risposto Bart. "Se c'è da ballare, veniamo volentieri."

Aveva raccolto i bicchieri per far capire che la conversazione era finita.

Ma Luigi rimaneva sulla porta. Sotto quella luce, con i nuovi baffetti e i capelli luccicanti di brillantina, aveva un'aria sinistra. O forse ho finito per fissare così la sua immagine.

I ricordi li addomestichiamo come ci fa più comodo, lo

so. Ma a me Luigi non era mai piaciuto. Aveva qualcosa che definirei losco, non mi convinceva e mi spaventava.

Adesso guardava verso di me. "Sempre con l'inglesina, eh?"

Michele non si era mosso. Mi aveva stretto la mano più forte.

Ma l'altro aveva subito cambiato discorso. "E all'Ivy che si dice?"

Michele l'aveva guardato dall'alto, perché lo superava di tutta la testa. E ve lo dico, se non ci fossi stata io che gli tenevo forte la mano, sarebbe scattato e gli avrebbe tirato un pugno.

"All'Ivy tutto a meraviglia," aveva detto invece, ricambiando la mia stretta.

Finalmente il terzetto se n'era andato lungo Warner Street, diretto verso Mount Pleasant. Camminavano affiancati, con i tacchi degli stivali neri che battevano sul selciato e rimbombavano nella strada deserta. Li avevamo seguiti con lo sguardo finché non erano stati inghiottiti dall'oscurità sotto il ponte di Rosebery Avenue e la loro divisa nera era diventata un tutt'uno con le facciate delle case.

Non erano ancora lontani che Michele aveva sibilato: "Prima o poi gli spacco la faccia, a quell'idiota. Con tutte le arie che si dà".

"Lasciali perdere," aveva replicato Bart.

Dante aveva seguito la scena dall'interno del negozio.

Era uscito e aveva sbottato: "Sono diventati pericolosi".

Dante era un uomo mite, non si interessava di politica. Ma sapeva cosa succedeva. Gli bastava dare un'occhiata ai titoli dei giornali che teneva per i clienti del Berni's, nelle stecche di legno attaccate con ganci di ottone alla parete vicino alla vetrina. Non li leggeva perché non era capace. Conosceva l'*Aida* a memoria ma era semianalfabeta, come molti nel Quartiere. Aveva imparato da adulto a mettere in fila qualche lettera, piano piano, con l'aiuto di Margherita, che invece aveva fatto la quinta elementare. Si fermava quindi ai titoli. Non si azzardava ad avventurarsi tra le parole fitte fitte nelle colonne. Ma tanto gli bastava.

"Ci metteranno nei guai."

Bart non era d'accordo. "Papà, lascia perdere. Sono solo degli esaltati, e Luigi è un poveretto: gli piace andare in giro vestito così perché lo fa sentire importante."

Ne era convinto. Lo conosceva da quando erano bambini. Erano stati compagni di banco alla St Peter's School, la scuola italiana in Herbal Hill. Avevano studiato le tabelline insieme. Avevano fatto la prima comunione insieme. Poi erano stati chierichetti insieme.

Quando era arrivata la novità del fascismo, all'inizio non sembrava niente di diverso dalle associazioni del dopolavoro e della mutua assistenza. C'era già il Club Mazzini-Garibaldi, che aiutava gli italiani. Ora era subentrato il Fascio, e Dante, che era membro del Mazzini-Garibaldi, si era trovato in tasca la tessera del Partito fascista. Come tanti altri.

"Ti serve, se vuoi mandare Bartolomeo alla scuola italiana. E se devi fare i documenti al consolato. Ci sono un sacco di vantaggi, dammi retta," gli aveva detto uno del Quartiere, uno dei capi del nuovo movimento.

Dante si era iscritto. E con lui centinaia di compatrioti a Little Italy.

Sembrava un'evoluzione naturale. Poi avevano cominciato a girare voci di fascisti con il manganello che piombavano nelle cucine di certi alberghi londinesi, per intimorire chi non si era ancora iscritto.

E si diceva anche che i manager di alcuni locali in centro, come il Piccadilly Hotel e il ristorante del Ritz, o il Soho Bar, chiedevano la tessera a chi si presentava per un lavoro.

Ma altri dicevano che non era vero niente. Erano storie messe in giro dagli antifascisti. Niente manganelli, il Fascio aveva solo distribuito un manuale ai camerieri, per insegnare la fierezza di essere italiani. Anche da Berni's era arrivata una copia di un decalogo intitolato *Il buon fascista a Londra*. Da come ti comporti viene giudicato il tuo paese, diceva. Tra le regole ce n'era una per i camerieri che avevano letto ad alta voce:

Non stendere la mano, ma con dignità accet
Sarai invidiato per la tua fierezza.

Avevano riso tutti.

"Sai che invidia," aveva sghignazzato Bart. "V
no solo dei buffoni?"

Michele però non rideva mai, quando si parlava dei fascisti.

Era tardi, eravamo tutti stanchi. Ma Dante ci aveva fatto cenno di sederci.

Margherita era già salita in casa e lui stava per raggiungerla. Ora sembrava non avere più intenzione di andare a letto.

Si era tolto la giacca e la cravatta della festa ed era rimasto in camicia. Le bretelle gli pendevano dai pantaloni.

Aveva liberato un tavolo girando le sedie capovolte, quindi si era versato un bicchierino di grappa.

"Dovete stare attenti," aveva detto con aria solenne.

E non essendo il tipo che faceva discorsi, quell'ammonimento diventava doppiamente solenne.

"Le cose sono cambiate. Bart, ti ricordi la visita di Mussolini a Londra?"

Bart aveva scosso la testa, con lo sguardo corrucciato di chi cerca di farsi tornare in mente qualcosa.

"Eri troppo piccolo, avevi otto o nove anni. Ma io lo ricordo perfettamente. I giornali avevano pubblicato la foto del nuovo capo del governo italiano che scendeva da una Rolls-Royce per essere ricevuto a Downing Street. Tutti volevano andare a vederlo di persona.

"A Victoria Station, dov'era arrivato in treno, c'era una tale folla che gli agenti di polizia erano saliti sul predellino della macchina per permettere alla vettura di passare. C'era un picchetto d'onore che cantava *Giovinezza*. Era la prima volta che vedevo le Camicie Nere, avevano marciato per fare il saluto fascista a Westminster e Mussolini le aveva ricevute in pompa magna al Claridge's. Tronfi, il petto in fuori. Non vrebbero mai messo piede in un albergo di lusso come quello.

"E gli inglesi, zitti, li avevano lasciati fare. Pensavano fossero dei prepotenti in camicia nera, niente di più. Anche Oswald Mosley, il capo delle Camicie Nere britanniche, non l'hanno mai preso sul serio."

Dante scuoteva la testa. I capelli li aveva ancora tutti, ben saldi, ma si erano imbiancati velocemente. Aveva due rughe profonde sulla fronte, e altre due intorno alla bocca che sembravano cicatrici inferte da una lama. Era ancora un bell'uomo, comunque.

Scuoteva la testa e buttava fuori le parole, come se dovesse svuotare un otre troppo pieno.

"Non abbiamo capito niente. Mi ci metto anche io. Ma pure gli inglesi non hanno capito niente. E anche qui, anche a Little Italy. Quanti entusiasti ho visto... Me li ricordo quelli. Dicevano che finalmente l'Italia aveva un posto tra le nazioni che contano. Persino in bottega ne ho sentiti tanti dire che ci voleva uno come il duce, per difendere gli italiani."

Sembrava spiritato, come dovesse sbollire la rabbia e i silenzi ingoiati in quegli anni.

"Sono stato zitto per non avere grane, ma ho capito chi sono quelli quando hanno rapito Giacomo Matteotti. L'hanno preso proprio appena tornato da Londra. Mi ricordo la gente in strada che protestava. Mi ricordo i tafferugli. Tutta Little Italy in subbuglio, e che botte tra fascisti e antifascisti... Proprio qui in Eyre Street Hill. Arrivarono le squadre di Scotland Yard con i manganelli e sembrava di essere tornati ai tempi delle gang, quando nel Quartiere comandavano i coltelli. Ne portarono via qualcuno, altri finirono all'ospedale. Poi non si è saputo più niente.

"E ricordo anche quando l'hanno ammazzato, quel poveraccio. La gente si era riversata in massa a Trafalgar Square. C'erano anche gli inglesi. Ed erano tutti così allibiti che non c'è stata neppure una protesta, hanno solo fatto due minuti di silenzio, in memoria del deputato morto. I fascisti giravano intorno, guardavano chi c'era. Lì non si sono azzardati.

Ma la sera hanno beccato qualcuno dei manifestanti nei vicoli bui di Clerkenwell, per dargli una bella lezione.

"Datemi retta, sono pericolosi. Io ormai ho cinquantatré anni e la mia vita l'ho fatta. Ma voi dovete stare attenti, perché una nuova guerra si avvicina."

Tutto a un tratto Dante sembrava terribilmente stanco. Aveva buttato giù la grappa in un unico sorso. Tirando indietro la testa, con un gesto secco. Sembrava quasi in trance.

"E poi, con questa storia dell'Impero. Altro che Impero! Vi siete scordati le sanzioni? Niente vino e formaggi, niente prosciutti e neppure il gorgonzola dall'Italia, grazie alle loro faccette nere in Abissinia. Questo te lo ricordi, Bart? Ti ricordi quando quei buffoni facevano il rancio fascista antisanzionista, servendo gallette e il pasto dei militari al posto della cena sontuosa, nei loro hotel di lusso? Ma chi ha preso calci siamo stati noi bottegai, che non ci arrivava più la merce dall'Italia. Chi ci ha rimesso siamo stati noi, che volevamo solo poter lavorare. Al diavolo loro e il loro Impero... E volevano anche che dessimo l'oro alla patria!"

Non l'avrei mai più visto così. Dopo quella sera si era rinchiuso nel suo silenzio mite e guardingo.

Bartolomeo non guardava suo padre, aveva gli occhi fissi davanti a sé, su un punto indefinito verso la finestra in fondo. Teneva le braccia allungate sul tavolo e le mani aperte con i palmi rivolti in basso.

Sembrava scosso da quelle parole.

"Certo... Certo che ricordo. Ma dico che è meglio starne fuori. Non voglio saperne di politica. Sono solo pagliacciate. Luigi era un mio amico. Adesso fa così, ma non è cattivo."

Erano passati appena tre anni, dalle sanzioni.

All'epoca, nel 1935, Bart aveva ventun anni e lavorava da Berni's già da un po'.

Sapeva bene come la situazione fosse diventata più difficile, dopo che l'Italia aveva invaso l'Etiopia. Era stata una sorpresa per tutti e allo Speaker's Corner di Hyde Park Mussolini era diventato un tema all'ordine del giorno.

"Ci odiano perché ci temono," diceva Luigi in quel periodo.

E magnificava le imprese del duce e del nuovo ambasciatore italiano a Londra.

"Hanno mandato Dino Grandi, un pezzo grosso, perché Mussolini ci tiene a noi italiani qui. Siamo ventimila in tutta la Gran Bretagna... vuole farne una colonia coi fiocchi."

Luigi aveva cominciato a frequentare solo gente del partito. Ma all'inizio lo vedevo ancora a Farringdon, quando giocavano a pallone.

Raccontava dei grandi raduni di Camicie Nere al London Hippodrome.

"L'ultima volta eravamo tremila. Dino Grandi ha fatto sfilare tre-mi-la Camicie Nere sotto il naso degli inglesi. Tre-mi-la, capite?"

E poi insisteva: "Bart, devi venire anche tu".

Ma Bart non ci pensava nemmeno.

Del fascismo ne aveva abbastanza. Niente divise, per lui. A scuola avevano dovuto indossare quella dei balilla. Avevano partecipato alla Befana fascista. Avevano fatto le adunate allo Edgware Stadium, con altre migliaia di bambini e bambine. E avevano cantato *Giovinezza* in fila come soldatini. Avevano fatto il saluto fascista a Edda Ciano in visita a Londra. Li avevano portati alla Casa del Littorio a sentire i concerti dei figli della lupa che suonavano il violino, lo strumento preferito da Mussolini. Un'estate era anche andato in colonia in Italia, accompagnato dalle maestre della scuola italiana.

"Una vacanza gratis, così prendi un po' di sole," era stato il commento di Margherita, e Dante aveva lasciato fare. Lo avevano portato a Victoria Station e sui binari c'era una delegazione del partito e la banda fascista a salutare centinaia di ragazzini che sventolavano gagliardetti.

Un giorno, al Consolato italiano di Londra aveva visto affisso il comandamento numero 8 del decalogo della milizia: *Mussolini ha sempre ragione.*

Era tornato in bottega e lo aveva raccontato ad alta voce, ridendo.

Ma Dante lo aveva guardato con occhi di ghiaccio e gli aveva fatto cenno con la testa di stare zitto.

Poi, nel retrobottega lo aveva fermato. "Non parlare così di Mussolini in pubblico. Non voglio grane. Capito?"

Bart aveva annuito. Con Dante non si discuteva.

Ma poi a noi lo confessava: "Mio padre esagera. Si preoccupa per niente".

Nonostante tutto, gli sembrava che non ci fosse davvero da temere.

Margherita aveva aspettato il marito in camera. Poi, non vedendolo arrivare, era scesa dalle scale, avvolta in uno scialle. Lo aveva visto con noi giovani ed era rimasta sulla porta della cucina. Silenziosa.

Alla fine Dante si era alzato. Era andato dietro il bancone e aveva lavato il bicchiere nell'acquaio. Per un attimo era sembrato che volesse continuare il suo discorso, ma poi aveva rinunciato.

Forse si era reso conto che non c'era molto altro da aggiungere. Forse era solo sfinito.

Noi lo guardavamo. Anche noi in silenzio.

Michele stava in piedi a braccia conserte, appoggiato a un tavolo. Era stato il primo a parlare. "Bart. Tuo padre ha ragione. Io Luigi non l'ho conosciuto da bambino, forse allora era diverso. Ma adesso è un farabutto, non un poveretto. Questi fascisti sono pericolosi."

E poi aveva buttato lì quella frase, alla quale avrei ripensato tante volte: "...All'Ivy lo sappiamo bene".

Questa foto... quante cose mi ha fatto venire in mente. La tengo in mano come la più preziosa delle reliquie. Un diamante purissimo, uscito da una sciarpa di lana, in una giornata di luglio. È tutto così strano.

E il giovane Bart continua a fissarmi.

"Davvero Lina la teneva in camera?" gli chiedo.

"Sì, sullo scrittoio dove ho trovato anche la lettera... Perché le sembra strano?"

Mi sembra incredibile, non strano. Ma non posso dirglielo, a questo giovanotto.

Forse allora mi sono sbagliata. Non ho capito niente. Avrei dovuto continuare a cercarla. Riprovare a farmi viva. Avrei dovuto vederla, almeno un'altra volta, prima che morisse.

Che stupida sono stata.

Ce ne accorgiamo sempre troppo tardi. Bisogna scrivere. Telefonare. Parlare. Noi ci facciamo delle idee. Ma anche gli altri se le fanno, e chissà cosa hanno in mente.

Eppure, io l'ho cercata, quando Lina è tornata a Firenze. Le ho telefonato non so quante volte. Le ho scritto, anche. Ma lei era fredda, formale. Ogni anno a Natale le mandavo gli auguri. Ogni estate, ogni viaggio, le spedivo una cartolina. Per il compleanno del bambino le facevo sempre una telefonata. Le mandavo un regalo.

Una macchinina, un pallone, un maglione di shetland.

Poi ho smesso. L'amicizia è come l'amore. Può anche ridursi a un filo sottilissimo, ma non può essere a senso unico. Se il filo si rompe è finita, non c'è più niente da fare. Era penoso, per me, fare quelle telefonate e sentire il gelo dall'altra parte.

"Se vuole le faccio una copia."

Il giovane Bart intuisce il mio sconcerto. È intelligente e sensibile, ve l'ho detto. Ma non può sapere quale sia la vera causa del mio turbamento.

"Con gli scanner di oggi viene anche meglio dell'originale. Puliscono le ombre e le macchie." Esita. "...Se le fa piacere," aggiunge, timoroso.

Gli dico di sì. Che mi farebbe piacere.

La notte degli arresti non ero riuscita a lasciare Lina sola.

Rimasi a dormire da loro, quella notte, nell'appartamento sopra Berni's.

Avrei dovuto avvisare Lucy che non sarei rientrata. Ma

non c'era stato modo. Avevo provato a chiamare in ufficio, ma non ero riuscita a prendere la linea. Continuava a funzionare a singhiozzo. Avevo lasciato perdere. Non vedendomi tornare non si sarebbe preoccupata. Avrebbe immaginato, vista la situazione.

Margherita si era ritirata nella sua camera. Sembrava ancora in preda a quell'ottimismo pratico che l'aveva colta all'arrivo dei poliziotti.

"Ragazze, andate a dormire tranquille. Domani andiamo a prenderli alla stazione di polizia e torniamo tutti insieme a casa."

Lina singhiozzava.

"Non dovevano andare. Perché li hanno arrestati? Non hanno fatto niente di male."

"Appunto. Vedrai che si risolverà tutto. Controlleranno, si accorgeranno che non hanno fatto niente e domani li lasceranno tornare a casa."

Margherita le accarezzava la testa. Era scesa di nuovo in cucina e le aveva preparato una tazza di acqua calda con la scorza di limone.

"Bevi, bevi che ti fa bene..."

Lina si era sciolta i capelli ed era rimasta così, seduta, con le mani in grembo e la tazza fumante davanti.

"Adesso calmati, prova a sdraiarti. Non devi agitarti troppo. Non ti fa bene. E non devi neppure stare troppo in piedi."

L'avevo accompagnata di sopra.

"Se vuoi rimango qui," le avevo sussurrato.

Lei aveva fatto cenno di sì con la testa.

"Sì. Mi farebbe tanto piacere... sì... se rimanessi."

Non mi piaceva l'idea di sdraiarmi dalla parte del letto dove dormiva Bart. Avrei preferito stare sulla poltrona, in fondo alla stanza. Ma capivo: sentire una presenza accanto a sé l'avrebbe rassicurata.

"Sì... vieni qui," aveva battuto due colpetti con la mano sul materasso.

Così ci eravamo sdraiate sul letto, entrambe vestite.

"Prova a dormire," le avevo detto.

Ma nessuno riuscì a chiudere occhio quella notte.

Dopo i disordini del pomeriggio, su Little Italy era scesa una strana quiete. Una calma sinistra, fatta di paura e di attesa.

Tenevo la mano di Lina che aveva smesso di singhiozzare. Sentivo il suo respiro profondo. Ogni tanto mi pareva si appisolasse, ma durava poco.

Dalla strada arrivavano colpi e rumori. Lo scalpiccio di gente che correva e urlava in lontananza.

Qualcuno che scappa, pensai.

Lina stava pensando la stessa cosa.

"Avrebbero dovuto provarci anche loro. È stato un errore consegnarsi alla polizia."

Alla fine ci appisolammo. Un sonno breve, agitato. Poi altri colpi ci svegliarono. Erano i manganelli della polizia sui portoni delle case italiane.

Albeggiava. Albeggia presto a Londra, a giugno. Prima delle cinque.

Mi affacciai alla finestra e vidi squadre di poliziotti che battevano alle porte, lungo Warner Street. Sembravano meno amichevoli di quanto erano stati Joseph e il collega anziano la sera prima.

Leggevano i nomi ad alta voce e dicevano di far presto. I due poliziotti che vedevo in fondo alla strada aspettavano fuori, in piedi. Erano sbrigativi.

Portavano via gli uomini. Molti uscivano così com'erano, senza neppure una valigia.

Lina si era alzata. Si era lavata la faccia versando l'acqua dalla brocca nella bacinella di zinco.

Si avvicinò alla finestra.

"Che cosa succederà ora?"

Sembrava più calma. Ma sulla sua guancia vidi brillare una lacrima.

Si girò per non farsene accorgere.

"Ora succede che vado a vedere dove sono finiti e li riporto a casa," le dissi. "Tu stai qui, tranquilla, e ti riposi."

Chiamai in ufficio, per chiedere un giorno di permesso.

Julie era stata stranamente gentile.

"Certo, non ti preoccupare. Capisco la situazione," disse.

Ma Lina e Margherita volevano venire con me alla stazione di polizia.

"Vado io, che sono inglese. È meglio…"

Ma non ci fu verso. Lina fu irremovibile.

Ci avviammo insieme. Eravamo riuscite a convincere almeno Margherita a rimanere a guardia del caffè.

Camminavamo su un tappeto di cocci. Le vetrine di Little Italy erano perlopiù distrutte. I negozi saccheggiati. Da Berni's, per fortuna, non era successo niente. Ci eravamo raccomandate con Margherita che tenesse la saracinesca abbassata e non aprisse la porta posteriore a nessuno. Per nessun motivo.

Non volevamo stare fuori troppo a lungo, per non lasciarla sola.

Lina camminava veloce, nonostante il pancione. Avevamo fatto appena qualche centinaio di metri quando all'angolo di Leather Lane ci arrestammo di colpo.

QUESTO NEGOZIO NON È ITALIANO. La scritta era stata vergata con cura, con l'inchiostro nero su una lunga striscia di cartone bianco, appesa di traverso sulla vetrina del vinaio.

Lina rimase impietrita. Stava per scoppiare di nuovo a piangere.

Per uno strano gioco del destino, a me era toccato il ruolo della forte. Ero più terrorizzata di lei, eppure dovevo recitare la parte di quella che sa cosa fare.

Quel cartello mi aveva sbattuto in faccia la realtà.

Io non ero italiana. Io ero inglese, non dovevo scordarlo.

In una notte gli italiani erano diventati nemici. E gli inglesi pensavano che tra loro potessero nascondersi personaggi pericolosi, capaci di tutto pur di spianare la strada alle truppe di Hitler e del suo alleato Mussolini.

Ma a me interessava solo una cosa: dov'era finito Michele. Perché l'avevano preso? Dovevo vederlo, parlargli.

Sembrava tutto così assurdo.

"Vieni via, lascia perdere," dissi.

Arrivammo alla stazione di polizia di Holborn senza altri intoppi. Ci avevano detto che li avrebbero portati lì. Ma Joseph non c'era.

C'era solo un gran trambusto e nessuno sapeva dirci niente. Il poliziotto allo sportello disse che dovevamo tornare l'indomani. Forse sarebbero stati in grado di darci qualche informazione in più.

"Eravate molto amiche?" chiede il giovane Bart.

"Molto."

"Mia nonna non mi ha mai parlato di lei. Non vi siete più viste?"

"No. Non ci vedevamo più da tanti anni."

Cosa dovrei dirgli? Che la vita è così? Che le persone si allontanano e quando succede non ci si può fare niente? È come nuotare controcorrente. Si fa uno sforzo enorme per non avanzare di un metro. Anzi, chi si intestardisce brucia energie, e alla fine rischia di affogare.

Mi guarda. Gli importa moltissimo capire cosa è successo tra me e sua nonna.

È intelligente. Vorrebbe fare altre domande, ma non insiste.

Sarei curiosa di sapere cosa sta immaginando. Chissà quante stramberie gli frullano nella testa. Siamo tutti matti a vent'anni.

"E mio nonno Bartolomeo, l'ha conosciuto bene?"

"Certo. Eravamo un quartetto inseparabile."

"Lui com'era?"

Così glielo racconto. Gli racconto di Berni's. Di cosa era successo in quei giorni. Di tutto quello che la sua foto mi ha fatto tornare in mente.

Gli racconto che Lina era orfana. L'avevano mandata a Londra da una lontana parente che si era sistemata sposando un commerciante di marmi del Quartiere. Un uomo dai modi bruschi, molto chiacchierato, che aveva fatto una certa fortuna. Dicevano fosse un fascista.

Lina aveva iniziato a passare tutti i giorni da Berni's per ricevere un po' del calore di cui la casa del commerciante di marmi era priva. Si fermava a prendere un tè nel bovindo, scambiava due parole con Margherita. Aveva finito per innamorarsi di Bart e lui di lei.

Così era andata. Niente di più semplice.

I rapporti tra Lina e la sua famiglia adottiva, mai troppo cordiali, si erano interrotti quando aveva sposato Bart. Per lei, il marmista e la moglie avrebbero desiderato ben altro. Non erano nemmeno venuti al matrimonio.

Mentre parlo lui si alza e va verso il piano. Senza fare rumore, con le sue mani lunghe e gentili alza il coperchio e fissa la tastiera. Non la sfiora neppure, si limita a fissare la sequenza dei tasti. Come se la successione e la ripetizione di quegli intervalli regolari, bianchi e neri, lo aiutasse a mettere ordine nei pensieri.

Ascolta ma non parla. Più osservo questo giovane inquieto che si aggira nel mio salotto e più sono incredula. Non sa chi sono io. Non sa niente. Eppure non posso credere che Lina abbia voluto cancellare un'intera stagione della sua esistenza con tanta determinazione. Ha nascosto la verità anche a Carlo, suo figlio, quindi. Però teneva la foto del fidanzamento sullo scrittoio. Perché?

Guardo quel ragazzo spaurito e mi trattengo a fatica. Avrei voglia di dirgli tutto. Ma come potrei dirglielo io, se Lina aveva scelto il silenzio? Non posso.

Lui riabbassa il coperchio del pianoforte, si gira verso di me e ha un attimo di esitazione. Ho la sensazione che vorrebbe domandarmi qualcosa.

È intelligente, ve l'ho già detto. E sensibile. Avrà intuito che manca un pezzetto. Ma non può sapere quale.

Sarebbe piaciuto a Michele, questo giovane Bart. Lo so, lo sento.

"Ha altre foto?" chiede alla fine.

Vuole sapere se ho conservato qualcosa di quel periodo. Qualcosa che lo aiuti a capire.

Mi alzo anch'io e vado alla libreria. Tiro per la costola il raccoglitore con la targhetta bianca AS.

AS sta per *Arandora Star*, certo.

Ci ho pensato tante volte a sbarazzarmi di questi ricordi. Invece eccole qui, le cose che ho conservato.

Apro il raccoglitore.

Ecco il volantino pubblicitario del transatlantico di sola prima classe. Magnifiche crociere dei sogni intorno al mondo.

Ecco i quotidiani di quei giorni, quando il mondo ci è crollato addosso.

Ecco i ritagli di articoli cerchiati con la matita rossa, che parlano di corpi ritrovati al largo della costa scozzese.

Non sono molte cose, ma le ho conservate tutte. Ognuna è dentro la sua busta trasparente con i buchi sul lato sinistro. Sta tutto in un raccoglitore blu. Uguale a qualunque altro, dall'esterno.

Sono pezzi di passato che escono dalle stesse buste dove tengo gli estratti conto della banca e i referti delle analisi del sangue. C'è tutta la mia storia finanziaria e medica, in quei faldoni. Sono una persona ordinata e meticolosa. Faccio il letto e ho la mia routine. È l'unico modo per non perdere la testa, perché tante cose ci entrano ma se ne vanno via subito. Invece altre sono rimaste impresse per sempre. O almeno credo. Chissà se quello che ricordo è successo davvero. O se è solo il ricordo di quello che penso di ricordare.

Cosa c'è davvero in questo raccoglitore? Me lo chiedo anch'io cosa ho conservato qui. Ci sono la memoria e l'oblio, insieme.

"A te."

Gli passo il faldone.

La sua faccia si illumina come quella di un bambino il giorno di Natale, quando scopre che la favola si è rinnovata ancora una volta e il suo regalo è lì, nel pacchetto sotto l'albero.

Il giovane Bart, con le sue mani delicate, sfoglia lentamente.

"Questa è la nave," gli dico.

"Pazzesca... Avevo già visto le foto su Internet," risponde.

Lo so che trovano tutto su Internet. So come funziona, anche se non ho un computer. Le cose che mi servono non le trovo nel computer. Però, forse... se qualcuno mi insegnasse a usarlo... Forse potrebbe essere utile. Sicuramente più dell'aria condizionata. Comunque, non è il momento di pensarci.

Il ragazzo sta leggendo i titoli dei giornali.

"Incredibile!" esclama. "Non avrei mai immaginato."

"Cosa?"

"Che scrivessero queste cose sugli italiani."

"C'era la guerra."

"Posso farne una copia?"

Non vedo perché no. Erano anni che non tiravo fuori questi pezzi di carta. Il fatto che un giovane sia così interessato a loro li fa diventare improvvisamente preziosi e importanti. Mi dà la certezza che ho fatto bene a conservarli.

Usciamo insieme, a cercare una cartoleria per fare le fotocopie.

Entra in ascensore con me. "Se sono con qualcuno, non mi fa paura," dice.

Mi sono sentita importante per la seconda volta nel giro di dieci minuti. Una sensazione celestiale, abituata come sono a sentirmi inutile. E certe volte anche un po' ingombrante.

È educato. Mi lascia il passo, mi apre la porta. Saluta la donna delle pulizie, che sta passando lo straccio nell'atrio.

In strada, una vampata di calore ci avvolge. È una bolla rovente. Il marciapiede sembra squagliarsi sotto i nostri passi. Mi chiede se voglio tornare in casa, che a cercare una cartoleria ci pensa lui. Le strade sono mezze deserte. Molti negozi sono già chiusi per ferie. È pieno di cartelli che annunciano saldi.

Rispondo di no, che mi fa piacere fare due passi. Ma se fossi stata del tutto sincera avrei dovuto completare la frase con altre due parole.

Mi fa piacere fare due passi... con te.

Giriamo un po'. Siamo vicino all'Università. Il quartiere si chiama Città Studi. È pieno di studenti, infatti. Non è difficile trovare una copisteria aperta. Ci mettiamo in fila con altri ragazzi.

Mi sento incredibilmente leggera, in coda accanto al giovane Bart. Sono un'incosciente, lo so. Cosa credo? Che adesso questo ragazzo è interessato a me? Non sono mica scema. Lo so che gli interessano solo le cose che so. Che solo io posso dirgli. Però intanto me la godo.

Dentro la copisteria l'aria condizionata è forte.

"Sarebbe meglio se si spostasse da sotto il bocchettone," dice il giovane Bart.

Non mi ero resa conto di avere un getto di aria gelida sulla testa, che muove i miei capelli leggeri.

Ma tu pensa. Si preoccupa dell'aria fredda. Non credo alle mie orecchie. Da dove è uscito questo ragazzo?

"Grazie," mormoro, stupefatta.

Non sono molto pratica di aria condizionata. Però si sta bene al fresco. Forse dovrei ripensarci. Forse dovrei davvero comprarmi quel pinguino che dicono.

Mi ci vedo... seduta davanti a un computer con un pinguino accanto.

Ridacchio tra me e me.

Il giovane Bart mi sorride e mi guarda con aria vagamente interrogativa.

Non gli sfugge nulla.

"Niente, niente," dico.

Deve pensare che sono mezza matta.

Quando è il nostro turno, fa le fotocopie. Maneggia i ritagli con cura, poi ripone tutto nelle buste trasparenti.

Tiro fuori il portamonete, vorrei pagare, fargli un piccolo regalo. Un gesto simbolico.

Ma non ci riesco. Mentre io mi perdevo dietro ai pinguini e ai computer, lui ha pagato.

"Ci mancherebbe altro. È già stata così gentile."

Mentre torniamo verso casa, si è fatta l'ora di pranzo. E lui mi spiazza definitivamente: "Vuole mangiare qualcosa con me?".

Lo ringrazio, ma non è il caso. "Non mangio fuori volentieri."

Non è vero. Mi è sempre piaciuto mangiare fuori. Però adesso sono troppo agitata. Ho lo stomaco chiuso, non sarei in grado di mandare giù un boccone. Non posso andare a pranzo con lui. No di certo.

"E poi, con questo caldo: meglio non esagerare, a mezzogiorno," dico.

Cosa mi passa per la testa? Perché sono stata così scortese?

Ci è rimasto male. Lo vedo dalla sua espressione. Ora penserà che sono scorbutica oltre che matterella.

Non ci resta che tornare a casa. Cammina accanto a me. Nuovamente chiuso nel suo mutismo.

Colpa mia, penso. Proprio ora che si stava sciogliendo. Che idiota sei, cara Florence. Così tanta vita vissuta e non hai imparato niente. Brava, proprio brava. Adesso sarà difficile recuperare.

Gli squilla il telefonino. Lo tira fuori dalla tasca dei jeans. Guarda lo schermo ma non risponde. Sarà la fidanzata? Perché non risponde?

Ecco. È arrabbiato.

Riprendiamo l'ascensore.

Ormai l'incantesimo è rotto. Non c'è molto da dire.

"Grazie mille per queste." Piega le fotocopie e le mette nello zainetto. "Mi ha fatto veramente piacere conoscerla."

"Anche a me," dico. Non mi viene altro da aggiungere. Nemmeno a lui.

Le formalità dei saluti sono veloci. Ormai vuole solo andare via il prima possibile.

Si congeda e si avvia verso la porta.

Quando sto per chiudere e lui sta per sparire dalla mia vista, lo richiamo.

"Bartolomeo... "

Si gira.

"Non ci sono le mie lettere, tra le cose di tua nonna?"

Lui mi guarda con un'aria strana. E in quello sguardo rivedo gli occhi intelligenti del caro vecchio Bart.

Ecco cos'è che lo fa somigliare a suo nonno, questi occhi malinconici e intelligenti.

"No, mi pare di no. Ma posso controllare meglio... Se le fa piacere."

"Le avevo scritto. Mi farebbe molto piacere se controllassi."

"Allora controllerò."

Chiudo la porta e lo sento scendere per le scale.

4.

Che tipo, questa Florence. Chi l'avrebbe detto. Una testa così lucida: ricorda tutto, di quel periodo. Assomiglia un po' a mia nonna. Ma meno legnosa, mi pare. E io l'ho fatta arrabbiare.

Era così strana, alla fine. Non avrei dovuto chiederle di mangiare con me. Solo perché era amica di mia nonna. Sono uno stupido, ecco cosa sono. Stupido e presuntuoso.

Ci mancava solo la telefonata di mio padre. Nel momento sbagliato, al posto sbagliato. Inopportuno anche a trecento chilometri di distanza. Non ho risposto. Quando faccio così si infuria.

Se solo sapesse che sono qui per vedere una vecchia amica della nonna, mi ammazzerebbe. Gli ho detto che sono venuto a Milano per un colloquio di lavoro.

"Perché non rispondi mai? Cosa ce l'hai a fare quel telefonino?" Una delle sue frasi fatte.

Mi verrebbe quasi voglia di chiamarlo per dirgli la verità: non ho risposto perché ero con una creatura deliziosa. Una vecchietta, che era amica della nonna e ha conosciuto anche tuo padre. E che avrebbe un sacco di cose da raccontarti, se solo ti interessasse starle a sentire.

Ma evito. È inutile fare polemiche con mio padre.

Continua a chiamare.

Una volta. Lascio squillare a vuoto.

Un'altra volta. Non rispondo.

Alla terza lo prendo.

"Perché non rispondi mai?"

"Sono a Milano. Non c'è campo... non ti sento... ti racconto quando torno..." taglio corto. Invece ci sono cinque tacche, lo sentivo benissimo.

Ora devo inventarmi qualcosa di credibile.

Agenzia di pubblicità? Perché no. Suona abbastanza bene. "Sono stato a Milano per un colloquio in un'agenzia di pubblicità. Cercano qualcuno con un profilo umanistico." Non so quanto sia credibile.

"Cerchiamo laureando con profilo umanistico." Non suona affatto bene. Ma tanto che ne sa, mio padre, di pubblicità? Di certo lo giudica un campo abbastanza frivolo, adatto a uno sconclusionato come me.

Mi siedo su uno sgabello nella vetrina di un bar vicino alla stazione, frequentato da viaggiatori e impiegati della zona.

Sono le due e il locale si sta svuotando. La pausa pranzo la fanno presto, a Milano. Un gruppetto di colleghi sta finendo di mangiare a un tavolino da quattro. Sono alla panna cotta con lo sciroppo di fragole, servita in piatti quadrati con gli angoli rialzati. Che orrore. Io odio i piatti quadrati. Odio gli angoli rialzati. E odio anche la panna cotta con lo sciroppo di fragole.

Un altro gruppetto si è alzato, si dirige compatto al banco. Sono tre uomini e una donna.

"I caffè ordiniamoli qui, che è tardi," dice un tizio alto, con il pizzetto e una camicia bianca inamidata. È il capufficio, si capisce da come si rivolge agli altri.

Gli altri annuiscono.

"Shakerato freddo, senza zucchero," dice la donna, una mora piccola e ossuta, abbronzatissima. Indossa un vestito senza maniche bianco e rosso e sandali rossi dal tacco vertiginoso.

È la sua amante ed è appena tornata da due terribili settimane di vacanza al mare con il marito. Adesso vorrebbero recuperare. Lui le ha chiesto di vedersi dopo l'ufficio, ma lei deve tornare a casa presto, il marito sospetta qualcosa. Per questo è così nervosa.

Non faccio in tempo a finire il pensiero, che già sono arrabbiato con me stesso.

Sono sempre il solito. La devo smettere con questo viziaccio di costruire storie.

Ma che ne so, io? Che ne so di questa poveretta? Magari è così agitata perché la madre sta morendo di tumore e lei fa le nottate al suo capezzale. Oppure è stata appena lasciata dal compagno, scappato con una ragazza vent'anni più giovane di lei.

Pietro dice che immagino le vite degli altri perché non sono capace di vivere la mia. Semplicistico, gli rispondo. Ma comincio a sospettare che abbia un po' di ragione.

Che ci posso fare? Mi capita così, di perdermi in pensieri che si generano autonomamente.

Devo smetterla. Bart, smettila di guardare fisso questa donna. Concentrati sul cibo e ordina.

Mi alzo e mi avvicino al bancone. Ho davvero bisogno di mangiare qualcosa.

Avrei dovuto insistere con Florence. Sarebbe venuta, se fossi stato più convincente.

Non sarei finito in questo buco, uno di quei luoghi tristi dove la ristrutturazione non è riuscita a coprire lo squallore. Il buffet è altrettanto malinconico. Fette di pomodori agonizzanti accanto a fette di mozzarella dai bordi ingialliti: la chiamano "caprese". Piattino triste con roast-beef da un lato e dall'altro un pugno di fagiolini e patate arrosto. Insalata di mare desolata con spruzzata di prezzemolo di frigorifero. Insalata scialba con chicchi di mais, mozzarelline, pomodorini, tonno in scatola sbriciolato in una boule di vetro.

La sana alternativa al panino, si vantano sul menu affisso dietro la cassa. Se questa è l'alternativa, preferisco il panino. Ordino un filoncino con il prosciutto crudo.

Con questo si va sul sicuro, penso. Impossibile rovinarlo.

Errato. Hanno rovinato anche questo.

Torno con il mio panino flaccido e mi arrampico sullo sgabello in vetrina. Non posso fare a meno di guardare fuori. Un punto di osservazione perfetto, se volessi ricominciare con il mio gioco di antropologo metropolitano. Ma per oggi basta. Basta vite degli altri.

Sul marciapiede, davanti al bar, bivacca un piccolo esercito di extracomunitari. Formano una fila lunga e diritta, hanno disposto la mercanzia su teli e cassette della frutta rovesciate. Braccialetti, perline, custodie per cellulari, spille e calamite per il frigorifero, bandane, occhiali da sole, cappellini di paglia.

Stanno lì, accoccolati, e cercano di ripararsi dal sole a picco con ombrelli da pioggia. Chissà a chi vendono la loro merce. Non ho ancora visto nessuno fermarsi, neppure rallentare per gettare un occhio. I milanesi camminano spediti, sguardo avanti, veloci come spolette da un'aria condizionata all'altra.

I turisti trascinano trolley rumorosi e sembrano mossi dall'unica preoccupazione di non perdere il treno.

Chi le compra le perline? Sto per ripartire con le mie storie e le mie fantasie, quando un *bip bip* nella tasca mi riporta alla realtà. Tiro fuori il telefono. Il messaggio arriva da un numero sconosciuto.

Ciao Bartolomeo. Sono riuscito a rintracciare il soldato inglese. Lo trovi alla Pensione Flora, alle Focette. Ecco il numero. In bocca al lupo. Facci sapere come è andata. Saluti da Bardi.

Non si firma. Dev'essere Beppe Conti, o comunque qualcuno del Comitato per le Vittime dell'*Arandora Star*. A Bardi mi avevano parlato di un militare inglese sopravvissuto al naufragio. Il 2 luglio di qualche anno fa si è presentato alla commemorazione e da allora torna tutte le estati. Porta un mazzo di fiori alla cappella, mangia alla trattoria con i bardigiani e poi prosegue per la Versilia, dove si ferma due settimane.

Sorrido. Che gente, penso. Non hanno dimenticato.

Guardo l'orologio: ho tempo, lo chiamo subito.

Risponde una voce di giovane donna. Probabilmente è una pensione a conduzione familiare.

Lascia alzata la cornetta, sento in sottofondo voci e rumori di stoviglie, poi la giovane donna che si rivolge a qualcuno: "In camera non c'è. Vai un po' a vedere se è in veranda. A quest'ora in genere è sul dondolo".

Poi torna da me: "Lo stiamo cercando. Può aspettare un attimo o preferisce richiamare?".

Le lascio il nome e il numero di telefono.

Ma non ce n'è bisogno. Sento uno scalpiccio, passi pesanti che si avvicinano e una voce baritonale nella cornetta.

"Chi è?"

Gli spiego chi sono e che vorrei incontrarlo.

"Preferirei di no," dice.

"Mio nonno è morto su quella nave," dico.

"Sono qui in vacanza," replica lui.

"Mi farebbe veramente tanto piacere se trovasse del tempo per me," insisto.

"A me no." E chiude la comunicazione.

Il vagone si sta riempiendo velocemente di turisti. Arrancano per salire, sudati, carichi di bagagli, in canottiera e pantaloni da spiaggia.

"Venghino siori, venghino. Più gente entra, più bestie si vedono..." diceva nonna Lina. Non c'è frase migliore per descrivere questo caravanserraglio.

Prendo un posto vicino al finestrino. Apro lo zainetto e tiro fuori le mie fotocopie. Ho comprato anche dell'acqua ghiacciata. Le gocce della condensa colano a formare una piccola pozza sul tavolino aperto davanti a me.

Mi piace viaggiare in treno. Preferisco la moto, ma il treno per me è il secondo della lista. L'importante è avere un posto vicino al finestrino. Amo guardare la campagna volare via veloce e i pali della luce che si inclinano. Lo facevo anche quando ero bambino, appoggiavo la testa al vetro della macchina e fissavo le strisce sull'asfalto dell'autostrada lasciando che il paesaggio filasse sullo sfondo. Mi addormentavo così e mi risvegliavo quando si spengeva il motore. Subito dopo c'era la voce di mio padre: "Che ti portiamo a fare in giro, se dormi sempre?".

Provo a telefonare a Pietro, squilla a vuoto. Vedrà che l'ho cercato, mi richiamerà.

È piacevole sprofondare nella poltrona, rinfrancato dal getto fresco dell'aria condizionata. Mi abbandono, allungo le gambe e cerco di riavvolgere il filo di questa strana giornata. Chiudo gli occhi e vedo Florence, le sue mani delicate da pianista e la nuvola di capelli bianchi freschi di parrucchiere.

Appoggio la testa al vetro, l'altoparlante annuncia: "Il treno fermerà nelle stazioni di Bologna Centrale, Firenze Santa Maria Novella, Roma Termini e arriverà a Napoli Centrale alle ore venti. Gli eventuali accompagnatori sono pregati di scendere".

Le palpebre si fanno pesanti. Come il treno si muove, scivolo in un sonno leggero e vigile, disturbato da brevi incubi e piccoli brividi. Nel dormiveglia, le parole dei viaggiatori seduti di fronte si impastano con quelle di Flo. Vedo mia nonna che piange, vedo un giovane uomo camminare sul selciato nero di Little Italy, girare in un vicolo stretto, chiuso da due file di mattoni scuri. È una scena piena di angoscia...

Mi sveglio di soprassalto. Il treno sta entrando nella stazione di Bologna.

Mi stropiccio gli occhi, mi guardo intorno ancora un po' intontito.

Riprendo coscienza e controllo il cellulare. Niente. Nessun messaggio.

Riprovo a telefonare a Pietro. Squilla ancora a vuoto. Mando un messaggio: *Dove sei? Chiamami. Sto tornando a Firenze.*

Le fotocopie sono sempre lì, sul tavolino, che mi aspettano.

"The Times", Londra, 11 giugno 1940:

Ci sono state manifestazioni anti-italiane in alcune zone di Soho [...]. Le vetrine di molti ristoranti sono state fracassate. A Liverpool, dove si sono riscontrati danni notevoli alle proprietà, circa 70 italiani sono stati arrestati dai poliziotti e portati via in macchina tra i fischi della folla inferocita. Ci sono stati parecchi feriti e molti sono stati arrestati durante i gravi disordini contro gli italiani avvenuti a Edimburgo.

Prendo un altro foglio.
Scrive un certo John Boswell sul "Daily Mirror", 27 aprile 1940:

Conosco un sacco di italiani. Mi piacciono tutti. Non siamo, grazie al cielo, in guerra con l'Italia e spero che non lo saremo mai. Ma tale speranza non pare condivisa, sinceramente, dal troppo astuto governo italiano [...]. Mussolini si sta allineando contro gli alleati... il fucile dalla canna mozza è stato caricato. Il governo italiano ha migliaia di leali discepoli tra di noi. Italiani di nascita. Fascisti di razza. Scrivo questo memorandum nella speranza che si tenga ben conto di tutto ciò quando i membri della "Quinta colonna" verranno esaminati. Ci sono più di ventimila italiani nel Regno Unito, undicimila dei quali risiedono a Londra. L'italiano di Londra è indigeribile.

Leggo di nuovo. Credo di aver letto male. No, dice proprio così.

L'italiano di Londra è "indigeribile". Viene qui temporaneamente, lavora finché ha abbastanza denaro per comprarsi un pezzo di terra in Calabria, Campania o Toscana. Il suo primo obiettivo è dare inizio a un piccolo business, un caffè. Spesso evita di impiegare personale inglese. Gli torna più conveniente far venire parenti dal suo paese, dal suo villaggio in Italia. Così i battelli si riempiono di Francesche e di Marie dagli occhi neri e di Gino, Tito e Mario dalle sopracciglia di scarafaggio.

101

Quel sonno agitato mi ha fatto venire il mal di testa. Finisco di leggere:

Ogni colonia italiana all'estero è un calderone di fumante politica italiana, di fascismo nero che scotta come l'inferno [...]. Perfino il più pacifico proprietario di caffè di periferia, rispettoso della legge, ha un sussulto di patriottismo solo a sentir nominare Mussolini [...]. Il nostro paese è costellato di tante piccole cellule di potenziali spie e traditori. C'è una tempesta che arriva dal Mediterraneo e noi, con la nostra stupida tolleranza, le spianiamo la strada.

Scarafaggi? Mio nonno era uno scarafaggio nemico? Era una spia fascista?
C'è un altro piccolo ritaglio, completamente annerito. È la fotocopia di una fotocopia che chissà quante altre volte è stata copiata e passata di mano in mano dai parenti delle vittime prima di arrivare a Florence. È un giornale italiano. C'è scritto a penna, su un lato: "Corriere Emiliano", luglio 1940.

Fra gli arrestati italiani figuravano banchieri, commercianti, industriali, medici, avvocati, direttori di grandi società italiane, proprietari e camerieri d'albergo e di ristoranti e persino umilissima e innocua gente, che viveva a Londra da decenni e non poteva essere certo sospettata di appartenere alla temutissima "Quinta colonna". Arresti di massa, internamenti, la distruzione dei negozi, presi d'assalto, saccheggiati, letteralmente svaligiati.

Mio nonno era uno di quegli "umilissimi e innocui". Sono sicuro. Non poteva essere una spia fascista. Che cosa mi viene in mente?

Fuori corre la campagna. Campi gialli bruciati dal sole e tronchi secolari, nodosi, di ulivi d'argento. Siamo entrati in

Toscana, una strada bianca sterrata costeggia la fer
fondo si stagliano nel cielo imbrunito eleganti cipre
verde così scuro che a quest'ora di sera sembrano d
nero. Dicono che portano male, perché sono gli all ... uei
cimiteri. Non è vero. Il cipresso è riservato, non è un caciaro-
ne come le betulle o i tigli, con tutta quella confusione e tutto
quello stormire di fronde. È timido e solitario, un po' come
me. È il mio albero preferito.

Guardo il telefonino. Pietro non risponde. Proprio ora
che mi sta salendo l'ansia.

Lo so cosa succede quando fa così. Sta per arrivare l'attacco.

Lo sento venire da lontano, sale piano dal profondo ma
esplode veloce.

Non devo pensarci.

Non pensarci. Non pensarci.

Ma più mi ripeto che non dovrei pensarci, più sento che
si avvicina.

Arrivano sempre all'improvviso, questi bastardi. Una
manciata di secondi e non puoi più farci niente.

Non pensarci. Pensa ad altro. Vorrei convincermi, ma la
testa non obbedisce.

La testa fa quello che vuole, come sempre. Va dove le pare. Con una speciale predilezione per i posti pericolosi. Ora
sta andando proprio lì, verso il burrone.

Prendo il telefono, mi tremano le mani.

Eccolo che arriva, inizia.

Faccio il numero di Pietro. Mi basterebbe che rispondes-
se al telefono. Se risponde, l'ansia svanisce subito. Conosco
bene il meccanismo, mi basta parlare con qualcuno e torno
al sicuro.

Rispondi, rispondi. Lascio squillare un po'.

Non risponde.

Ormai l'attacco è partito. Le mani mi sudano. Tremo tutto.
Il cuore inizia a battere all'impazzata. Sempre più forte.

Sento i battiti in gola, il petto mi brucia, sta per scoppiare.

Mi viene un infarto. Lo sento. Non ce la faccio. Muoio.

No, non morirò. Lo so che non morirò. È già successo decine di volte.

Ma questa volta è diverso. Questa non è ansia, è un infarto vero.

Morirò così, da solo, su un treno.

Provo a richiamare Pietro. Rispondi, rispondi, ti prego rispondi.

Non risponde.

Ho il palmo delle mani umido di sudore.

Un'ondata di calore mi sta prendendo il collo, mi scende lungo la schiena.

Respira a fondo, con calma. Non è un infarto. Non morirai. Devi far rallentare il cuore.

Non serve a niente. È un infarto. Non serve che mi racconti storie. Sto per morire.

Le mani tremano, chiamo ancora.

Dov'è finito? Perché non risponde?

La voce registrata annuncia che stiamo entrando nella stazione di Firenze Santa Maria Novella.

Non ce la faccio. Non ce la farò ad alzarmi. Mi scoppierà il cuore e rimarrò stecchito su questa poltroncina. Mi troveranno gli inservienti stasera a Napoli, ormai duro e freddo, perché saranno un bel po' di ore che questo infarto mi avrà stroncato.

Forse no, forse è solo un attacco di panico. Ma certo, vedrai, è così. Ora scaccia i pensieri negativi. Fai un bel respiro, alzati e scendi da questo maledetto treno.

Raccolgo le fotocopie con mani tremanti, butto tutto dentro lo zaino.

Dai alzati, muovi quel culo. Alzati.

Non ci riesco. Sono incollato alla poltrona.

Mi viene un'idea folle. La mia ultima speranza è lei.

Cerco il numero. *Florence.*

La chiamo?

No, non fare cretinate. E poi cosa le dico?

Scusi signora Willis, la chiamo perché ho un attacco di panico e quell'idiota del mio amico non mi risponde. Sa, sono un po' un cipresso, ma se sento una voce amica l'ansia se ne va.

Che assurdità! Non posso chiamarla.

Il treno ha rallentato. Un ultimo scossone prima di fermarsi.

Perle di sudore mi colano lungo il petto. Ho le mani bagnate, la brusca frenata rischia di farmi schizzare via il cellulare, la mia ultima àncora di salvezza.

Cerco goffamente di trattenerlo e mi ritrovo con la testa contro il tavolino di plastica aperto proprio davanti al mio naso. Una botta fortissima. Una fitta profonda mi attraversa il cranio.

I passeggeri sbuffano e spingono verso l'uscita. Chi scende a Firenze fa faticosamente scivolare i bagagli dalla cappelliera e si mette in fila nel corridoio. Hanno sempre tutti una gran fretta di abbandonare i treni. Nessuno fa caso a me.

Io rimango lì, frastornato e immobile. Con il cuore che continua a battermi infuocato in petto. Sento il battito in tutto il corpo. Nelle orecchie, nelle palpebre, fino alla radice dei capelli.

Sei il solito idiota, mi dico.

L'infarto è sempre in agguato, ma il nuovo dolore al naso lotta per avere il sopravvento. Si propaga dalle narici fino alla nuca, sembra attraversare i bulbi oculari. Sento in bocca il sapore dolciastro del sangue e dal naso iniziano a colare grosse gocce di un colore vermiglio. Non so come, riesco a mettere una mano nello zaino e a tirarne fuori un fazzoletto di carta che pigio contro il viso, appena in tempo per intercettare un fiotto rosso, caldo e appiccicoso, che mi fa capire la gravità della situazione.

Adesso che faccio?

In una mano tengo il cellulare, con l'altra mi tampono il naso.

Devo scendere dal treno. Devo chiamare Florence. Devo chiamarla assolutamente. Premo il tasto con la forza della disperazione.

Squilla.

Rispondi almeno tu, ti prego, ti prego.

Risponde dopo uno squillo.

"Pronto?"

"Pronto? Sono Bartolomeo Berni."

"Sì, ti ho riconosciuto. Non ti preoccupare, la sciarpa ce l'ho io, è qui."

Sono al sicuro. È fatta. La sua voce è calda, morbida; mi è bastato sentirla per cominciare a calmarmi.

Adesso il mondo sembra in discesa. È tutto semplicissimo. All'improvviso, quella che un minuto fa mi appariva una serie di ostacoli insormontabili è svanita. Alzarsi, scendere, uscire dal treno. Non provo più alcuna paura. Tutto è lontanissimo. La mano non trema più. Il cuore sta tornando normale. Mi alzo, come se fosse la cosa più semplice del mondo. Non dovrei stupirmi, perché in effetti è la cosa più semplice del mondo.

"Volevo giusto sapere se l'avevo lasciata lì."

La conversazione ha qualcosa di surreale. Una sciarpa di lana in una giornata di luglio da trentacinque gradi... Ma che importa. L'importante è che, come per miracolo, mi ritrovo in fila dietro agli altri. Mi tengo ben aggrappato al telefono. Non vorrei mai che cadesse la linea o che Florence riattaccasse. L'altra mano sul naso, il fazzoletto è rosso di sangue. Il breve tragitto verso l'uscita non è più un campo minato impercorribile. In due falcate sono sul predellino.

E con un balzo sono sulla banchina della stazione.

"Era scivolata sotto il divano. La conservo io."

"Perfetto, allora."

"Vedi se trovi le mie lettere."

"Certo."

"Grazie."

"Grazie a lei, ci sentiamo presto."

Cammino verso la testa del binario, frastornato. Tasto con i polpastrelli e controllo la situazione: il naso è tumefatto e anche il labbro si sta gonfiando, ma almeno non sanguino più.

Con la stessa velocità e rapacità con cui era arrivato, l'attacco si è dissolto nel niente. Lasciandosi dietro vibrazioni ambigue. So che è successo, ma non mi pare possibile. Adesso che sono tornato nella mia pelle, non riesco a credere che sia accaduto a me, proprio a me. La voragine dove stavo precipitando solo cinque minuti fa si è richiusa.

È la cosa più reale che mi capita di vivere. È una sensazione strana, di liberazione e di leggerezza.

Mi avvio lentamente attraverso l'atrio della stazione.

Sono sempre guardingo, dopo un attacco di panico. Per riprendere il pieno controllo mi ci vuole un po'. Le mani ora sono salde. Le gambe invece sono ancora pesanti. Mi sento come se avessi lottato contro un ciclope.

Mi piace arrivare a Firenze in treno. Tutto mi è familiare qui. Ci venivo da bambino con mio padre, la domenica pomeriggio. "Andiamo a vedere i treni," diceva. Per me era festa grande. Facevamo tappa dal giornalaio dove lui comprava il "Sole 24 Ore" e per me qualche pacchetto di figurine Panini. Non mi rivolgeva la parola né mi prendeva la mano. Camminavamo fianco a fianco senza dire granché, ma io ero eccitatissimo.

"Non superare la riga gialla," mi ammoniva. Poi si sedeva su una delle panchine di travertino e ottone, e affondava la testa nel giornale.

Ho passato lungo questi binari alcune delle ore più felici della mia infanzia. In contemplazione davanti all'andirivieni dei locomotori e sfiorando l'estasi pura quando un facchino mi faceva salire sul suo trattorino giallo, con la coda di vagoncini carichi di valigie che si apriva la strada tra i passeggeri con il suo *bip bip*. Seduto su quel veicolo tanto simile a un giocattolo, mi sentivo il re della stazione.

Quando era l'ora di andare, mio padre si alzava, arrotolava il giornale e se lo infilava in tasca. Era il segnale, e a quel punto ogni mio tentativo di resistere sarebbe stato inutile, avrebbe provocato solo la sua furia. Lo sapevo e correvo al primo richiamo come un cane ben addestrato, per il timore che ogni mia resistenza o capriccio potesse rovinare quella magia.

Sulla via di casa mi comprava un gelato. "Acqua in bocca

con la mamma, altrimenti dice che ti rovino l'appetito."
Niente al mondo poteva rovinarmi l'appetito. La vita era bella quando avevo sempre fame.

Le stazioni continuano ad affascinarmi. Qui si possono osservare le vite di chi le abita, gli invisibili. Tossici, clochard, extracomunitari, tutti gli esseri umani che la gente non vuole vedere per strada finiscono qui, in questa terra di frontiera tra la tolleranza e l'illegalità, dove la polizia chiude un occhio e i passanti tutti e due.

Anche stasera sono qui con i loro fagotti e i loro letti di cartone. Ma oggi no, sono troppo esausto per fare le solite due chiacchiere e immaginare i finali sbagliati di vite iniziate chissà come. Evito le sale d'aspetto e il sottopassaggio dove stagna l'odore acre di urina misto a fumo rancido di sigaretta.

Costeggio la fermata dei taxi e attraverso la piazza tra le aiuole di fiorellini viola, il colore della Fiorentina. Stasera ho solo bisogno di fare due passi e di prepararmi ad affrontare la raffica di domande di mio padre.

La camera è perfetta. I libri con la costola in ordine decrescente. L'orso è sul cuscino. Le macchinine in fila sullo scaffale.

Mi butto sul letto a pancia in su. Abbraccio l'orso. Sono spossato. Ho affrontato mio padre con la lucidità chirurgica che solo la stanchezza può generare. Per fortuna, il naso gonfio ha catalizzato l'attenzione e la storia dell'agenzia di pubblicità è passata in secondo piano.

Quando sono entrato erano in cucina, stavano guardando il telegiornale delle otto.

"Diosanto, che ti è successo?" è saltata su mia madre.

Mio padre mi ha scrutato senza dire niente. Ho avuto la sensazione che per una volta fosse quasi fiero di me. Un figlio che fa a pugni forse ha un po' di palle, avrà pensato. Non mi ha chiesto cos'è successo.

È rimasto zitto e ha ripreso a guardare la televisione, mentre mia madre andava a prendere la scatola dei medicinali.

Mi sono guardato bene dal dirgli che di pugni non ne ho dati, solo ricevuti.

Mi godo i miei cinque minuti di gloria e glisso. Mi sento un gladiatore ferito, un eroe reduce da una missione epica. Nessuno può sospettare della mia giornata catastrofica.

"Cos'hai combinato?"

"Non è niente, mamma, lascia stare."

Mi era rimasta solo una piccola incrostazione di sangue fin quasi al labbro. Ma mia madre è una maniaca compulsiva ipocondriaca. Mi ha disinfettato tenendo un batuffolo di cotone in una mano mentre con l'altra mi teneva ferma la testa, come quando ero bambino.

"Non ti muovere."

Quindi ha rovistato nel suo scrigno delle meraviglie mediche e ne ha estratto un tubetto. Mi ha spalmato il naso con una pomata dall'odore pungente.

L'ho lasciata fare. Meglio questi piccoli fastidi, dell'interrogatorio che mi ero preparato ad affrontare. Anche mia madre non ha insistito con le domande. Non avrebbe mai osato andare oltre il tacito limite segnato stasera dal mutismo del capofamiglia. Ci sono confini che non si azzarda a varcare.

Mio padre non si è mosso. Stava seduto, con i gomiti sul tavolo. A un certo punto ha preso il telecomando e ha iniziato a cambiare canale.

Non si interessa di ciò che accade in casa. Le faccende domestiche sono il territorio di mia madre. Quindi toccava a lei curarmi. Stasera non rientro nella sua giurisdizione.

L'equilibrio tra i miei genitori si regge su una ferrea divisione dei ruoli e delle mansioni. Mio padre lavora. Mia madre lavora e fa tutto il resto.

Non ho mai capito quale sia l'alchimia che li tiene insieme. Forse, la certezza nutrita da entrambi che fuori le cose non sono poi tanto meglio. Una rassegnazione ragionata, un patto al ribasso siglato sul nuovo tavolo di design della cucina.

Li vedo la mattina bere il caffè, ognuno chino sul proprio giornale. Quando ero piccolo mi sembravano smaglianti nelle rispettive uniformi da lavoro, come guerrieri pronti per la battaglia. Ora non riesco a non percepire la pesantezza dei costosi vestiti che indossano. Mi pare che facciano sempre più fatica a trascinarli fuori, come avessero pallini di piombo cuciti nell'orlo.

E nelle loro conversazioni si è infiltrato un sottofondo bisbetico. Parlano delle malattie di amici e conoscenti con un sottile maligno compiacimento, mentre gongolano per le disgrazie altrui, come se il fatto di averle schivate li rendesse superiori e momentaneamente immortali.

Mia madre ha aperto il forno e ha tirato fuori una vaschetta di lasagne al pesto della rosticceria. Ci siamo serviti. Mio padre non ha protestato per questa scelta a dir poco bizzarra, in una giornata rovente di luglio.

Poi mia madre ha aperto il frigo, ha preso un sacchetto di insalata e l'ha rovesciata dentro una ciotola.

"Bisogna cambiare i piatti. Non si può mangiare l'insalata nel piatto delle lasagne," ha detto perentoria.

Abbiamo cambiato i piatti. Ci siamo serviti di nuovo.

Mio padre si è informato sul colloquio all'agenzia di pubblicità. Mi aspettavo la solita raffica inquisitoria, invece è stato un fiacco susseguirsi di domande di routine.

Ho inventato una buona storia. La fantasia non mi manca, quando mi ci metto. Sono un bravo contaballe, come potete immaginare. Mi è venuta bene subito, non ho dovuto neppure dare fondo alla mia inventiva.

Ha ammesso che l'idea di un lavoro creativo a Milano poteva essere interessante.

Non c'era altro che potesse aggiungere stasera. Per la prima volta l'ho visto meno aggressivo. Invecchiato, una pennellata di bianco sulle tempie, le occhiaie gonfie, una ruga profonda tra le sopracciglia.

Si è acceso una sigaretta e ha spento il televisore in cucina. Lo schermo è diventato nero di botto, con un puntolino bianco nel centro. Ho aiutato mia madre a mettere i piatti nella lavastoviglie.

Si sono spostati in salotto e si sono lasciati cadere sul divano di fronte all'altro televisore, quello grande. Mio padre ha preso il telecomando e ha acceso lo schermo al plasma. È enorme, l'ultimo modello di una qualche marca giapponese.

Ha detto che doveva chiamare il tecnico e far sistemare le casse per l'effetto surround. Mia madre ha annuito, anche se sono certo che non ha la più pallida idea di cosa sia l'effetto surround.

"Vado in camera," ho detto.

Nessuno dei due mi ha considerato.

Sono qui che guardo il soffitto, sempre con l'orso stretto al petto.

Allungo il braccio. Prendo il telefonino. Provo ancora a chiamare Pietro.

Finalmente risponde.

"Dov'eri finito?" chiedo.

"Io? No, dov'eri finito tu," replica lui.

"Ero a Milano, te l'avevo detto."

"Sono due giorni che non ti fai vivo. Sei andato dalla vecchia?"

"Non chiamarla vecchia. Si chiama Florence."

"Mi sembri rincretinito."

Pausa.

"Cos'è, sei geloso?"

Pausa.

"Non sono geloso. Sono arrabbiato..."

"Arrabbiato per cosa, scusa?"

"Non sono il tuo infermiere, se proprio vuoi saperlo."

Nuova pausa.

"E neanche il tuo strizzacervelli."

"Che c'entra?"

"Sparisci senza dire niente e poi mi tempesti di telefonate. Quando mi chiami così, so perché lo fai."

Con Pietro non posso fingere. Mi conosce meglio di quanto mi conosca io.

"Ero in treno. Ho avuto un attacco."

"Me l'ero immaginato, non c'è bisogno che me lo dici."

"Perché non hai risposto, allora?"

"Ero con una tipa. Non posso mica stare sempre lì a farti da balia."

Non capisco perché la prende così male.

"E poi vuoi che te la dica tutta? Mi hai rotto con questa storia. La nave, la guerra, il nonno..."

"Cosa c'è che non va?"

"Sei fuori. Ecco cosa c'è."

"Florence sa qualcosa che non mi vuole dire."

Pausa.

"Pietro? Ci sei ancora?"

Pausa.

"Senti, cosa ti sei messo in mente di fare? Cosa pensi di scoprire?"

"Non lo so. Ma voglio andare a fondo di questa storia."

"Ma sei deficiente? Lascia perdere, è acqua passata! Si può sapere che te ne frega?"

Neanche lui capisce. Nessuno capisce.

E se avessero ragione loro? Se avesse ragione Pietro, se fosse solo "acqua passata"? Cosa mi sono messo in testa di fare? Cosa mi aspetto di scoprire? Forse è davvero meglio lasciar perdere.

Adesso il mio unico desiderio è chiudere gli occhi e svuotare la mente.

Mi è passata la voglia di raccontargli cosa è successo a Milano. Di Florence. Del soldato inglese. Della botta. Del naso gonfio e viola. Di tutto.

Alzo la voce: "Pensi di essere tanto più furbo di me?".

La alza anche lui: "Vuoi sapere cosa sei? Sei uno stronzo! E un opportunista, chiami solo quando hai bisogno! Vaffanculo, te e la tua vecchia!".

5.

Dopo gli arresti, nessuno seppe più nulla. Non c'erano notizie.

Sapevamo solo quello che aveva detto la Bbc. Era stato un ordine di Churchill. *Collar the lot*, aveva ordinato subito dopo il discorso di Mussolini. Prendeteli per la collottola, come si dice dei ladruncoli o dei criminali. Mettetegli il collare, come ai cani.

Ed erano venuti ad acciuffarli.

Sul quartiere era sceso il silenzio. Le porte delle case erano rimaste chiuse. Le tendine delle finestre tirate, dietro le trine si vedevano in trasparenza sagome di donne e bambini, come ombre cinesi. Sbirciavano giù, ma nessuno osava mettere il naso fuori.

Anche i panni, che di solito coloravano le strade come festoni stesi da un lato all'altro, erano stati ritirati.

Ero uscita per prendere una boccata d'aria. La moglie di Fred, il gestore del pub all'angolo, sull'altro lato della via, stava spazzando l'entrata, ma fece finta di non vedermi. Una coppia di grassi pettirossi si era posata sui fili nudi della biancheria. Poi si erano gettati nel vuoto ed erano planati a terra per beccare qualcosa. Infine se n'erano volati via anche loro. Sul selciato di Warner Street era rimasto solo qualche mucchietto di pietre e assi rotte, i resti della guerriglia del giorno prima.

Speravamo che Joseph passasse a dirci qualcosa, ma non si fece vivo per tutta la giornata.

Margherita si era rintanata in cucina. Cucinava e rassettava. Lina e io stavamo sedute nel bovindo di Berni's. Il locale era vuoto. Lina aveva ripreso il lavoro all'uncinetto. Voleva finire la coperta per la culla del bebè. Sentivamo dalla cucina un rumore di pentole e stoviglie smosse.

A mezzogiorno, Margherita arrivò con una zuppiera fumante. Si sedette con noi.

"Ho fatto un po' di pasta per voi, ragazze."

Lei la toccò appena.

Da quando li avevano portati via, era la prima volta che la vedevo fermarsi.

Fingevamo di non pensarci. Fingevamo con noi stesse e fingevamo per darci conforto a vicenda, specialmente a Lina. Cercavamo di parlare d'altro.

Ma stavamo tutte all'erta. Appena sentivamo dei passi lungo Eyre Street Hill, ci illudevamo che da un momento all'altro avremmo sentito le voci di Michele, Bart e Dante, com'era sempre stato, e che li avremmo visti entrare dal retrobottega. Speravamo che fosse davvero come aveva detto Joseph. Se li avevano presi per un controllo, che controllassero velocemente. Avrebbero capito che non c'era da temere, che erano semplici lavoratori italiani. Niente di più. Dante aveva combattuto a fianco degli inglesi. Bart era nato a Londra. Come potevano pensare che rappresentassero un pericolo per l'Inghilterra?

Ma la radio aveva detto che gli italiani erano nemici e non potevano essere lasciati in libertà, col rischio che aiutassero Hitler a sbarcare sull'isola.

"Li hanno messi dentro. Non torneranno. Vedrete, ora verranno a prendere anche noi," aveva sospirato Lina.

I nostri pensieri tornavano inevitabilmente lì. Erano così concreti che ne potevamo percepire il peso, mentre le nostre parole erano volutamente leggere, leggerissime.

Lina diceva che avrebbe terminato la coperta in pochi giorni e ci chiedeva se l'abbinamento dei colori funzionava.

Bianco, giallo e verde pallido. "Neutro, va bene per maschio e per femmina."

Io parlavo di cosa succedeva in ufficio, mi lamentavo di quanto fosse odiosa Julie e poi chiacchieravo solo per riempire il silenzio. Dicevo che avrei dovuto far risuolare le scarpe e che una bicicletta in tempo di guerra sarebbe stata utile. "Forse ne trovo una usata, devo chiedere in giro."

Margherita parlava del bambino. Dalla forma della pancia secondo lei era un maschio. Aveva comprato una matassina di cotone da ricamo azzurro, ma non l'aveva ancora aperta. Non si sa mai, diceva, passando la mano sulla blusa candida e sul vestitino bianco che aveva cucito.

Sul nome non si erano fatti passi avanti. Se era una femmina, Bart e Lina avevano deciso per Anita. In onore della moglie di Garibaldi, l'eroe dei Due mondi, l'italiano più conosciuto a Londra. Se era maschio, non sapevano ancora. "Bisogna aspettare di vederlo in faccia," diceva Bart. Poteva essere Carlo, in onore di san Carlo. O Giuseppe, in onore di san Giuseppe. Sempre con questi santi, pensavo. Dante aveva suggerito Domenico, per via di un qualche antenato dei Berni. Ma non piaceva a nessuno, solo a lui.

Lina tirò un lungo sospiro: "Speriamo che Bart torni in tempo".

Ma c'era la guerra. Tante donne in quei mesi avevano partorito da sole e il marito soldato non aveva ancora visto il figlio. Non c'era da sperarci troppo.

Finito di mangiare, andammo tutte e tre in cucina per posare i piatti.

Margherita aveva tirato fuori tutto dagli stipetti e dagli armadi. Sul tavolo svettavano pile di piatti e colonne di bicchieri. Sul pavimento erano appoggiate piramidi di padelle di ferro, dalla più grande alla più piccola, e una quantità di pentole di alluminio e di coccio. Ogni cosa era stata lavata a fondo e asciugata con cura.

Lina mi sussurrò nell'orecchio: "Ma cosa fa? È impazzita?".

Ci guardammo perplesse.

"Con il locale chiuso, è l'occasione di fare un po' di pulizia e di ordine," dichiarò Margherita. "Sono mesi che lo dico e non c'era mai il tempo. Così, quando tornano è tutto a posto..."

Si chinò e riprese a sistemare le stoviglie. Aveva un alone di sudore sulla schiena, le mani arrossate e il viso paonazzo dal calore.

Mi chinai anch'io per aiutarla.

"Non c'è bisogno, non ti preoccupare. Qui me la cavo da sola. Porta Lina a fare quattro passi, che ne ha bisogno."

Eravamo rimaste con lei. Non avevamo avuto cuore di lasciarla sola a nascondere le sue pene tra quelle pentole. E di fare quattro passi non avevamo voglia.

Lina aveva anche smesso di andare all'ambulatorio per i controlli. Non era sicuro per un'italiana, le mandavano direttamente un'ostetrica a casa una volta alla settimana.

Aveva paura. Una sua conoscente aveva da poco perso il bambino e aveva rischiato di morire per un'emorragia. Ma l'arresto di Bart e degli altri era diventato l'ansia e la preoccupazione più grande, che qualcosa potesse andare storto durante il parto non era più la paura peggiore.

L'ostetrica si chiamava Jenny ed era giovane, sorridente e rassicurante. Arrivava, posava la sua borsa di pelle sul cassettone, poi faceva stendere Lina e le appoggiava una cornetta sulla pancia per ascoltare il battito del bambino. Controllava la pressione, prendeva un campione di urina e, quando non era troppo di fretta, si fermava per una tazza di tè e un biscotto.

Trascorsi con Lina e Margherita tutta la giornata dopo gli arresti. Avevo provato a telefonare in ufficio, ma non c'era la linea. Nel pomeriggio finalmente ci riuscii, ma Lucy era uscita dalla stanza. Lasciai detto che la avvisassero. Non sarei rientrata neppure quella sera.

Passai un'altra notte da loro.

"Non andare," mi aveva chiesto Lina prendendomi la mano. Ed era scoppiata in lacrime. Piangeva a piccoli singulti, come i bambini, tirando su col naso. Mi feci forza per non scoppiare a mia volta in lacrime.

"Non tornerà, lo sento. Rimarrò vedova, con il bambino."

"Non dire stupidaggini. Non pensarlo neppure," le dicevo, accarezzandole la testa. "Torneranno prima di quanto pensi."

La accompagnai nella sua camera, la aiutai a spogliarsi e a infilarsi la camicia da notte. La misi a letto.

"Io sono di là. Cerca di riposare."

Non volevo dormire con lei, quella notte. Avevo bisogno di stare sola. Entrai nella stanza di Michele e potei finalmente dare sfogo all'angoscia che avevo ricacciato in gola per tutto il giorno. Mi sdraiai sul letto e mi lasciai andare. Piangevo senza ritegno, premendo la faccia sul cuscino di Michele. Sentivo la sua risata. Le sue prese in giro. I suoi scherzi quando andavamo a passeggio la domenica e non riusciva a non fare il buffone. Vedevo i suoi avambracci neri spuntare dalle maniche arrotolate della camicia. Quanto mi faceva divertire, Michele.

Piangevo e non volevo farmi sentire. La porta era chiusa. Accesi il piccolo abat-jour al lato del letto e aprii piano il cassetto della biancheria. Il profumo della lavanda inondò la stanza. Era l'odore della biancheria di casa Berni. La lavanda arrivava direttamente dall'Italia, con i carichi di olio e di vino, e il profumo rimaneva tra le casse per giorni interi.

Margherita spandeva i fiori violacei su un canovaccio, sul tavolo della cucina, e rotolava le spighe delicatamente, per staccare i chicchi dallo stelo.

La fragranza pungente e oleosa arrivava fino nella sala grande di Berni's e anche dietro, dove gli uomini giocavano a freccette e a biliardo.

"Cos'è questo puzzo, Margherita?" urlava Dante. "Chiudi la porta."

"Roba di donne," brontolava qualcuno dal tavolo dello scopone.

"Sono tutte uguali. Fissate con i profumi," aggiungeva un altro.

"Zitti, voi," rintuzzava lei. "Siete sempre a lamentarvi, ma che fareste senza le vostre mogli?"

Margherita cuciva piccoli sacchetti rettangolari, li riempiva di lavanda, poi li chiudeva con l'ago e il filo e rifiniva con un nastrino di raso.

"Toglie l'odore di umano," diceva. "L'odore di umano deve stare addosso all'uomo, non nella biancheria." L'aveva imparato al paese, da ragazzina.

Dante brontolava, ma sotto sotto era contento perché le sue camicie così profumate gli ricordavano qualcosa della sua infanzia. Di quel tempo di bambino, per quanto infelice, che aveva trascorso nelle sue montagne dell'Appennino. Gli ricordavano l'estate, l'odore dell'erba, e quel profumo che soltanto il sole italiano cava dalla natura.

"Tu non lo sai, ma in Inghilterra non ci sono gli odori," mi aveva spiegato un giorno Margherita mentre annaffiava le piantine di basilico che aveva piantato in due vasi rettangolari, sistemati vicino alle finestre del cortile dopo lunghi studi per individuare il punto più esposto alla luce.

"Le vedi queste? Cresceranno, eccome se cresceranno. Però verranno su pallide e senz'anima. Non avrà mai un'anima, questo basilico, perché il sapore alle cose lo dà il sole."

Mi sembrava un discorso senza senso, ma mi ero limitata ad annuire. Non avevo ancora abbastanza confidenza e lei parlava con un'autorevolezza che non ammetteva repliche.

Io comunque avevo sempre sentito ogni sorta di odore, a Londra. Odori nauseabondi, quando pioveva e le foglie ristagnavano nelle pozzanghere agli angoli delle strade. Sentori di liquame, in certi vicoli immondi, dove le fogne uscivano all'aperto. E l'odore pungente del Tamigi, che ci arrivava portato dal vento, con il suo tanfo misto di alghe, fango e pesce marcio. Ma avevo sentito anche l'esplosione di profumi della primavera, quando nei parchi i roseti si riempivano di fiori grassi e odorosi e i giardini di tutte le casette, anche i più modesti, diventavano allegri raduni di forme e colori.

Solo quando sono venuta a vivere in Italia mi sono ricordata dell'anima del basilico.

Il giorno dopo tornammo alla stazione di polizia di Holborn. Questa volta non ero riuscita a dissuadere Margherita. Non voleva restare a fare la guardia da Berni's. Aveva chiuso la porta sul retro a due mandate, sbuffando: "Al diavolo, che vengano pure a rubarsi tutto".

Nell'atrio del commissariato c'erano altre donne italiane che chiedevano notizie.

"Ho portato un po' di cose," diceva una signora magra, dall'aria distinta. Doveva essere abituata a dare ordini, non a riceverne. Si vedeva da com'era vestita e da come si muoveva.

"Mio marito non ha avuto il tempo di prendere niente. Qui ci sono dei vestiti... Ci ho messo anche del pane, della marmellata e del formaggio..." aggiunse porgendo un voluminoso pacco avvolto in pesante carta grigia, legato con lo spago.

Il poliziotto le fece segno di no con la testa. "No, non posso prendere pacchi in consegna. Mi spiace."

"Non sono più qui. Li hanno portati via stanotte," disse un altro agente.

Lina scoppiò in singhiozzi.

"Come 'via'?... Avevate detto una notte o due, solo per completare delle pratiche... Dove sono?"

La signora distinta guardava il suo pacco. "Qualcuno deve dirmi come farglielo avere."

Margherita intervenne con la sua voce potente: "Portati via dove?".

Anche le altre donne iniziarono a protestare. "Avete arrestato mio figlio, ha solo sedici anni..." singhiozzava una. "Perché? Cosa ha fatto? Ditemi almeno dov'è."

Il poliziotto non sapeva che fare. "Signore, calma. Calma, per favore. Se avremo notizie ve le comunicheremo. Adesso andate via, tornate domani."

Si era fatto avanti, con le braccia aperte. Ma era chiaro che nessuna di quelle donne si sarebbe mossa di lì.

Nell'atrio si intrecciavano le voci.

"Allora datemi un indirizzo dove spedire il pacco," ripeteva la signora distinta.

"Ditemi dov'è mio figlio," insisteva l'altra.

"Dove avete portato mio marito?"

"Che cosa dobbiamo fare?"

Chiesi di Joseph. Mi dissero che era fuori, in pattuglia.

Chiesi se potevano dirgli che Lina e Flo erano passate per avere notizie.

Il poliziotto era molto gentile. "Certo. Riferisco appena lo vedo."

Era un'altra faccia familiare. L'avevo visto in giro a Little Italy. Spesso era in pattuglia in coppia con Joseph.

Tornò all'attacco. A voce alta. "Però non potete stare qui, dovete andare a casa. Vi faremo sapere."

Le donne non si muovevano. Il poliziotto non sapeva più che pesci prendere.

Si aprì una porta e ne uscì un uomo massiccio e stempiato. Dal tono e dalle mostrine sembrava il superiore in grado. Ruppe gli indugi e prese la parola.

"Signore! Silenzio, per favore! Li hanno portati alle Knightsbridge Barracks. Qui non c'era posto per tutti. Non posso dirvi niente di più perché non sappiamo niente di più."

Le Knightsbridge Barracks erano una caserma lungo Hyde Park, nel quartiere di Kensington.

Il poliziotto aveva detto che era inutile andare. Ma ognuna di quelle donne sarebbe andata a Kensington anche in ginocchio. Su questo non c'era dubbio.

Ci muovemmo compatte, senza bisogno di metterci d'accordo. Andammo a prendere il bus per Hyde Park. Salimmo al piano di sopra. Attraversammo le strade di Londra che avevo visto e percorso migliaia di volte. Ma quel giorno tutto mi sembrava nuovo e irriconoscibile. Con gli occhi dell'ansia e del dolore vedevo cose mai notate prima. Vecchi che chiedevano l'elemosina in Oxford Street, a pochi passi dalle lussuose vetrine di Selfridges. Bambini che strillavano i titoli dei giornali. Ma non li avevano sfollati tutti, i bambini? E quelli rimasti, perché non erano a scuola?

Lina portava la sua pancia ogni giorno più grossa. Secondo l'ostetrica, il tempo sarebbe scaduto entro la fine del mese. Si era seduta accanto a un'altra giovane donna con un poppante in braccio e un bambino di tre o quattro anni. Piangevano entrambi.

A Hyde Park, Lina prese il grande per la mano e lo aiutò a scendere. "Vieni con me, tu." Il bambino smise di piangere di colpo. "Grazie," disse la madre. Lina le sorrise, ed era il primo sorriso che vedevo sul suo bel volto dalla sera degli arresti.

Arrivammo alla caserma tutte insieme.

Al cancello delle Barracks, le sentinelle armate ci bloccarono.

Erano molto meno amichevoli dei poliziotti alla stazione di Scotland Yard di Holborn. Tenevano i fucili spianati.

Ci eravamo abituate a vedere armi e militari, c'erano soldati ovunque in quei giorni. In ufficio erano venuti a spiegarci come usare le maschere antigas e avevamo fatto esercitazioni per abbandonare rapidamente l'edificio e rifugiarci nei sotterranei. Le sirene suonavano con un ululato lungo e acuto, come una belva nella foresta. Scendevamo in fila, ordinate. Finora c'erano stati solo falsi allarmi.

Ma questa volta le canne dei fucili erano puntate contro di noi.

Non ci fecero neppure avvicinare.

Uscì un militare, urlando: "Sgomberare, sgomberare! Qui non c'è più nessuno! Tutti i prigionieri sono stati portati via. Adesso sgomberate, non potete stare qui...".

Le donne cominciarono a gridare.

"'Via' dove?"

"Prigionieri di che?"

"Perché li avete arrestati? Cos'hanno fatto di male?"

"Diteci dove sono!"

Il militare, sempre urlando, spianò il fucile: "Se ancora non l'avete capito, l'Italia è in guerra con l'Inghilterra! I vostri uomini sono nemici in terra straniera, verranno internati".

"Ma quali nemici e nemici!" Margherita non si faceva intimorire da un fucile. "Mio marito è qui da quarant'anni, è inglese quanto te. Ha combattuto con la tua stessa divisa."

Le altre donne le si strinsero intorno. Nessuno si muoveva.

Io ero inglese. Non sapevo cosa dire. Stavo un po' indietro. Non riuscivo a pensare alla famiglia Berni come a dei nemici. Non ci sarei riuscita neppure se non fossi stata fidanzata con Michele.

"Non gli faranno niente di male," replicò il militare. "I servizi segreti cercano gli agenti della Quinta colonna. Gli altri non hanno niente da temere. Li porteranno in campi di internamento. Vi faranno sapere."

Adesso si era ammorbidito. Sembrava quasi dispiaciuto. "Davvero non sappiamo niente di più. Se potessimo aiutarvi lo faremmo."

Non c'era altro da dire.

I nostri uomini non erano lì. Nessuna di noi sapeva dove andare a cercarli. Il drappello di donne si sciolse. Ognuna prese la strada di casa.

Ce ne andammo a piedi, attraverso Hyde Park. L'odore dell'erba e dei fiori era ancora più penoso, perché mi riportava alla mente le passeggiate con Michele. Quante volte eravamo venuti a sdraiarci qui, all'ombra di una quercia. Mano nella mano, stesi a guardare gli scoiattoli saltare e rincorrersi sui rami. Era solo l'estate prima, sembrava fosse passato un secolo.

La madre dei due pargoli piagnucolanti si era unita a noi. Si chiamava Maria.

"Mio marito l'hanno preso ieri sera."

Scuoteva la testa, affranta. "E ora queste creature chi le sfama?"

"Ci sono dei rifugi per i bambini di guerra," dissi.

Mi fulminò con un'occhiata carica di odio e dolore. "Non ci penso neanche. Loro stanno con me."

Poi scoppiò in singhiozzi. Camminava barcollando con il piccolo in braccio, e dall'altra parte trascinava il più grande, che non ne voleva sapere di camminare e pigolava: "Mamma, basta... Ho fame".

Ci fermammo a un baracchino sul lato di Bayswater. Ci mettemmo in coda con i soldati e alcune donne che, a giudicare dall'abbigliamento e dalla disinvoltura con cui si muovevano, dovevano essere impiegate in uffici lì intorno come segretarie e dattilografe. Era un carretto di legno colorato, come quelli che si vedono alle fiere di paese. Era strano in quel contesto. Vendeva hot dog e limonata. Una pennellata di colore e un profumo di carne arrostita che rimandavano a un tempo in cui della guerra non c'era neanche il sentore.

Margherita comprò un panino per il bambino.

"Non posso accettare," disse la madre. Ma accettò.

Margherita si fece dare anche alcune fette di pasticcio di carne e ce le offrì avvolte in carta da zucchero.

"Mangiate, per favore."

Nessuno rifiutò.

Ci sedemmo su una panchina vicino alla Serpentine. I rami di un salice piangente sfioravano il pelo dell'acqua disegnando increspature concentriche. Un nugolo di moscerini girava a spirale sulla superficie.

Era dal giorno precedente che nessuna di noi metteva qualcosa sotto i denti.

Margherita intanto aveva aperto la borsetta di cuoio marrone e tirato fuori il portamonete. Pagò e venne a sedersi accanto a noi, sulla panchina. Era fatta così. Poche parole, ma quando decideva qualcosa, tutti obbedivano senza discutere. Sembrava l'unica a sapere sempre cosa fare.

Il bambino intanto mangiava il suo panino e si era avvicinato a Lina.

"Anche mio fratello stava dentro la pancia. Questo scalcia? Mio fratello scalciava come un diavolo."

"Sì, scalcia."

"Posso sentire?"

Lina prese la mano del piccolo e se la mise sulla pancia.

Gli disse che se stava attento lo poteva sentire.

Il bambino si avvicinò ancora un po', concentratissimo. Si cacciò in bocca l'ultimo pezzo di panino e poggiò delicatamente anche l'altro palmo sulla pancia.

"Eccolo!" gridò pieno di entusiasmo. "L'ho sentito. Accidenti!"

"Non dare noia alla signora," disse Maria.

Lina lo accarezzò sulla testa. "Non dà alcuna noia."

Margherita si era alzata e si spazzava le briciole dalla gonna.

"Noi abbiamo un caffè in Warner Street, a Clerkenwell," disse rivolta a Maria. "Se avesse bisogno, venga quando vuole."

Eravamo tutte sulla stessa barca. Non serviva aggiungere altro.

"Grazie, ma sarà difficile perché abito dall'altra parte della città, a Putney," disse Maria.

Però si segnò l'indirizzo.

Tornammo da Berni's.

In cortile c'erano dei ragazzini che giocavano a pallone.

"E voi cosa ci fate qui?" chiese Margherita. "Non dovreste essere a scuola?"

Cercò di acciuffarne uno per la collottola.

Il più piccolo, che doveva avere cinque o sei anni, bruciò tutti sul tempo.

"Ieri hanno riempito di botte mio fratello," disse, impalato di fronte a lei, come a sfidarla. "Gli hanno detto 'bastardo italiano'. Ora è a letto, con la testa rotta. La mamma ha detto che anche noi siamo bastardi italiani, quindi a scuola non ci andiamo più."

Un altro, un po' più grandicello, una decina d'anni al massimo, pantaloni corti e ginocchia sbucciate, lo tirò indietro per le bretelle.

"Non capisci niente," disse esibendo l'aria giudiziosa del fratello maggiore. "Non ha detto che siamo bastardi. Ha detto che siamo italiani e che era meglio non andare a scuola. Per oggi, almeno..." Guardava Margherita senza lasciare la presa. "Domani si vedrà, ha detto la mamma."

Come se fosse stata pronunciata una parola d'ordine, i bambini si asciugarono il sudore con il dorso della mano e si rimisero a giocare.

Margherita entrò in cucina e tornò fuori con un cesto di mele. Portò la mano destra alla bocca e fece un fischio altissimo, come aveva imparato al paese, per chiamare il cane quando portava le pecore al pascolo.

I ragazzini si fermarono di nuovo, questa volta increduli. La palla scivolò verso il muro di cinta.

"Qui ci sono delle mele!"

Arrivarono di corsa. Il più piccolo si avventò sul cesto e prese uno scappellotto dal fratello. "*Behave*. Comportati modo."

L'altro doveva esserci abituato, si strinse nelle spalle e ringraziò.

Fu tutto un coro di "grazie signora", "grazie *ma'am*".

Con le razioni, la frutta era uno dei cibi che iniziava a scarseggiare di più.

"Domani, se tornate, vi faccio la crostata con la marmellata."

Ero alla finestra della cucina. Capii che per Margherita i sentimenti passavano per il cibo. In una giornata era già successo due volte.

"Certo che veniamo, signora," disse il piccolo, con un sorriso che gli riempiva la faccia.

Più tardi, a pomeriggio inoltrato, da Berni's arrivò Joseph.

Il caffè rimaneva chiuso, ma alcuni dei vecchietti dello scopone erano venuti lo stesso, passando dal retro. Si erano affacciati all'uscio della cucina.

"Margherita? Si può?"

Li aveva fatti entrare.

Si erano seduti al loro tavolo. Con la solita caraffa di vino rosso.

Era bello per noi vederli lì. Erano una piccola illusione di normalità.

Anche Joseph aveva bussato da dietro. "Mi hanno detto che oggi siete passate al commissariato," disse affannato.

Era sempre affannato in quei giorni.

Ci confermò quello che già la radio e i giornali avevano detto. Erano stati arrestati migliaia di italiani in tutto il paese: in Inghilterra, in Galles e anche in Scozia. Tutti i maschi, anche i ragazzi e i vecchi, sarebbero stati internati sull'Isola di Man, diceva Joseph. "Ormai non c'è più niente da fare. Qualcuno l'hanno già portato a Lingfield, hanno requisito l'ippodromo. Gli altri non abbiamo idea di dove siano."

"‑he la polizia non sappia niente?" fece uno dei
. alzare la testa dalle carte.
ᴊiù responsabilità nostra. C'è una sezione specia-
ɔcupa degli internati. Dice che li smistano secondo
ɔte fornite dall'Home Office. Dovunque li abbiano
ɹci, le visite sono vietate."

"Scotland Yard non è più quella di una volta," bofonchiò
ᴜno dei vecchi. "Se la fanno fare sotto il naso."

"Che liste?" chiese un altro.

"Non lo so," rispose Joseph. "L'ho sentito. Dice che girano liste di fascisti pericolosi, sostenitori della Quinta colonna. Così ho sentito."

"Ma quale Quinta colonna..." si levò più alta una voce.
"Sono tutti impazziti."

Era entrato senza farsi vedere, dalla parte di Eyre Street
Hill. Era appoggiato con la schiena al muro, una gamba piegata dietro. Fumava, la solita aria strafottente.

Lo guardai di traverso, ricordando le parole di Michele.

"Cercavo Lina," disse.

Indossava abiti civili, un vestito grigio chiaro. Lì per lì
non l'avevo neppure riconosciuto. Aveva i capelli più lunghi,
niente brillantina, con un ciuffo che gli spioveva sugli occhi.

"Dove hai messo la camicia nera? Non ti piace più la divisa da camerata?" ironizzai.

"Non è il momento di fare polemica," rispose, sbrigativo.

Era nervoso, aveva la faccia tirata e il solito sguardo sfuggente. Non riusciva proprio a guardarti dritto negli occhi.

"Cosa vuoi da Lina?" chiesi in tono secco. "Avete fatto
già abbastanza disastri, voialtri fascisti."

"Sono qui in nome della vecchia amicizia con Bart," disse.

"Lina è incinta, se non lo avessi ancora capito. Non ha
bisogno di vedere gente come te."

"Te l'ho detto. Niente polemica. È una cosa importante,
devo parlarle."

"Non credo proprio che ne abbia voglia."

Attraversai il cortile diretta verso la porta posteriore di

Berni's. Le nuvole si tingevano di rosa, in altri tempi sarebbe stata l'ora giusta per sdraiarsi sull'erba a Primrose Hill a godersi il tramonto e da lassù, da quella collina che sovrasta Londra, guardare le luci accendersi una a una e il buio calare sulla città. Poi tornare a braccetto e fermarsi in uno dei pub di Farringdon, prima di rientrare a casa.

Mi seguì ad ampie falcate decise e, prima che potessi chiuderlo fuori, infilò il piede tra la porta e lo stipite.

"Ti ho detto che devo parlare con Lina," sibilò minaccioso. "Che ti piaccia o no."

Stavo per sputargli e sbattergli la porta in faccia, quando dal piano di sopra arrivò la voce di Margherita.

"Flo, sei tu?"

"Sì, sono io."

"Chi c'è con te?"

"Sono Luigi, signora Berni. Devo parlare con voi. Ho cose importanti da dirvi." Aveva alzato la voce per farsi sentire.

Nessuna risposta. Io rimanevo piantata dov'ero, lui non accennava a indietreggiare.

Dall'interno del caffè arrivò il rumore di una sedia smossa e un attimo dopo sentii la mano di Lina sulla spalla.

"Lascialo entrare," mi disse.

"Lina, non è il caso," tentai di replicare.

"Entra," disse lei, rivolta direttamente a lui.

Non capivo perché avesse accettato di parlargli.

Nel frattempo, anche Margherita era apparsa in cima alle scale.

"Buonasera signora," disse Luigi con il suo fare ossequioso, e accennò un piccolo inchino.

Lei lo guardò dall'alto.

Lo aveva visto crescere. Era venuto tante volte a fare merenda da loro. Aveva giocato a pallone con Bart e Michele.

Non rispose neppure al saluto, ma andò dritta al punto: "Cosa vuoi?".

Scese pesantemente le scale e sembrava rimbalzare a ogni passo con il suo corpo massiccio sui gradini di legno nudo.

"Passa di qua," lo invitò Lina. Era pur sempre un amico di Bart, e lei non lo scordava. Poi tornò a sedersi nel bovindo, le mani in grembo e il lavoro a uncinetto posato sul tavolo.

"Cosa sei venuto a fare?" chiese Margherita.

"C'è una nave che parte per l'Italia," annunciò Luigi senza tanti giri di parole. "Io ho avuto un lasciapassare dall'ambasciata e partirò. Posso portarvi con me, se volete."

"Che nave?" domandò Lina.

"È una nave diplomatica. Gli italiani segnalati dall'ambasciata possono scappare. Ci sarà uno scambio con gli inglesi che stanno lasciando l'Italia."

Margherita lo fulminò con uno sguardo ferino. "Di cosa stai parlando?"

"Potete mettervi in salvo. Qui tra un po' sarà l'inferno. A Londra non potete rimanere e io ho gli agganci giusti per farvi inserire nella lista degli italiani da rimpatriare. La nave è riservata ai gerarchi fascisti e alle loro famiglie, ma posso farvi salire anche se non avete la tessera."

Lina era muta, impietrita.

Margherita lo guardava con un'aria di spregio, che lui scambiò probabilmente per indecisione.

"Signora, non dovete temere. È una nave sicura. Prenderemo il treno a Victoria Station, fino a Glasgow. Lì ci imbarcheremo sulla *Monarch of Bermuda*, c'è un corridoio diplomatico al riparo dai siluri tedeschi. Arriveremo a Lisbona il 26 giugno e faremo lo scambio con gli inglesi."

Margherita lo osservava incredula, basita. "Io senza mio marito e mio figlio non me ne vado."

"Arriveremo in Italia sani e salvi, non c'è da preoccuparsi," insisteva Luigi. "Partirà anche l'ambasciatore Bastianini con la moglie e tutto lo staff dell'ambasciata."

Anch'io ero senza parole. Come osava venire in quella casa e parlare con quel tono?

Allora avevano ragione le donne di Little Italy. Dicevano che la moglie di un pezzo grosso dell'ambasciata era andata da Selfridges a fare scorta di lenzuola di lino e marmellate inglesi. Grandi pacchi caricati velocemente su un taxi.

Luigi mi guardò con astio. "E tu, cara la mia inglesina... per te e Michele non c'è posto sulla nave. Mi spiace."

Lina scoppiò a piangere.

"Vattene!" urlò. "Vattene al diavolo! Non farti più vedere!"

Margherita lo fissava. Io non replicai. Non volevo neppure dargli la soddisfazione.

"Era per il vostro bene." La voce adesso era gelida. "In nome della mia antica amicizia con Bart."

Si voltò e uscì senza salutare.

Il giorno dopo cercai di informarmi. La nave esisteva davvero. C'era una trattativa in corso tra il War Office e l'ambasciata italiana su chi doveva salire.

Erano arrivate liste, che erano state respinte. Chi poteva rivelare notizie sensibili non doveva partire.

Ancora una questione di liste. Tutto, in quel periodo, pareva dipendere dalle liste. Le liste degli internati. Le liste degli italiani pericolosi. Le liste dei tedeschi, categoria A (già arrestati), B (sospetti) e C (da lasciare in libertà). Questi ultimi erano la maggioranza, oltre sessantamila persone che avevano trovato rifugio in Gran Bretagna per sfuggire ai campi di concentramento nazisti. Tra questi c'erano intellettuali, dissidenti, ebrei.

Vivevamo con la psicosi della Quinta colonna. Se ne vociferava da mesi, di questa fantomatica colonna di spie nemiche che aspettavano solo di entrare in azione. Spie di Hitler, in sonno, pronte a scattare, com'era successo in Norvegia, dicevano.

Intanto, dai comignoli dell'ambasciata italiana in Grosvenor Square si alzava un fumo bianco: chissà quali carte compromettenti stavano bruciando.

E poi c'era quel pezzo grosso dell'MI5 che veniva con regolarità dal ministro. Si dirigeva direttamente alla scrivania di Julie, c'era una tacita complicità tra i due. Lei faceva un po' la civetta, lui la faceva sentire importante, rivolgendosi quasi solo a lei.

Non avevo mai capito come si chiamasse. Una delle ragazze sosteneva che fosse il capo dei servizi segreti in persona.

Si vociferava di un tale capitano King. Altre volte avevo sentito riferimenti a un certo agente M. Ma non credo fosse lui.

A noi non diceva il suo nome e non chiedeva di essere annunciato.

Domandava semplicemente: "Il ministro è solo?".

Se la risposta era positiva, entrava senza neppure bussare.

Se c'era già qualcuno a colloquio, Julie sapeva di doverlo far uscire al più presto. Alzava la cornetta, chiamava il ministro nell'altra stanza e gli bisbigliava qualche parola all'orecchio. Non passavano mai più di cinque minuti che la massiccia porta di mogano si apriva e il ministro appariva con l'ospite, chiunque fosse, gli stringeva la mano e lo congedava velocemente. Con la stessa velocità faceva entrare l'altro.

Mentre aspettava, il nostro uomo dell'MI5 si appoggiava con le natiche alla scrivania di Julie e tamburellava sul portadocumenti, che era di pelle nera con lo stemma reale stampigliato sopra e la scritta dorata TOP SECRET. Erano i documenti che arrivavano direttamente dal War Cabinet.

Quel misterioso personaggio lo avevo già visto all'Ivy.

Certe volte sembrava gelido e guardava tutte noi come se fossimo trasparenti, invisibili. Altre, chinava leggermente il capo in segno di saluto. Ci passava davanti ad ampie falcate, con il portadocumenti sotto il braccio, e si chiudeva la porta alle spalle.

Oppure arrivava accompagnato da altri due. Si barricavano dal ministro e attraverso la porta sentivamo le loro voci alterate. Negli ultimi tempi, prima che Churchill fosse nominato primo ministro, le discussioni erano diventate quotidiane.

Una volta avevo sentito una vera litigata. Il pezzo grosso dell'MI5 era uscito sbattendo la porta, seguito dai due scagnozzi, e aveva bofonchiato minaccioso: "I soliti politici! Con le loro regole ci porteranno alla rovina! Non capiscono i rischi. Siamo in guerra e adesso le regole le facciamo noi, che gli piaccia o meno. Li voglio vedere tutti dietro il filo spinato".

Il senso di tutto ciò era chiarissimo. E io pensavo con terrore alla possibilità che l'Italia entrasse in guerra.

Avevo avuto la certezza che c'erano movimenti str.
cune settimane prima degli arresti, quando avevo intra\
sulla scrivania di Julie una cartellina con su scritto PERSONA
GI PERICOLOSI, e sotto LISTA ITALIANI. Mi ero avvicinata col.
curiosità e Julie ci aveva buttato sopra dei fogli. Un gesto
maldestro, che aveva avuto l'unico effetto di attirare ulterior-
mente la mia attenzione.

Non avevo chiesto nulla. Non mi avrebbe detto niente.

Da quando mi ero fidanzata con Michele, mi trattavano
con cautela.

Lei, specialmente. Certi documenti non passavano più
dalla mia scrivania.

La sera avevo fatto in modo di rimanere per ultima in ufficio e avevo frugato sulla sua scrivania, senza trovare niente.
Avevo provato ad aprire i cassetti, ma li aveva chiusi a chiave.

Non me n'ero stupita. Erano diventati diffidenti. Niente
di esplicito, né avevano modo di sospettare qualcosa. Stavano semplicemente prendendo le distanze. Io ero promessa
sposa di Michele e in ogni straniero nemico vedevano una
potenziale cellula della Quinta colonna.

Restavo il bersaglio preferito di Julie. Erano continue al-
lusioni e frecciate, anche se aveva capito che le conveniva risparmiarsi commenti troppo pesanti sugli italiani, almeno
quando io ero lì, per non inimicarsi tutto l'ufficio. Lucy e le
altre ragazze adoravano Michele e stavano dalla mia parte,
anche se con lei non si scoprivano.

Però ormai la conoscevo e leggevo i suoi pensieri. Quando mi spediva a fare una commissione, o in altri uffici a portare documenti e dispacci e lunghi elenchi da protocollare,
voleva liberarsi di me – era evidente.

Eppure non mi trasferivano direttamente in un altro ufficio. Lo sapevo io perché: ero stenografa di prima classe e
come dattilografa non c'era nessuno più veloce di me in tutta
Whitehall. Da sola facevo il lavoro di tre persone e conoscevo bene la macchina burocratica del grande e invincibile Impero britannico.

Julie teneva alla carriera. Ci stavamo preparando a trasfe-
rire una parte degli uffici nelle War Rooms, le stanze nel se-

Whitehall, da dove Churchill avrebbe guidato
ilitari. Julie sperava di essere scelta per entra-
speciale che avrebbe lavorato lì sotto.
ι buon viso a cattivo gioco, perché le servi-
_.cora chiesto di allontanarmi e mi sopporta-
.ιω italiano compreso.

Con l'arrivo di Churchill al governo, la situazione era
precipitata. Tutto era ormai in mano al War Office e ai servizi segreti.

Loro decidevano tutto. Volevano nomi. Volevano le liste.
Ancora con quelle liste...

"Non sono tutti da arrestare. Dove li mettiamo, secondo
loro?" sbraitava il ministro.

Continuavano ad arrivare liste di nomi. Dal nostro ufficio
partivano gli ordini di requisire abitazioni, interi villaggi,
scuole, fabbriche. Li avrebbero messi lì, per il momento.
L'importante era che fossero lontano dalla costa, perché avevano il terrore che mandassero segnali ai tedeschi dall'altra
parte della Manica.

Quello dell'MI5 sembrava avere le idee molto chiare.

"E poi sarà il momento delle donne. Donne, certo. Anche bambini se necessario. Pensate forse che queste pulci na-
ziste siano innocue? Fascisti e comunisti devono fare tutti la
stessa fine," diceva.

Julie commentava con una sequenza ininterrotta di sorri-
sini.

Churchill era stato categorico. *Collar the lot*. Tutti, senza
distinzione. E il popolo era con lui. In quei giorni avrebbero
fatto qualunque cosa avesse ordinato.

Julie era in preda alla frenesia. Ogni inglese era terrorizzato all'idea di vedere i carri armati tedeschi entrare a Londra, aiutati dai paracadutisti nazisti e dalla fantomatica Quinta colonna, che si sarebbe sollevata a uno schioccare di dita di
Hitler.

Secondo Julie, che in questo caso non lesinava giudizi
espliciti, Chamberlain era un rammollito.

Quando si parlava di tedeschi, ripeteva la frase di Churchill: "Non sarò contenta finché non li vedrò dietro il filo spinato". Era stata felice quando avevano nominato Churchill capo del governo.

E sulla sua scrivania apparve un cartoncino su cui aveva copiato a mano, in stampatello: SE LA LUNGA STORIA DELLA NOSTRA ISOLA DOVRÀ GIUNGERE A UNA FINE, LASCIAMO CHE FINISCA SOLO QUANDO OGNUNO DI NOI GIACERÀ MORTO SOFFOCATO NEL PROPRIO SANGUE.

Delle liste di italiani "pericolosi" non ero riuscita a scoprire niente. Ma sapevo che c'erano, e questo mi terrorizzava.

Lucy mi aveva preso da parte un pomeriggio e mi aveva detto che non dovevo preoccuparmi. Nelle liste c'erano solo fascisti. E mi aveva strizzato l'occhio. Lucy era un'amica. L'unica su cui veramente contare, in quell'ufficio.

Posso stare tranquilla, avevo pensato. Michele li odia, i fascisti.

Ricordavo la scenata che aveva fatto quando Bart aveva portato me e Lina a ballare alla Casa del Littorio a Charing Cross Road. Era furibondo.

"Non ci dovevi andare!"

Non capivo perché. "Mussolini è solo un pagliaccio. Lo dicono anche al ministero," avevo tentato di replicare.

"Pagliaccio o no, non ci dovevi andare! Prometti che non ci metterai mai più piede."

Non ci ero più andata. A dire la verità, nemmeno si era presentata più l'occasione. Ma non ci sarei andata comunque.

Quella volta mi ero fatta portare perché ci piaceva ballare. Eravamo tutti gran ballerini. Andavamo alle feste della parrocchia, qualche volta anche al Club Mazzini-Garibaldi in Red Lion Street.

Luigi era passato da Berni's e aveva lasciato un invito stampato su un cartoncino, intestato *Fasci Italiani nelle Isole Britanniche* con il simbolo del fascio littorio bene in vista.

"Venite almeno a dare un'occhiata," aveva detto.

"Perché no?" aveva risposto Bart.

Sapevamo di fare una cosa sgradita a Dante, ma eravamo curiosi. E l'idea di una scappatella ci divertiva.

"È una festa da ballo, che sarà mai?" diceva Bart.

La Casa del Littorio occupava un'intera palazzina di tre piani, in pietra e mattoni rossi. Un luogo elegante e un indirizzo prestigioso. All'ingresso c'era scritto UN LEMBO D'ITALIA. Sul tetto sventolava il tricolore verde, bianco e rosso.

Entrammo titubanti, con le parole di Dante nelle orecchie: "I fascisti sono pericolosi".

Volevamo vedere com'era, questa favoleggiata Casa del Littorio. Rimasi di stucco. La sala da ballo era tutta bianca e brillante, non come quelle fumose e buie dove andavamo noi. Grande e illuminata a giorno, con luci moderne e bianchissime, il pavimento a listoni di noce. Contro la parete di fondo campeggiava un busto di Giulio Cesare in bronzo. Alle pareti laterali erano appese foto giganti di Mussolini, in divisa da comandante, con il braccio alzato, circondato dai picchetti di militari, anche loro in divisa nera.

In alto correva una balconata ovale, dove chi non ballava poteva appoggiarsi e guardare di sotto. Tutto intorno girava una scritta a lettere cubitali: CREDERE, OBBEDIRE, COMBATTERE.

Luigi si pavoneggiava nella sua camicia nera.

"Siamo arrivati fino a Charing Cross, capite. Il Littorio a un tiro di schioppo da Westminster... Il fascismo ha conquistato il cuore di Londra," rideva.

"Dal tetto si può vedere Buckingham Palace. Guardiamo dentro le finestre di Downing Street," si vantava.

Voleva portarmi sul tetto, per mostrarmi la magnificenza di quella nuova sede del Littorio. Avevo rifiutato. Luigi non mi piaceva, ve l'ho detto. Non volevo che Lina e Bart mi lasciassero sola con lui.

"Dov'è Michele? Quando il gatto è in città i topi ballano, eh?"

"Infatti," gli dissi. "Sono venuta per ballare."

E lo mollai lì, con un palmo di naso.

Era pieno di gente. C'erano anche i compari che giravano sempre con lui in camicia nera. Passai davanti a loro, facendo finta di non riconoscerli. Il che era perfettamente credibile, vista la quantità di persone stipate nella sala. Volti sorridenti di gente allegra, uomini e donne, ma soprattutto giovani, ragazze e giovanotti impomatati, portati lì unicamente dalla voglia di divertirsi. La maggior parte non erano camerati e come noi sembravano non avere niente a che fare con le adunate fasciste. C'erano anche tanti paesani che avevo visto in giro per Little Italy, vestiti eleganti e con le fidanzate a braccetto.

Uscendo, Bart sembrava particolarmente contento.

"Che vi avevo detto? Non c'era nessun pericolo. Abbiamo passato una bella serata, no?"

Lina gli si strinse al braccio: "Sì, proprio una bella serata".

Ma a me era rimasto l'amaro in bocca. Non ci sarei più andata, alla Casa del Littorio. Anche se Michele non me l'avesse chiesto.

Qualche giorno dopo, rivelai a Michele l'esistenza di quella cartellina sulla scrivania di Julie. Stavamo passeggiando. Gli dissi di quell'andirivieni di liste. Gli raccontai che Julie aveva chiuso a chiave i suoi cassetti.

"Liste di italiani pericolosi... Cosa vorrà dire?" gli chiesi.

Si arrestò all'improvviso. "Devo parlarti di una cosa molto importante."

Aveva una voce severa e mi fece venire i brividi. Cosa doveva dirmi?

Eravamo in piedi in mezzo alla strada e lui, immobile, provava a esibire distacco e addirittura una certa freddezza. Ma lo conoscevo troppo bene per non vedere che era agitato.

"Sono tempi bui, succedono cose gravi. È giusto che tu lo sappia."

Che cosa avrei dovuto sapere, oltre a quello che già vedevo con i miei occhi? Una guerra alle porte, un nuovo disastro che ci aspettava, morti e distruzione.

Quella ostentata drammaticità cominciava a infastidirmi, ma rimasi in silenzio, tenendo le distanze che lui per primo aveva stabilito quando si era fermato.

"Ieri sera c'è stata un'ispezione all'Ivy," disse. "Poliziotti in borghese di Scotland Yard. Hanno controllato i documenti a tutti. Hanno messo in piedi un bello spettacolo."

Lo guardavo senza capire. Mi pareva impossibile.

Una retata all'Ivy? Il ristorante dei ricchi e famosi, il celebre locale di Mr Giandolini, il cuore pulsante della Londra mondana e dei divertimenti, il dopoteatro più alla moda di Soho?

"È stata una bella sceneggiata, davvero," disse. "Hanno chiesto i documenti anche a noi dipendenti e ci hanno schedati tutti."

No, non era possibile.

All'Ivy cenavano i divi di Hollywood di passaggio a Londra, i personaggi dell'alta società, gli attori del St Martin's Theatre e dell'Ambassadors. E lì ero abituata a vedere la crema dei politici di Westminster, Chamberlain e Churchill compresi.

"È una cosa grave. Un avvertimento al signor Giandolini," disse Michele.

"Di cosa parli?" chiesi. "Un avvertimento? Perché mai? Perché è italiano?"

"No. Non perché è italiano. Perché è antifascista," disse Michele. "È uno dei maggiori finanziatori dell'antifascismo a Londra."

A quel punto l'aveva detto. Mi si avvicinò e mi prese il viso tra le mani.

"Ora ti racconterò cose che potrebbero costare la vita a qualcuno. Ma te le dico perché so di potermi fidare."

Riprendemmo a camminare, cauti, sfiorandoci appena, e ci sedemmo su una panchina in uno dei vialetti trasversali di St James's Park.

Giovani madri spingevano carrozzine con grandi ruote cromate bordate di gomma bianca. I bambini correvano sul prato, tirando calci a un pallone di cuoio, vestiti nelle uniformi delle esclusive scuole private, la camicia fuori dai pantaloni e la cravatta allentata. Le bambine, grembiule e calze bianche, davano gran colpi di racchetta al volàno e spingevano il cerchio di legno con un bastoncino. Era una bella giornata di primavera. L'ultima primavera prima della guerra.

Guardandoli giocare, pensai che i figli dei ricchi facevano gli stessi giochi dei bambini di Little Italy e dell'East End. Indossavano solo vestiti di migliore qualità e avevano bambinaie che li controllavano a distanza. Ma le grida, le risate e gli spintoni erano gli stessi. Sarebbero sfollati in un castello o nella magione di famiglia nello Yorkshire e non avrebbero sofferto la fame che si sarebbe sofferta a Londra. Ma la guerra non risparmia nessuno e i soldi non sarebbero bastati a scongiurare i lutti.

Questo mi veniva in mente. Erano pensieri che venivano da sé. Niente di che come riflessione, ma quando si avvicinano le difficoltà io ho bisogno di pensieri semplici, perfino banali. I ricchi e i poveri, la morte che ci fa tutti uguali. Dovevo tenere la mente occupata, per trovare una sorta di rassicurazione, come un plaid di lana sulle ginocchia quando sta per arrivare la bufera.

Michele mi guardava infastidito.

"Mi ascolti?"

"Certo che ti ascolto."

La tensione gli donava e il suo volto tirato si faceva addirittura tenebroso, rendeva i lineamenti più marcati e gli occhi ancora più neri e profondi.

Fu così che decise di raccontarmi tutto quello che succedeva all'Ivy.

Raccontò che quando l'ultimo uomo in frac e l'ultima dama in stola di visone uscivano dalla porta principale su Litchfield Street, Mr Giandolini tirava le tende delle vetrine sulla strada e apriva la porta sul retro ad amici antifascisti, profughi e rifugiati politici. Il lussuoso locale si riempiva di operai, sindacalisti, esiliati dal fascismo, ebrei e rifugiati della Guerra di Spagna. Chiunque si presentasse alla sua porta come antifascista riceveva soldi e assistenza. E talvolta anche un lavoro. Tra i camerieri che servivano in sala e tra il personale in cucina, molti erano italiani iscritti al Partito socialista o anarchici scappati dall'Italia per non finire in galera.

"I cospiratori di Soho..." mormorai. "Allora è vero quello che diceva Julie."

"Chiacchiere! Tutte idiozie. Sono solo persone per bene

costrette a scappare dalla guerra e perseguitate per le loro idee politiche. Non ci sono cospiratori, né spie, né altro. Sono voci messe in giro da qualche amico delle Camicie Nere, per confondere le acque."

Michele non amava Julie e il sentimento era ricambiato. L'aveva incontrata di sfuggita sotto l'ufficio una volta che era passato a prendermi, ma si era fatto un'idea attraverso il racconto di alcuni episodi accaduti in ufficio.

"È una pettegola invidiosa," aveva sentenziato.

"Non è cattiva, è solo un po' acida," avevo detto io.

"Invece è anche cattiva. Ce l'ha con te perché è gelosa. Diventerà una zitella insopportabile," era stato il suo commento. "È già sulla buona strada."

Seduti davanti ai prati di St James's, Michele mi raccontò che aveva assistito a tante riunioni. Aveva visto lo scrittore George Orwell – lo aveva riconosciuto – aggirarsi nelle cucine dell'Ivy. Qualcuno giurava che era passato di lì anche un fisico nucleare comunista – Bruno Pontecorvo – che poi sarebbe scappato in Russia per fabbricare la bomba atomica. Ma molto probabilmente era una leggenda, una voce messa in giro per creare problemi a Mr Giandolini.

Agli antifascisti, sempre squattrinati e affamati, Giandolini metteva a disposizione quello che era avanzato dalla giornata. Mangiavano a quattro palmenti. Si scolavano le bottiglie di vino rimaste a metà. Si parlava dei destini politici dell'Europa, si progettavano campagne per far capire agli inglesi che il fascismo era una minaccia. Tra gli amici assidui di Giandolini c'erano il sarto Decio Anzani, fuoriuscito e capo del movimento antifascista di Londra, e il gruppo di attivisti che giravano intorno alla suffragetta Sylvia Pankhurst e al suo compagno Silvio Corio.

Si diceva che Mr Giandolini avesse dato ospitalità a tanti italiani fuoriusciti: come Pietro Nenni, leader dei socialisti italiani in esilio, e Gaetano Salvemini, che poi sarebbe fuggito negli Stati Uniti. Perfino i fratelli Rosselli avevano ricevuto assistenza prima di tornare in Francia e finire assassinati dai sicari fascisti. Per sfidare il regime, sempre più arrogante anche nella colonia inglese, Mr Giandolini aveva assunto un cameriere licenziato da un grande albergo per ordine del Fascio, dove era stato segnalato come presunto sovversivo. Si raccontavano queste e tante altre storie sul proprietario dell'Ivy.

"Non prendere tutto per oro colato. Giandolini si diverte ad alimentare le voci che girano sul suo conto," disse Michele alzando le spalle. "Ma adesso l'ha fatta troppo grossa."

A quanto pareva, aveva messo una taglia sulla testa di Mussolini. Una cifra molto alta. Secondo Michele aveva esagerato: "I fascisti hanno occhi e orecchie ovunque. Oltre che amici nei posti giusti". E gli inglesi, aggiunse, erano troppo ambigui. "Capiranno la vera natura di Mussolini solo quando si alleerà con Hitler. E allora sarà troppo tardi."

Ora che aveva detto quel che sapeva e che evidentemente gli pesava sul cuore, si raccomandò di non parlarne da Berni's.

"Non che non mi fidi. Ma non voglio metterli nei pasticci. Meno sanno, meglio è..."

Rimase in silenzio, assorto nei suoi pensieri. "...Bart non capirebbe. E i vecchi voglio tenerli fuori da tutto. Ma se dovesse capitarmi qualcosa, vai da Mr Giandolini. Di lui ti puoi fidare."

6.

Allacciai la giberna.

Se la scorta armata siamo noi, stiamo freschi, pensai, ricordando le parole del capitano Moulton.

Controllai la sicura della pistola.

Guardai l'ora: le sei.

"Senza la croce rossa e senza scorta, siamo un bersaglio facile," aveva detto Moulton.

Una croce rossa dipinta avrebbe dovuto indicare che si trasportavano passeggeri civili e prigionieri di guerra. Noi non l'avevamo.

Mi ero fatto la barba nel lavandino della cabina. Con l'acqua calda e lo specchio, un lusso di cui non godevo da giorni.

La sala macchine doveva essere vicina, lo intuivo dal ronzio sordo e dalla vibrazione che ci aveva cullato da quando eravamo salpati da Liverpool, la notte precedente. I rumori della nave non mi erano familiari e ogni tonfo o stridore metallico mi facevano sobbalzare nella cuccetta. Non ero tranquillo. Nessuno lo era.

Il discorso del capitano mi aveva messo addosso una certa inquietudine.

"È molto preoccupato," diceva Thomas, uno dei ragazzi dell'equipaggio con cui avevo scambiato qualche parola e fumato una sigaretta la sera prima. Era sulla trentina, capelli corti, faccia da delinquente, ma aveva bei modi. Lavorava sulla nave come steward da diversi anni e con Moulton aveva attraversato tutti gli oceani, dai Caraibi al Pacifico, fino all'Islanda, per portare i ricchi turisti a vedere il sole di mezzanotte.

"È un capitano dei sette mari, ne sa una più del diavolo. Se è preoccupato lui, c'è da preoccuparsi davvero."

Mi aveva passato la sua fiaschetta. Avevo buttato giù un sorso di rum.

"Abbiamo imbarcato troppe persone. Questa nave è stata costruita per ospitare quattrocento passeggeri e noi siamo più di millecinquecento."

La mattina prima della partenza, mi aveva detto, c'era stato un diverbio tra il capitano e uno dei servizi segreti. "Non voglio vedere spazi vuoti, le mando altri cinquecento prigionieri," aveva detto quello dell'MI5. Moulton aveva risposto che si sarebbe rifiutato di salpare, con la nave in quelle condizioni.

"Non ci sono scialuppe a sufficienza per tutti. E poi questo filo spinato ovunque... Il capitano era furibondo. 'Hanno trasformato l'*Arandora* in una trappola galleggiante,' ha detto. Ha fatto la voce grossa, ma *loro* non hanno voluto sentire ragioni."

Con *loro* non si discuteva. Questo era chiaro. L'avevo già visto anche al campo di internamento, a Bury. Quando *loro* davano un ordine, non c'era autorità militare che tenesse.

Gli ripassai la fiaschetta. Thomas dette una gozzata. Poi si pulì la bocca con il dorso della mano.

"Dammi retta, fratello. Cerca di non stare nei ponti più bassi. Se ci becchiamo un siluro, lì si affoga come topi."

A me era toccato il ponte A, proprio il più basso, dove avevano messo la maggior parte degli internati di Bury. Ero alle dipendenze del capitano F.J. Robertson, il responsabile degli italiani.

Dovevo rimontare di guardia alle sette. Avevo tempo.

Misi il fucile in spalla e salii in coperta per prendere una boccata d'aria. Giù si soffocava dal caldo. Avevano sigillato gli oblò e, con sette prigionieri stipati in cabine da due, non si respirava.

Mi persi in un dedalo di corridoi, scale di ferro e angusti passaggi illuminati dalla luce fioca di un neon. I prigionieri erano tutti nelle cabine, di guardia ai corridoi c'erano sentinelle armate, i miei commilitoni.

Fuori era già chiaro, ma il feltro nero e pesante che oscurava i boccaporti impediva alla luce di entrare.

Riuscii finalmente a trovare l'accesso al ponte principale.

La nave dormiva ancora. Uscii all'aperto.

Tutto intorno era grigio e gelatinoso. Il cielo coperto, piovigginava. Il mare era calmo, e la prua affondava senza difficoltà nell'onda lunga dell'oceano.

Salii ancora, arrivai sul ponte più alto. Appoggiato con i gomiti alla balaustra, guardavo il transatlantico avanzare solenne e solitario. L'acqua si apriva e ribolliva sulle fiancate, per poi adagiarsi di lato in un balletto di spruzzi e capriole.

Faceva freddo. Il vento e la pioggerella sottile mi battevano sul viso. Eppure mi piaceva stare lassù. Mi strinsi nella giacca di panno della divisa e pensai che avrei dovuto portarmi su anche il cappotto.

Ero solo. Potevo girare lo sguardo tutto intorno, l'orizzonte era una linea più scura. La terra era sparita e tra noi e il Canada c'era soltanto un'immensa distesa liquida.

Il giorno prima avevamo navigato tra due lame di terra, la Scozia sulla destra e l'Irlanda sulla sinistra. Adesso non vedevamo più il profilo verdeggiante e roccioso della costa. Guardai la scia. Il capitano Moulton procedeva a zigzag. "Lo fa per evitare i siluri. Questa zona è infestata di sottomarini tedeschi. Hanno affondato cinquantotto navi inglesi solo il mese scorso," mi aveva spiegato Thomas.

I motori pompavano nei due grossi comignoli un fumo bianco e denso che usciva in verticale, si piegava indietro e si disperdeva nel grigio lattiginoso.

Dalla mia postazione vedevo tutta la nave, da prua a poppa.

Doveva essere stata davvero grandiosa, ai bei tempi. Che poi risalivano appena a un paio d'anni prima. Prima che la requisissero.

"Il transatlantico più lussuoso mai costruito, ancora più

del *Titanic*! Solo cabine di prima classe, solo quattrocento passeggeri," si era vantato Thomas.

Ne avevo sentito parlare. Avevo visto la pubblicità sui giornali. Potersi permettere una crociera su quella meraviglia, che sogno!

Mi accesi una sigaretta. Cercavo di immaginare i passeggeri di prima classe che sonnecchiavano sulle sdraio lungo i bordi della piscina. E le signore in gonna plissettata che si avviavano al campo da tennis accompagnate da gentiluomini in pantaloni lunghi di lino chiaro, maglioni di cotone a trecce con il bordo blu e rosso e in testa un candido panama. Vedevo camerieri in livrea volteggiare con vassoi carichi di cocktail e gin al lime tra i tavolini di vimini della veranda e le palme nei vasi di ottone mosse da una leggera brezza, di fronte a un tramonto dei Tropici.

Adesso era irriconoscibile, così pitturata di grigio. Tetra e spogliata di qualunque addobbo. Dappertutto, poi, c'era filo spinato. E i due cannoni che avevano montato sul ponte le davano un'aria minacciosa, la facevano sembrare una corvetta da guerra.

Guardai l'orologio. Erano le sei e mezzo, l'ora di rientrare.

Cercando la strada per tornare al ponte A, mi ritrovai nella sala da ballo.

Due soldati montavano di guardia, il fucile spianato. Entrai con un cenno di saluto.

Da una tenda chiusa male entrava una lama di luce, che si rifletteva su un imponente specchio stile Impero propagando un chiarore morbido.

La sala era enorme. Le pareti erano affrescate con scene bucoliche, laghetti e salici piangenti, pastorelli e zufoli. Il soffitto era a cassettoni, decorato da eleganti cornici di stucco dorato, e tutto intorno girava una corona di colonne di finto marmo.

Sul parquet a intarsi di legni pregiati giaceva una massa di corpi avvolti in laide coperte militari.

Fui sopraffatto da una zaffata acuta. Un tanfo di rancido

misto a un fetore selvatico. Erano settimane che quegli uomini non si lavavano. Il puzzo mi sembrò insopportabile. Forse era il contrasto con l'aria fresca dell'oceano là fuori. O l'incongruenza della scena che avevo sotto gli occhi con la luce soffusa e lo sfarzo della sala.

La nave era stracarica. Li avevano messi ovunque.

Dalle divise riconobbi che questi erano prigionieri tedeschi, marinai per la precisione. Dormivano uno accanto all'altro, in file ordinate, allineati come sardine, su giacigli improvvisati. Il silenzio era interrotto dai rantoli e dai sibili del loro respiro, nessuno si muoveva.

Cercavo le frecce per il ponte A.

Scesi per un grande scalone di legno lucido, con un corrimano in ottone e decorazioni floreali. Arrivai a un altro ponte. Svoltai e imboccai un ampio corridoio, rivestito di boiserie.

A destra e a sinistra si aprivano altre sale più piccole che i cartelli dorati indicavano come SALONE DI BELLEZZA, PARRUCCHIERE, NEGOZIO. In fondo, una maestosa doppia porta a vetri si apriva su quello che doveva essere il Louis XIV Restaurant. Così diceva l'iscrizione dipinta a lettere d'oro sopra l'ingresso.

Anche qui, ogni spazio era stipato di uomini addormentati. Qualcuno iniziava a svegliarsi. Notai un gruppo di italiani, distesi vicino a valigie con gli angoli di metallo e altri bagagli.

Uno molto giovane, che ai miei occhi sembrava poco più che un ragazzo, tirò su di peso uno molto più vecchio, quasi anziano. Lo aiutò a mettersi la giacca di un vestito gessato che un tempo doveva essere stato elegante e che ora era frusto, sporco, senza forma. Il vecchio si muoveva a fatica, zoppicava leggermente ed era scosso da colpi di tosse. Sembravano padre e figlio, vista la familiarità con cui il giovane se ne prendeva cura.

"Stai tranquillo, adesso ci daranno qualcosa da mangiare," gli diceva.

Loro li avevano classificati come "personaggi pericolosi". Continuavo a pensarci, perché mi pareva assurdo. Vidi la fatica e la paura nei loro occhi stanchi. Erano pallidi e smagriti.

Potevano essere spie fasciste, gente sospettata di tramare sabotaggi?

Non farti domande, mi dissi, in guerra non ci sono risposte. E io avevo già avuto modo di capirlo.

Ripresi a camminare. Dovevo sbrigarmi. Ritrovai le scale per le quali ero salito e continuai a scendere.

Lo schianto fu improvviso. Il boato incredibile. L'esplosione così violenta che mi ritrovai per terra, in fondo alle scale. Sentii un dolore fortissimo a una gamba.

La nave vibrò come un fuscello, ogni paratia tremava. Sembrava che da un momento all'altro dovesse scoppiare, che tutte le giunture stessero per cedere.

Le luci si spensero di colpo. Piombammo nel buio totale.

Tutti urlavano. I prigionieri uscivano dalle cabine come topi in fuga.

Capimmo subito.

"Fuori, fuori!" gridavano.

Mi ritrovai nel corridoio, in un groviglio di braccia e di corpi che cercavano di farsi strada nelle tenebre. Bisognava salire, scappare, raggiungere i ponti più alti.

Al buio non era facile neppure capire la direzione.

"Non fatevi prendere dal panico."

Riconobbi la voce del mio capitano, il capitano Robertson.

"I salvagente. Prendete i salvagente."

Ne avevo visti nella mia cabina, sotto la cuccetta. Ma a tornarci non provai neppure. Cercavo di ricordare la strada da cui ero appena arrivato.

Mi infilai in una cabina, a tentoni trovai un giubbotto appeso dietro la porta. Lo afferrai e me lo misi.

L'acqua montava con un ruggito frastornante. Non si capiva da dove, ma montava a vista d'occhio.

Ripresi a salire. Ero al centro di una massa umana informe che spingeva su per le strette scale di ferro.

Alcuni erano rimasti intrappolati nelle cabine.

C'era acqua ovunque. Era difficile anche stare in piedi, ingoiati dalla schiuma e risucchiati in un vortice di spruzzi.

Sentivo urla dall'interno. E gente che da fuori provava a sbloccare le porte deformate dall'urto.

Le grida di aiuto diventavano più forti. Non c'era altro che quella parola, "aiuto!", che rimbalzava tra le lamiere.

In quella tenebra, la nave iniziò a inclinarsi. Ci tenevamo al corrimano di ferro. Sentivamo l'acqua crescere dietro di noi e un fortissimo odore di nafta.

Qui salta tutto in aria, pensai.

Avevo ancora con me il fucile.

"Mollalo! Te lo vuoi portare all'inferno?" mi urlò uno degli internati italiani.

Lo lasciai cadere, scivolò giù lungo le scale rimbalzando con un rumore metallico finché non fu inghiottito nello strato di acqua e nafta che ormai ci arrivava alle ginocchia.

La nave era scossa da fremiti e da sibili, sembrava che anche le paratie di metallo urlassero. Le sentivo gemere come bestie ferite a morte.

Mi accorsi di avere la gamba sporca di sangue. Nella caduta mi ero ferito e un rivolo caldo mi scendeva fin dentro gli stivali. Eppure non sentivo alcun dolore.

Quando finalmente riuscii ad arrivare a uno dei ponti, era già stracolmo di gente che gridava.

Cercai il capitano Robertson. Ma non lo vidi. Nessuno di noi soldati sapeva cosa fare. Anche solo essere lassù ci pareva un miracolo.

Alcune lance di salvataggio erano già piene e le stavano calando in mare.

Non si riusciva ad avvicinarsi, per la folla e il filo spinato, che impediva agli uomini dell'equipaggio di sganciare le scialuppe.

Tutti premevano, urlavano, cercavano una strada dove non c'era. Sopra il rumore del caos e del terrore si levavano i richiami, inutilmente imperiosi, degli uomini dell'equipaggio che tentavano di irreggimentare il flusso scomposto raccomandando la calma e soprattutto il passaggio dal ponte alle scialuppe.

L'ufficiale tedesco aveva raggiunto il capitano Moulton.

Era un uomo di mare, l'orgoglio prese il sopravvento. Diede ordine ai suoi uomini di collaborare con l'equipaggio. Si tolsero gli stivali e le giacche, sapevano come muoversi e dove mettere le mani. Cominciarono a trafficare con le scialuppe, aiutarono a calare le barche in mare.

La salvezza era lì, bisognava solo cercare di saltare su una di quelle lance. Il caos era aumentato al punto che uno degli ufficiali di guardia tirò fuori la pistola dalla fondina, alzò il braccio ed esplose un colpo in aria.

Calò un silenzio attonito che lasciò il tempo sufficiente perché l'ufficiale riuscisse a farsi sentire.

"Adesso basta!" urlò. "Dovete obbedire agli ordini! Altrimenti sarà un disastro!"

Una certa calma tornò quando, gli occhi puntati sull'arma, ebbero la certezza che il colpo successivo sarebbe stato sparato ad altezza d'uomo.

E tuttavia, di lì a poco, fu chiaro che sulle scialuppe non c'era posto per tutti. L'ultima barca stava per essere calata e gli uomini iniziarono a lanciarsi in mare dopo aver gettato in acqua tavoli, panchine, assi di legno. Assistevo a una pioggia di mobili e oggetti i più diversi, qualsiasi cosa potesse stare a galla.

"Salta! Salta!"

Si buttavano i più giovani. Cercavano di aggrapparsi a tutto quello che galleggiava.

Un uomo dall'aria terrorizzata era avvinghiato alla ringhiera.

"Non mi butto," diceva rivolto a qualcuno di sotto.

"Babbo, lanciati!" urlava una voce. "Ti salvo io."

Ma più la nave si inclinava, più lui stringeva la presa.

"Ho paura... No, non mi butto, non so nuotare. Ho paura."

Da sotto continuavano le grida. "Dai, buttati! Ti prendiamo noi."

Niente. L'uomo non ce la faceva.

Altri vecchi italiani stavano lì, in piedi, immobili per lo spavento, consci che rimanere significava morte certa. Erano come rassegnati, guardavano i figli e gli amici più giovani e audaci allontanarsi a bordo delle scialuppe.

L'oceano era nero di nafta e quelle teste galleggiavano sfiorando il pelo dell'acqua come boe scure che salivano e scendevano con la marea.

Chi poteva si afferrava ai relitti galleggianti e cercava di agguantare altri disperati. Altri nuotavano nel tentativo di raggiungere una scialuppa.

In quel tumulto di grida e di mani, qualcuno veniva acciuffato e tratto in salvo. Ma la maggior parte scivolava, sprofondava e finiva inghiottita dalle onde.

Dalla nave, i vecchi facevano segno di allontanarsi.

Non c'era più paura sul volto di quegli uomini, c'erano solo rinuncia e tristezza. "Andate voi che siete giovani," ripetevano.

Come se la certezza della fine li avesse pacificati con il proprio destino. Tutto si sarebbe compiuto e non c'era altro che si potesse fare.

Uno tirò fuori un fazzoletto dalla tasca dei pantaloni per asciugarsi le lacrime, ma poi prese a sventolarlo, come se stesse salutando i parenti a bordo di un transatlantico in partenza.

"Addio! Che il Signore vi protegga."

Sul ponte, in piedi vicino al capitano Moulton e all'ufficiale tedesco, riconobbi l'anziano sacerdote italiano che avevo notato nella fila degli internati durante l'imbarco.

Che ci fa qui un vecchio prete?, mi ero chiesto. Un'altra delle domande senza risposta, una di quelle che era inutile porsi.

Lo avevano aiutato a salire sul ponte perché era malconcio e camminava con difficoltà, adesso sembrava aver trovato un'energia misteriosa.

I capelli bianchi e folti, la corporatura massiccia, la tonaca nera lunga fino ai piedi, teneva il breviario nella mano sinistra e con la destra benediceva tutti quelli che passavano: italiani, inglesi, tedeschi, austriaci.

148

"Figliolo, *ego te absolvo*," diceva, tracciando nell'aria il segno della croce con l'indice e il medio.

Pregava e benediceva.

Gli uomini rispondevano segnandosi. Qualcuno cercava di afferrarlo per un braccio. "Padre, padre... Preghi per noi."

Altri scoppiavano a piangere quando si volgeva verso di loro. Altri volevano convincerlo a gettarsi in mare.

"Padre Fracassi venga, l'aiutiamo noi!"

"Dio vi benedica," diceva. Leggeva ad alta voce dal messale.

Stava lì, immobile e impassibile, e non smetteva di tracciare il segno della croce nell'aria.

Il cuore in subbuglio, presi coraggio e mi calai per una scaletta di corda che intravidi libera lungo una fiancata. Prima mi tolsi gli stivali, come avevano fatto i marinai tedeschi. Questo fu un accorgimento salvifico, perché mi permise di essere più leggero e di muovere le gambe più liberamente. Non ero un gran nuotatore, ma decisi che non c'era altra soluzione che buttarsi in acqua.

Rimaneva poco tempo. Il capitano Moulton aveva dato ai suoi il "si salvi chi può" e gli uomini dell'equipaggio stavano cercando di abbandonare la nave. Guardai velocemente se in quel gruppo c'era Thomas, ma non lo riconobbi.

Moulton e il capitano tedesco rimasero sul ponte. Uno accanto all'altro, fedeli alla nave e al loro orgoglio di marinai e alle loro divise, seppur nemiche.

La scala per la quale mi ero avviato era troppo corta e scivolosa, mancava qualche metro al livello dell'acqua. Cercai comunque di calarmi più che potei, poi persi la presa e iniziai a scivolare. Avevo le mani in fiamme per l'attrito, così mi lasciai cadere ed entrai nell'oceano di piedi, riuscendo a schivare una sedia che galleggiava lì sotto.

La superficie era coperta di nafta, tornando a galla la sentii scivolare oleosa lungo il viso. Sputai acqua mista a gasolio. Le mani scorticate dalla caduta mi bruciavano.

L'acqua era così gelata che ti mozzava il fiato. Era il 2 luglio. Ma eravamo in pieno oceano, di fronte alla Scozia. Se non volevo morire assiderato, dovevo muovermi. Spostavo l'acqua con le mani e si alzava una schiuma beige appiccicosa di nafta. Sentivo il gelo entrarmi nel corpo. Dovevo battere i piedi.

Non lasciarti prendere dal panico, mi ripetevo. Sei vivo. Sei vivo.

Tutto intorno era una distesa di detriti e di teste color pece, così nere che sembravano senza identità. Nuotai verso una tavola di legno non troppo distante.

Mi ci aggrappai e decisi che non l'avrei più mollata. Dovevo allontanarmi più veloce che potevo.

"Aiuto," diceva una voce in italiano. Poi sentii un "ti prego", fievole e speranzoso, in inglese. Era un giovane italiano. Era stravolto, doveva essere in acqua da almeno mezz'ora. Era allo stremo delle forze, annaspava.

Girai la mia tavola e battendo i piedi la diressi verso di lui. Riuscii a raggiungerlo e ad afferrarlo.

Lo tirai sulla tavola a fatica. Aveva un braccio rotto che gli strappò un grido. Il bel viso era coperto di ferite, da un taglio lungo il sopracciglio colava il sangue di un rosso scuro.

"Grazie," disse in inglese con un filo di voce.

"Coraggio, ce la faremo," gli dissi. "Coraggio, batti i piedi... dobbiamo allontanarci dalla nave."

Tremava. Aveva le mani e le labbra bianche, le punte delle dita viola.

"Batti i piedi, non ti fermare," continuavo a incoraggiarlo.

Battemmo i piedi insieme. Quando fummo abbastanza lontani, ci fermammo e ci girammo a guardare.

Era uno spettacolo apocalittico. Il cielo era di piombo, il mare nero. Scialuppe, teste e detriti si muovevano cullati dall'onda dell'oceano, che ci portava su e poi ci faceva scendere con dolcezza nella sua piega profonda. Le onde si susseguivano una dopo l'altra, sparivamo e riapparivamo con un beccheggio stridente rispetto alla violenza della tragedia a cui cercavamo di scampare.

Su tutto si stagliava la nave. La guardavamo spaventati.

Non potevamo staccarle gli occhi di dosso, come dall'imminenza del disastro.

Stava lì, cetaceo ferito, con la poppa ormai tu qua. Si sentivano grida e voci dal ponte, ma er lontane per essere distinguibili.

Appena prima della fine ci fu un altro scoppio. Un boato gigantesco. Era esplosa una delle caldaie, aprendo uno squarcio enorme nella fiancata d'acciaio. Il vapore sfondò gli oblò. Vedemmo uomini e detriti volare in aria, sparati nel vuoto leggeri come paglia. Il resto del motore prese fuoco, in mezzo a fiamme altissime.

La nave ormai era quasi in verticale. Gli uomini rimasti sui ponti precipitavano come formiche, e sbattevano contro le antenne. Sopra di loro cadevano detriti di ogni genere.

Dalla prua, un'ultima pioggia di corpi fu scaraventata in mare prima che la nave sparisse con un rumore terrificante, inghiottita dall'oceano, alzando una colonna d'acqua gigantesca e un'onda formidabile che risucchiò tutto quanto era a portata.

L'*Arandora Star* sparì così, all'improvviso e velocemente, lasciandoci orfani nella vastità di quelle acque e attoniti, in un ribollire di acqua e gorgogliare di schiuma.

Poi ci fu silenzio.

Il mare era tornato calmo. Le onde si erano richiuse imperturbabili. Tutto intorno era quiete e tranquillità irreali.

Guardai l'ora: erano le 7.40.

7.

[handwritten annotation: silurar: to torpido]

Sentimmo la notizia alla radio e non ci facemmo quasi caso. Il famoso transatlantico *Arandora Star* era stato silurato il giorno precedente, 2 luglio, al largo della costa irlandese. "Diretto in Canada con un carico di nazisti e fascisti italiani internati, sospetti elementi della Quinta colonna," disse la Bbc.

Una delle tante notizie del bollettino di guerra. Navi ne siluravano ogni giorno. Non era il primo siluro tedesco. Non sarebbe stato l'ultimo.

C'erano fascisti e nazisti a bordo, non era qualcosa di cui dovevamo preoccuparci.

Lina era seduta al suo solito posto, nel bovindo. *[handwritten: bay window]*

Come sentì che erano italiani internati si allarmò.

"Erano fascisti, hanno detto," intervenne Margherita.

"Ah, meno male," sospirò lei.

Sembravano serene, quindi non dissi niente.

Ma una pulce mi si era insinuata nell'orecchio. Mi coricai con una strana sensazione di inquietudine. Ormai tornavo di rado *[handwritten: rarely]* nella stanza di Pimlico. Preferivo rimanere da Berni's, dove potevo condividere con Lina e Margherita il dolore e l'angoscia di quei giorni. Ogni tanto pensavo che sarebbe stato più sensato dire a Lucy di cercarsi un'altra coinquilina, ma nell'incertezza del momento tergiversavo.

Il brivido provato nell'udire del siluramento *[handwritten: shudder]* non mi fece chiudere occhio. La notizia mi aveva riportato alla mente uno scambio, carpito al volo durante una conversazione tra Julie e quel bellimbusto dell'MI5.

Quando era stato? Qualche mese prima, credo. Non gli avevo dato peso, allora.

Julie lo aveva detto livida di rabbia: "Cosa credono, che abbiamo paura? Durante l'altra guerra ne abbiamo internati trentamila, di questi bastardi tedeschi. E i traditori italiani faranno la stessa fine, se non peggio".

"Vogliamo vederli tutti dietro il filo spinato. Bisogna deportarli. In Canada, in Australia... dove ce li prendono, ma il più lontano possibile," aveva detto l'altro.

Ecco la verità. Li stavano deportando. Michele, Bart e Dante erano sull'*Arandora Star*. Me lo sentivo.

Tante volte avevo visto le pubblicità di quella nave dai comignoli bianchi con la stella blu. Ricordai di aver fantasticato di una crociera a bordo, come i ricchi americani e gli aristocratici che potevano permettersi quelle vacanze da sogno. Sono sempre stata una sognatrice io, i sogni non costano. Come non costava fermarsi il sabato pomeriggio a guardare le vetrine di Selfridges in Oxford Street, mano nella mano con Michele, e immaginarsi dentro vestiti eleganti, da signori, con il cappello e il cappotto con il collo di volpe.

"Ma dai, mi ci vedi?" ridevo.

"A te starebbe meglio che a quel manichino," rideva lui di rimando.

Per il compleanno mi aveva regalato un profumo francese, comprato proprio da Selfridges. Era un'essenza sublime. "Una sorpresa per la mia principessa," aveva detto, con il pacchetto dietro la schiena.

Era talmente buono che non lo usavo per non consumarlo. Adesso lo annusavo la sera, quando mi prendeva la malinconia.

Non riuscivo a scacciare quei ricordi.

Avrei mai rivisto Michele? Era sulla nave, me lo sentivo.

La mattina, la pulce nell'orecchio era diventata certezza: Michele, Bart e Dante erano sull'*Arandora Star*, ne ero sicura.

Mi vestii alla velocità della luce e corsi in ufficio.

Dovevo sapere subito.

Salii le scale facendo i gradini due a due. Arrivai sudata e appiccicosa, con il cuore in gola. Erano giornate calde e ventose. Le piante impazzite si muovevano al vento teso di quella mattina, che mi arruffava i capelli, e i soldati attraversavano la strada a testa bassa, tenendosi la bustina con una mano perché non volasse via.

Andai diretta da Julie.

Era appena arrivata. Stava seduta impettita alla scrivania, con il tailleur attillato, e teneva in mano un piccolo specchio davanti al quale si ravviava i capelli.

Raccolsi tutto il mio coraggio e le chiesi a bruciapelo: "Tu sai se Michele era sull'*Arandora*?".

Non alzò neppure lo sguardo, troppo intenta a riporre il pettine nella borsa. Frugò dentro, tirò fuori il rossetto e se lo passò con cura sulle labbra, gli occhi puntati nello specchio.

"Nessuno qui lo sa," rispose.

Negli ultimi giorni mi era sembrata più umana. Mi ero sbagliata di grosso.

Ricacciai indietro le lacrime, senza capire se fossero di rabbia o di dolore.

Cambiai strategia. Dovevo prenderla per il verso giusto, se volevo sapere qualcosa.

Cercai di essere gentile e andai al bollitore a preparare una tazza di tè. "Ti prego, Julie. Se lo sai dimmelo. Sono brave persone, non hanno niente a che fare con la Quinta colonna. Lina ha appena partorito..." Le porsi la tazza.

Mi fissò con un misto di disprezzo e pena. Il mio zelo doveva averla disgustata.

"Ti ho detto che non lo so. Tutto è nelle mani dell'MI5. Ormai ogni cosa è gestita da loro."

Aveva finito di imbellettarsi. Era ridicola. Quella messinscena solo per il bellimbusto dei servizi segreti. Sarebbe venuto anche oggi, ormai veniva ogni giorno. L'utile e il dilettevole, pensavo.

"Potresti cercare di informarti. Hai molti amici tra di loro," dissi, facendo un generico riferimento, ma senza menzionare lui in particolare.

"Non se ne parla," mi fulminò. "E poi non mi direbbe niente. Sono informazioni riservate."

Si era tradita. Aveva detto "direbbe", al singolare.

"Ma quali informazioni riservate?" alzai la voce. "Se Michele era su quella nave dovranno pur dirlo, no?"

Prese la tazza di tè dalle mie mani. Per un attimo sentii un calore umano e d'istinto capii che non stava mentendo.

"Io comunque non lo so," rispose secca.

Non lo sapeva lei. Non lo sapeva nessuno, in quell'ufficio. Forse lo sapeva il bellimbusto. Ma lei non glielo avrebbe chiesto.

Alla mia domanda non c'era risposta.

Non trattenni le lacrime. E a quel punto nemmeno i singhiozzi. Mi coprii il volto e poi cercai un fazzoletto in borsa. *sob* Lucy mi fece un cenno con la testa.

"Usciamo un attimo," disse rivolta a Julie, che bofonchiò qualcosa.

Aveva altro per la mente e non aveva voglia di infierire.

Uscimmo.

I prati erano verdissimi, e gli alberi rigogliosi come non mai. Sembrava impossibile che fossimo in guerra. Ma lo eravamo. E a ricordarcelo c'erano l'ingresso del ministero protetto da un muro di sacchetti di sabbia e uomini in divisa ovunque. Whitehall era pieno di camionette cariche di soldati e di carri armati. *branches*

Le folate di vento estivo scompigliavano le fronde. Lucy mi prese sotto braccio, attraversammo svelte il cortile e ci sedemmo su una panchina, riparate da uno degli austeri edifici governativi.

"Non disperare," mi disse.

"Erano sulla nave. Lo so. Lo sento. E adesso saranno morti..." Singhiozzai. "Michele è morto."

"Non puoi saperlo, ha ragione Julie. Guarda, non lo sa nessuno."

Da quando si era fidanzata con un sergente dell'esercito, aveva cominciato a fumare. Tirò fuori una sigaretta e la accese, coprendo la fiamma dell'accendino con la mano. Sbuffò subito il fumo, senza aspirare. La teneva lì, tra l'indice e il medio, per darsi un tono. Me ne offrì una. Le dissi di no, Michele non voleva che fumassi. "È una cosa da attrici. Non da ragazze per bene," diceva.

"Appena si saprà qualcosa di più ce lo comunicheranno, vedrai. Intanto non è detto che fosse lì. E poi hai sentito, ci sono molti sopravvissuti," cercò di tranquillizzarmi Lucy.

"Ha detto 'informazioni riservate', capisci? Non hanno avvisato neppure le famiglie," mormorai. "C'erano davvero solo fascisti sull'*Arandora Star*?" la supplicai.

Lucy voleva far credere di saperla lunga e continuava la recita di quel fumare così scenografico.

Ma qualcosa più di me di certo lo sapeva.

Mi confermò che esistevano diverse liste di italiani. Aveva sentito che ce n'era una con i nomi di millecinquecento "personaggi pericolosi", che dovevano essere gli iscritti al Fascio. Così almeno si diceva. Non c'era niente di chiaro, in quei giorni di caos.

La pregai di dirmi tutto quello che sapeva.

Buttò via la sigaretta, la spense sotto la scarpa e mi prese le mani. "Flo, non lo so. Ma puoi stare certa che se li stavano portando in Canada erano personaggi pericolosi."

Ripresi a singhiozzare. Non riuscivo a controllarmi. Era la tensione di tutti quei giorni che veniva fuori. Quell'incertezza era terribile.

Non sapere dove fosse Michele era solo un po' meno penoso che saperlo morto.

"Però devi stare tranquilla. Se il tuo fidanzato non è iscritto al Fascio, non era su quella lista. Adesso sarà sull'Isola di Man. So che gli internati italiani li mandano lì."

Prima di risalire in ufficio le feci giurare che non mi stava nascondendo la verità.

"Giuro," disse.

"Giura che se senti qualcosa me lo dici subito."

"Giuro," ripeté.

Erano state tre settimane terribili. Dal giorno degli arresti non avevamo più avuto notizie dei nostri uomini. Eravamo circondate da un silenzio sinistro. Il caffè era vuoto, anche i vecchi dello scopone si erano dileguati. Non era facile abituarsi a quella calma sciagurata. Ora il silenzio era così sottile che si poteva sentire lo sferruzzare di Margherita. Rimpiangevamo il rumoroso chiacchiericcio degli avventori e il borbottio dal tavolo dello scopone. Anche il flipper era muto.

L'odiato flipper, che aveva mandato su tutte le furie Margherita, quando era arrivato.

"Qui non siamo al luna park."

Il flipper era un'altra delle diavolerie moderne che aveva voluto comprare Bart.

"Porterà un sacco di clienti, vedrai," aveva insistito con suo padre, che tendeva d'istinto a dare ragione alla moglie ed era restio alle novità.

Aveva visto giusto. Il flipper di Berni's era stato una vera attrazione. Non se n'erano mai visti in tutta Londra, tantomeno a Little Italy. La radio, invece, l'aveva comprata Dante.

Dopo che l'Italia era entrata in guerra e il quartiere si era svuotato degli uomini, l'avevamo spostata di sopra.

L'avevamo trasportata Margherita e io, che sono sempre stata minuta ma anche forte. "La mia Ercolina," mi prendeva in giro Michele, quando aiutavo lui e Bart in negozio.

"Mettila qui," aveva sbuffato Margherita.

Mi aveva indicato un tavolino basso, vicino alla poltrona con il poggiapiedi dove Dante fumava la pipa la domenica sera. Era l'unica serata in cui Berni's rimaneva chiuso. Se non andavano ai concerti o all'opera, Dante e Margherita stavano in quel piccolo salotto al primo piano, con le tende di trina alla finestra e una coperta di ciniglia per non consumare il velluto del divano. Alla parete c'erano un crocifisso e delle foto in bianco e nero. Una di Bardi, con il campanile della chiesa e il castello sullo sfondo. E l'altra di un gruppo di donne e uomini vestiti a festa, a Pontremoli.

"Parenti," aveva tagliato corto Margherita quando le avevo chiesto chi fossero. Anche lei, come Dante, non amava parlare di chi avevano lasciato in Italia. Ma le foto erano lì ed erano più eloquenti di mille parole.

Andavano a messa alla chiesa di St Peter e poi mangiavano tutti insieme, intorno al tavolo grande della cucina di Berni's. Alle due del pomeriggio, cascasse il mondo, chiudevano.

D'estate facevano lunghe passeggiate a Regent's Park, vestiti a festa. Camminavano costeggiando i roseti profumati e compravano un gelato al carretto di qualche paesano. Dante si toglieva le scarpe e metteva i piedi nell'acqua gelida del canale.

Se pioveva o era troppo freddo per uscire, salivano in casa. Accendevano la stufa di ghisa. Lui fumava e lei rammendava o lavorava a maglia. Avevano un grammofono e due dischi. Uno con arie dell'*Aida* e l'altro con quelle del *Rigoletto*, le une e le altre cantate da Beniamino Gigli.

L'apparecchio era pesante, l'avevo posato con un tonfo e l'avevo trascinato dove mi aveva indicato Margherita. L'avevo coperto con un pezzo di stoffa che aveva comprato per fare dei cuscini. Le radio erano proibite, meglio non dare troppo nell'occhio.

"Ricordiamoci di accendere alle cinque e mezzo. Sentiamo se almeno Radio Londra ci dà qualche notizia," aveva detto Margherita.

E tutti i giorni, puntuale, saliva e si metteva in ascolto. Ma nemmeno Radio Londra aveva mai detto una parola sugli internati italiani. Sembravano svaniti, scomparsi.

Le vetrine su Warner Street erano rimaste chiuse, dopo le violenze del 10 giugno. Ogni tanto qualche esaltato tirava una sassata o qualcuno che passava in bicicletta sputava per terra urlando "italiani bastardi traditori!".

Sugli scaffali, dopo le prime giornate frenetiche di pulizia, era tornata la polvere. E anche la cucina era in uno stato di semi-abbandono. Margherita la usava il minimo indispensabile. Il gas scarseggiava, il cibo era razionato, le scorte di Berni's si stavano assottigliando velocemente.

L'unica cosa che le dava gioia era fare torte di mele e crostate per i bambini del quartiere. Le cuoceva nel forno a legna, nell'impasto di zucchero non ce n'era ma la marmellata le rendeva dolci.

Venivano nel pomeriggio, quando uscivano da scuola.

"Grazie, signora," le dicevano con la bocca piena e le mani appiccicose.

Cucinava anche per le donne rimaste senza marito e senza lavoro. E senza la possibilità di ritirare soldi dalla banca, perché il conto era sempre intestato al capofamiglia. Non c'erano grandi risparmi da prelevare, comunque. E presto sarebbero finiti pure per Margherita.

Poi, un giorno, anche i bambini erano spariti. Terminate le lezioni, li avevano sfollati in fattorie e villaggi in campagna, con una valigia e un cartellino al collo, lontano dai pericoli di Londra.

Le incursioni aeree tedesche erano sempre più frequenti, le sirene suonavano più di una volta al giorno e per Lina e Margherita era ancora più penoso. Agli italiani non erano riservati posti nei rifugi antiaerei. Prima gli inglesi, era la regola.

"Se arrivano le bombe, ci metteremo sotto il tavolo," aveva detto Margherita. E non scherzava. Lo avrebbe fatto davvero.

Una sera che le sirene erano state pericolosamente insistenti, le avevo portate con me ed eravamo scese nella metropolitana di Holborn, dove già centinaia di persone avevano trovato rifugio. "Non parlate italiano," mi ero raccomandata. Ma l'accento le aveva tradite.

Una coppia di vecchie si era spostata più in là, come se solo la vicinanza fisica fosse pericolosa, e aveva vomitato verso di noi qualche parola che per fortuna, in quella baraonda, risultò incomprensibile. Non erano certo complimenti. Non c'era pietà neppure per una donna incinta.

Avevamo passato la notte lì, sedute su materassi di fortuna, con un caldo asfissiante e addosso gli occhi ostili dei civili inglesi.

Nei rifugi antiaerei non erano più volute venire.

"Non posso fingere che non siamo italiane. E poi non abbiamo niente di cui vergognarci, non abbiamo fatto niente di male," si era impuntata Margherita.

Volevo convincere almeno Lina, per il bene del bambino che aveva in grembo, ma non c'era stato verso.

Quando suonavano le sirene, si rintanava con la suocera sotto il tavolo della cucina.

Il lavoro al ministero era stato frenetico e caotico. Spesso lavoravamo due giorni consecutivi ed erano state approntate delle brande, dove potevamo buttarci esauste per riposare qualche ora. Quando non facevo la nottata, arrivavo da Berni's appena prima del coprifuoco. Camminavo nel mezzo delle vie, attenta a evitare gli angoli e gli anfratti troppo bui. Tirava una brutta aria: i negozi erano perlopiù chiusi e quando dietro di me mi sembrava di sentir camminare un uomo, allungavo il passo e mi infilavo nel primo portone in attesa che andasse oltre. Non era un tragitto lungo, ma Little Italy era diventata un quartiere popolato da fantasmi e ombre.

Margherita mi lasciava in cucina dello stufato con le verdure, coperto da un piatto. O della pasta fatta in casa, che mi piaceva moltissimo. Mangiavo tutto freddo, per non sprecare gas. Mi portavo il piatto nel bovindo e mi sedevo accanto a Lina, che continuava a cucire il corredino del bambino.

La pasta fatta in casa era stata il mio passaporto con i Berni. Fin dall'inizio, quando Michele mi portava le prime volte al Berni's Cafè. Andavo nel retrobottega, dove Margherita impastava sul grande tavolo di cucina, mi sedevo su uno sgabello e rimanevo lì ipnotizzata a guardarla. Mani e braccia si muovevano sapienti, sembrava che danzassero sulla tavola di legno alzando nuvole di farina come la polvere si leva sul palcoscenico sotto le punte di una ballerina.

Un giorno mi aveva detto: "Vuoi provare?". Indossavo uno dei miei tailleur da ufficio, ma non importava. Mi ero tolta la giacca e mi ero arrotolata le maniche della camicetta di seta. Poi mi ero infilata uno dei lunghi grembiuli di Dante, passando il nastrino due volte intorno alla vita.

Affondando le mani nella farina, avevo sentito il freddo

delle uova e subito – per quanto mi impegnassi – i grumi che si formavano tra le dita: era stato un disastro. L'impasto che nelle mani di Margherita diventava liscio ed elastico con naturalezza, nelle mie si trasformava in una palla piena di bozzi. Era un'arte che avevo imparato settimana dopo settimana. Quando ero riuscita a fare i tortellini, Margherita era già una mia alleata e anche Dante si stava sciogliendo.

Era solo due anni prima. Sembrava passato un secolo.

Intanto Joseph si era dato da fare. Aveva scoperto che dopo il primo fermo li avevano trasferiti in un ippodromo, a Lingfield Camp.

"Provate a scrivere lì," disse.

Scrivemmo una prima lettera, volevamo sapere come stavano, se avevano bisogno di viveri, vestiti, sapone.

Joseph si era raccomandato: "Meglio se scrivete in inglese... per via della censura".

Avevo scritto io.

Poi spedimmo una seconda lettera. E una terza. Quindi decidemmo di mandare comunque un pacco, con biancheria, mutande, biscotti e qualche maglione.

Quando sentiva la bicicletta del postino in fondo alla strada, Lina usciva e gli andava incontro.

"Mi spiace, niente," scuoteva la testa lui.

Era dispiaciuto davvero. Se non c'erano inglesi nei paraggi passava dal retrobottega e si fermava per farsi fare un caffè da Margherita.

Avevo notato che sgattaiolava dentro furtivo, attento che nessuno lo vedesse.

"Meglio essere cauti. Ve lo dico chiaro e tondo: per voi sarebbe meglio andarvene, ce l'hanno a morte con gli italiani. Non dovrei farmi vedere qui, se voglio evitare di trovarmi con la testa rotta."

Ma era un uomo giusto. Era uno dei frequentatori abituali di Berni's, un amante del caffè nero e forte di Margherita e delle sue lasagne.

La conosceva da almeno vent'anni e sapeva perfettamente che la Gran Bretagna non aveva niente da temere da gente come loro.

"Sicuro che non c'è niente per noi?" insisteva Lina.

"Sicuro." E batteva con il palmo della mano sulla borsa di pelle che portava a tracolla. "Se arriva qualcosa volo a dirtelo."

Poi, finalmente, era arrivata una lettera. Era indirizzata a Margherita Berni. Ricordo che era il 21 giugno, primo giorno d'estate. La mia stagione preferita. L'estate mi piace perché porta il caldo, i profumi, il sole e i grandi temporali. Anche la pioggia pesante dell'estate è migliore della pioggia piccola e noiosa dell'inverno. Mi era sembrato di buon auspicio. Forse le cattive notizie erano finalmente finite.

Avevano scritto in inglese, la lettera era stata censurata. C'erano pecette nere su molte parole e il timbro nero sulla busta: CENSORED.

Margherita aveva aperto e iniziato a leggere ad alta voce:

Carissime Margherita, Lina e Florence, non abbiamo vostre notizie dal giorno del nostro arresto. Perché non ci scrivete? Come state? Come sta Lina?

Ci hanno portato a XXXXX *vicino a* XXXXX. *Noi stiamo tutti bene e siamo riusciti a rimanere insieme.* XXXXX XXXXX. *Mandateci mutande, sapone, lamette da barba e un asciugamano. E maglioni e una giacca, che la notte fa molto freddo.*

Aveva finito di leggere a fatica, la voce rotta dall'emozione.

"Allora non hanno ricevuto tutte le altre lettere," disse con un filo di voce.

"No... e chissà che fine ha fatto il pacco," osservai.

Cercammo di capire da dove arrivava la lettera.

La busta portava il timbro del campo di prigionia per internati di Bury, vicino a Manchester. Non era molto, ma almeno sapevamo che erano vivi e dove si trovavano.

"Bisogna andare a trovarli," disse subito Lina.

"Non dire stupidaggini," ribatté Margherita.

Ma Lina si era fissata. Adesso che sapeva dov'era Bart, voleva vederlo a ogni costo.

Lo disse a Joseph quando la sera passò a farci il solito saluto: "Voglio andare da Bart".

Joseph veniva spesso, con la scusa di portarci aggiornamenti, che in verità non aveva.

Quella sera avevamo noi la novità per lui.

Lina gli mise la lettera in mano: "Potresti accompagnarci tu".

"Non ci pensare nemmeno," la bloccò Joseph. "Le strade non sono sicure, e poi non vi farebbero neppure avvicinare al campo."

"E soprattutto tu, con quella pancia, non puoi certo andare," intervenne categorica Margherita.

Per Lina il tempo stava per terminare. Una settimana al massimo. La levatrice passava a controllare tutte le mattine, qualche volta anche la sera. Ci piaceva, questa Jenny. Era una ragazza dolcissima, che con una parola dissipava tutte le paure di Lina. Arrivava in sella alla sua bicicletta, la divisa da infermiera con la mantellina, la croce rossa sul copricapo e la borsa di cuoio legata dietro.

Le auscultava la pancia alla ricerca del battito del bambino con quel suo buffo strumento a forma di cornetta.

"Va tutto bene, l'importante è mangiare e non alzare pesi," le diceva.

Poi aggiungeva: "E dormire".

Ma sapeva che dormire era un'utopia in quei giorni. Le sirene erano il primo problema. E poi c'era l'angoscia per la sorte dei nostri uomini, che non ci faceva chiudere occhio.

Sonni brevi e leggeri: e tante notti in bianco. Questa era la nostra vita in quei giorni.

Il bambino era nato il 29 giugno. Il giorno dei santi Pietro e Paolo, disse Margherita. Era capitato durante uno dei miei turni doppi al ministero. Avevano provato a chiamarmi, ma come al solito non c'era la linea. Così mi ero persa il grande evento. Ero arrivata che Jenny stava andando via.

"Tutto a posto," mi aveva salutato con la mano dalla bicicletta sull'altro lato della strada. "È un maschio, tre chili e mezzo. Bello e sano. Lina sta bene."

Non avevano neppure avuto bisogno di chiamare il dottore. Avevano fatto tutto da sole, donne esperte e madri di famiglia che sapevano dove mettere le mani. Un po' mi era dispiaciuto non esserci stata. Un po', invece, ero sollevata: non ho mai avuto lo spirito della crocerossina e vedere la gente soffrire mi fa star male.

Un parto a Little Italy era un evento che apparteneva a tutta la comunità. C'erano ancora un paio di donne del quartiere in cucina, che bollivano acqua e piegavano pezze tagliate da vecchie lenzuola di lino.

"Un travaglio veloce e senza complicazioni," mi informò Margherita, pratica come sempre.

Meno male... almeno quello, pensai, almeno una cosa che fila per il verso giusto.

Ero salita subito da Lina. Era distesa sul letto, pallida e stanca. Appoggiata ai cuscini, con la testa appena reclinata verso il bebè. Mi accolse con un gran sorriso. Sembrava felice e al tempo stesso triste. Era un misto di stordimento e vitalità, di spossatezza ed energia.

Il bambino era piccolo e grinzoso, come sono i neonati, paonazzo e con un ciuffo di capelli neri ritto sulla testa.

Assomiglia a una piccola scimmia, pensai tra me. "Com'è carino," le dissi. Non ho mai avuto un grande trasporto per i neonati. Li trovo piuttosto insulsi, se devo dire. Sarà per questo che non mi è dispiaciuto poi così tanto non averne di miei.

"Si chiama Carlo," annunciò lei. Era il nome che avevano deciso in segreto con Bart, se fosse nato un maschio. Lo sapevano loro e non c'era bisogno di dirlo ad altri, volevano evitare il balletto del nome dei santi.

Lo guardava con tenerezza e spavento. Come se non fosse stato una cosa sua. Mi avvicinai, ma lei non accennò a porgermi il bambino e io non le chiesi di prenderlo in braccio.

Capivo perfettamente. Potevo leggere nei suoi pe
perché la sua ansia era anche la mia. Aveva l'aria guai
di una bestia ferita. Non c'era bisogno di rimarcare che
cava una statuina in quel presepe.

La mattina dopo sembrava più tranquilla. Dormiva ancora quando ero uscita di buon'ora. L'avevo guardata attraverso la porta socchiusa e la scena questa volta era più naturale,
più giusta. Una madre serena con il suo neonato, entrambi
addormentati.

Prima di andare a Whitehall mi ero fermata all'ufficio po-
stale.

C'era una fila di donne, chi con una busta, chi con un
pacco. Con la guerra avevano ridotto il numero degli spor-
telli. Ne era rimasto solo uno e per spedire un telegramma
dovevo stare nella stessa coda.

Quando era arrivato il mio turno chiesi un modulo.

Avevo scritto l'indirizzo in stampatello, che fosse ben leg-
gibile:

BARTOLOMEO BERNI
CAMPO DI INTERNAMENTO DI WARTH MILLS
BURY, MANCHESTER, LANCASHIRE

"Testo?" aveva detto automaticamente l'impiegato dall'altra parte del vetro. Sembrava affranto, a pezzi, come se tutte
le comunicazioni civili della Royal Mail passassero per quello
sportello.

Avevo dettato: "È nato Carlo. Stop. Lina e bambino stanno bene. Stop. Mandate notizie. Stop. Florence".

8

Non me l'aspettavo.

Ha chiamato e ha detto semplicemente: "Ci ho ripensato. Venga".

E io ho preso la moto e sono partito. L'idea di una gita in Versilia mi ha messo subito di buon umore. Finalmente avevo ritrovato l'animo leggero.

Perché ha cambiato idea? Lo scoprirò tra poco.

Ho guidato con il cuore allegro, pieno di entusiasmo, in questa magnifica giornata di fine luglio. Radiosa, avrebbe detto mia nonna. "Una radiosa giornata di fine estate", perché per lei con l'inizio di agosto finiva l'estate. Una teoria bizzarra, ma senza dubbio affascinante. L'idea che gli italiani aspettino la fine dell'estate per partire in vacanza, mi ha sempre fatto sorridere.

Comunque, siamo ancora a fine luglio. Quindi tecnicamente questa sarebbe anche per nonna Lina una giornata d'estate, baciata da un sole smagliante, con il cielo azzurro e altissime nuvole bianche, grasse come panna montata, che si addensano sulla cima delle Apuane.

È stata una brutta settimana. Nella contabilità sanitaria devo segnalare un paio di attacchi, che sono riuscito a tenere a bada chiudendomi in camera e imbottendomi di gocce. Niente danni collaterali.

Nessuna notizia dall'agenzia di pubblicità di Milano. E sarebbe stato un evento soprannaturale se qualcuno si fosse fatto vivo. Ma quando invento una storia, poi finisco per crederci anch'io. Così ogni mattina ho guardato la posta con ansia, come se fossi veramente in attesa di una risposta. Mio padre era fiero di me.

Pietro non si è sentito. Né io ho avuto voglia di chiamarlo. Meglio così.

Dopo la trasferta a Milano, avevo deciso di interrompere le ricerche. Non volevo ammetterlo, ma Pietro aveva ragione. Che senso aveva?

Ho cercato tra le cose della nonna, ma non ho trovato lettere di Florence. E nemmeno cartoline. Niente. Ragione di più per smettere di arrovellarsi. Mi restava solo una cosa da fare: archiviare la vicenda. E cercarmi sul serio un lavoro. Prima che mio padre scoprisse il bluff.

Peccato che ci siano i retrobottega della mente. Lì vanno a finire tutte le visioni. Spesso anche i desideri. Spesso le illusioni. Che poi si riaccendono. E infatti non ho ancora scritto a Florence. Le ho promesso di spedirle la foto del fidanzamento, ma sto ancora aspettando. Cosa, di preciso, non so.

In fondo mi piace pensare che ha la mia sciarpa e che potrei tornare a Milano di persona a portarle la copia della foto. Gliela faccio incorniciare e la invito a pranzo. Per bene, questa volta, senza spaventarla. E vediamo se la convinco.

Il ritrovato ottimismo mi ha stampato sulla faccia un sorriso ebete che mi irrita quando mi vedo riflesso nella vetrata dell'ingresso della pensione. Cosa avrò poi da essere così contento?

Alla pensione si arriva da un vialetto di ghiaia tra due siepi di pitosforo dalle foglie brillanti, carico di bacche rotonde e compatte come ceci, dall'odore dolciastro. Un anziano giardiniere in canottiera rastrella aghi di pino secchi e li carica su una carriola. Si china sbuffando, la pelle del collo a rombi indurita dal sole. Nell'aiuola, intorno a una palma spelacchiata recintata da una rete di metallo a maglie larghe, c'è una tartaruga. Si muove con la stessa lentezza del giardiniere, una zampa davanti all'altra si trascina dall'abbeveratoio a una ciotola con alcune foglie di lattuga avvizzite.

È una pensione come ne sono rimaste poche. Ha la veranda di alluminio anodizzato color bronzo, le piastrelle di graniglia bianca e grigia, e nell'angolo c'è un ventilatore a piede che finisce la corsa, si incastra con un rumore frusciante e poi, per qualche sua magia intrinseca, si sblocca e torna indietro. Il luogo è un genuino reperto degli anni settanta. Chissà quali casi della vita lo hanno salvato dalle ristrutturazioni selvagge degli anni dei ricchi calati dalla Milano da bere e dagli stucchi d'oro e dai cuscini leopardati che hanno accompagnato lo sbarco in Versilia degli oligarchi russi.

Mi guardo intorno. È una pensione abitata da anziani e famiglie. Nella rastrelliera ci sono biciclette con il seggiolino e altre da bambina, confetti rosa e bianchi con le rotelle. Sulle scale, una busta azzurra dell'Ikea colma di formine, secchielli e palette.

Alla reception, dietro il bancone, una giovane donna con un vestitino smanicato tiene un bebè in braccio.

Le chiedo di lui. Me lo indica.

"La sta aspettando."

È lì, su un dondolo con i cuscini a righe bianche e blu. Si culla lentamente, puntando il piede. Indossa una camicia a maniche corte a quadretti colorati e un paio di pantaloni leggeri di cotone, perfettamente stirati, con la piega che cade precisa dal mezzo del ginocchio. Dal colletto aperto spunta un ciuffo di pelo bianco e folto. Si è preparato accuratamente per questa visita. Si è fatto la barba e gli è rimasto un alone bianco di schiuma sulla mascella. Lungo il collo flaccido come i bargigli di un gallo, vedo piccoli taglietti e impercettibili tracce di sangue rappreso. Ai piedi porta un paio di calzini corti bianchi e sandali alla francescana.

Dev'essere stato un uomo di corporatura forte, ha mani molto grandi, mosse da un leggero tremolio. Le nocche sono deformate dall'artrite, tiene tra le gambe un bastone di canna leggero e ricurvo che dondola in sincrono con tutto il corpo smagrito.

Ha gli occhi acquosi dei vecchi. Sono di un colore indefinito, tra il grigio, il verde e l'azzurro. La carnagione è chiara, tipicamente inglese, di quelle che non si abbronzano mai. La testa è una gragnuola di macchie scure. E ha le sopracciglia bianche e folte.

Mi sta aspettando ma finge di essere sorpreso. Alza lo sguardo e mi squadra dalla testa ai piedi.

"E così sarebbe lei," dice. Dalla voce sembra meno vecchio di quanto il suo aspetto lascerebbe pensare.

Mi intimidisce.

"Sì," rispondo balbettando. "Mio nonno era sulla nave..."

"Lo so. Me l'ha già detto," mi gela. "Sennò non sarebbe qui, credo."

Mi scruta con stizza.

L'entusiasmo con cui ero arrivato sta evaporando. Provo a stringere i pugni per trattenerlo, ma è un'impresa dura, praticamente impossibile.

"Se vuole sapere, mi stia a sentire. E non interrompa."

Non capisco perché mi ha chiamato, se il solo vedermi lì, in piedi davanti a lui, lo infastidisce.

"Lei si chiederà perché ho deciso di farla venire."

E infatti. Lo fisso senza il coraggio di dire una parola.

Scuote la testa, ha la certezza che io sia troppo stupido per capire.

Con il bastone mi fa cenno di sedermi.

Nel giardino ci sono tre sedie di ferro a cui nessuno dà una mano di vernice da un secolo almeno. La ruggine ha avuto il sopravvento sul bianco sporco che si sgretola a guardarlo. Ne prendo una, la trascino per lo schienale lasciando due solchi nella ghiaia e mi siedo accanto a lui.

Smette di puntellarsi sulla gamba, il dondolo si ferma.

Comincia a raccontare. Racconta per mezz'ora e sembra non volersi più fermare.

E poi smette all'improvviso. Mi chiede dell'acqua. Gliela vado a prendere?

La pensione non ha un bar. C'è però una sala da pranzo. Mi affaccio ma non vedo nessuno. Nell'aria aleggia un sentore di varechina e detersivo per pavimenti al limone. È apparecchiato per la sera, con i bicchieri capovolti sui tavoli.

Provo alla reception. C'è la solita giovane donna. Le chiedo se posso avere una bottiglia e due bicchieri.

Il bebè si è addormentato. La donna l'ha adagiato nel passeggino. Mi lancia un sorriso bianchissimo.

"Gelida di frigo. La vuole così, ormai lo conosco bene," dice mentre sparisce in quella che dev'essere una cucina. La sento tramestare. Aprire e chiudere il frigo. "È tanti anni che viene qui. Sempre gli stessi quindici giorni. La moglie era una cara persona. Ora viene da solo."

Mi mette in mano un vassoio di plastica in finto legno, simile a quelli che si usano nei self-service. O anche negli ospedali e nei refettori delle monache.

Il vecchio è nella stessa posizione in cui l'ho lasciato. Sembra una statua, con le mani strette al bastone e i piedi penzoloni. Sembra Atlante che sostiene il peso del mondo. Lui, solo contro tutti.

Non mi rivolge la parola, non mi guarda neppure. Gli verso un bicchiere d'acqua e lui riprende il racconto.

Guardai l'ora: erano le 7.40. Eravamo rimasti noi e l'oceano.

Il transatlantico era sparito in un ribollire di schiuma. La superficie dell'acqua era ricoperta da chiazze oleose di nafta. Le fiamme guizzavano in uno scenario surreale e luciferino.

Tutto intorno erano naufraghi, detriti, rottami. E cadaveri. Centinaia di teste affioravano a pelo d'acqua. Dal mare arrivavano vaghe voci. Grida lanciate verso il cielo, anonime e indistinte.

Una sequenza di invocazioni alla mamma, a Dio, al cielo. Richiami sempre più flebili, sempre più lontani.

Non ho mai sentito chiamare *mamma* così tanto. *Mamma* in tre lingue diverse.

Ma nessuno poteva aiutarci. Ognuno lottava per salvarsi da solo. Era una battaglia tra noi e l'oceano per non cedere al freddo e alla fatica, per non guardare giù e tenere lo sguardo in alto, sperando di non incrociare quello dei morti, gonfi d'acqua e con gli occhi di fuori. La corrente li trascinava nella nostra direzione.

Il mio compagno italiano e io stavamo aggrappati alla tavola, l'ultimo appiglio alla vita.

Eravamo stremati.

"Non ce la faccio più," sussurrava. Era ferito gravemente. Dal braccio perdeva sangue, l'osso rotto aveva stracciato anche la giacca.

Vedevo la sua smorfia di dolore, ma non emetteva un lamento. Il braccio era piegato in una posizione innaturale e non riusciva a muoverlo. Continuava a tremare.

Se volevamo salvarci, dovevamo cercare di raggiungere una scialuppa. La corrente ci stava allargando a raggiera, rischiavamo di allontanarci troppo. Le onde ci facevano perdere di vista gli altri. Le barche erano sempre più lontane e c'erano sempre meno teste all'orizzonte. Andavano giù, sparivano inghiottite dall'onda e non tornavano in superficie.

Anche le voci si erano diradate. Rimaneva solo qualche grido lontano, come fiamme sempre più fioche, su quel mare plumbeo di morte.

"Tieni duro, verranno a prenderci," gli dicevo.

Lo dicevo a lui, ma era per convincere me stesso. Dal profondo dell'anima mi saliva la certezza che saremmo morti e lottavo per scacciarla. Allontanavo la realtà immaginando i soccorsi. Tutti i miei sforzi erano volti a farmi ballare davanti agli occhi una tazza di tè fumante, una fetta di torta di carote, alta, morbida e profumata come quella che preparava mia madre. Arriveranno, pensavo. E porteranno tè caldo e fette di torta. Di sicuro è stato lanciato l'sos e qualcuno l'avrà captato. Verranno, mi ripetevo. Era solo questione di aspettare e di rimanere vivi nel frattempo.

Non ce la facevo a tenerlo su.

Chiudeva gli occhi.

"Voglio dormire. Lasciami dormire," mi supplicava in un soffio.

Era troppo debole per tenersi aggrappato con un braccio solo.

"Non mollare la presa. Stai su. Non mollare questa maledetta tavola," gli dicevo.

Individuai la lancia di salvataggio che mi sembrava più vicina. Dovevo arrivarci a ogni costo.

La ferita alla gamba aveva cominciato a pulsare. Non riuscivo più a battere i piedi come prima. Il freddo stava vincendo. Lo sentivo salire su per ogni nervo e ogni poro della pelle. Era un gelo che si insinuava nel corpo con il ghigno malevolo di chi sa che è solo questione di tempo e la vittoria sarà sua.

Contavo: *Uno, due, tre, quattro. Uno, due, tre, quattro.* Contavo ad alta voce. Mi dava un ritmo, cercavo di tenerlo sveglio.

Non lo avrei mollato.

"Lasciami dormire."

"Non ti mollo!" gli urlavo. "Batti le gambe," gli dicevo. "Stai sveglio. Conta. *Uno, due, tre, quattro.*"

Ma lui continuava a perdere conoscenza.

Erano passate parecchie ore da che la nave era sparita tra le onde, quando sentimmo il rumore di un aereo. Udivamo il rombo avvicinarsi, senza riuscire a indovinare da dove provenisse. Poi, dalla foschia sbucò un idrovolante e iniziò a volare in circolo sopra le nostre teste. Si abbassò così tanto che potei scorgere il volto dei due piloti e vidi le eliche brillare, illuminate da un bagliore di sole pallido uscito dalla pioggerella della mattina. Si rialzò, sembrava stesse per andarsene, ma fece una nuova picchiata, aprì un portellone e sganciò in mare delle casse. Poi i motori ruggirono di nuovo con forza, il velivolo risalì, lanciò un bengala e sparì nel cielo grigio.

"Ci hanno trovati!" gridai.

Guardai il mio giovane compagno di sventura.

"Visto? Che ti avevo detto? Adesso vengono a prenderci."

Aveva i capelli scuri, come gli occhi. Mi sorrise. Un sorriso malinconico, pieno di un dolore straziante.

"Ti salverai," mi disse.

Aveva smesso di tremare. Il suo corpo era rigido. Le mani violacee. La faccia era una maschera bianca. Mollò la presa.

"No!" gridai, e cercai di trattenerlo. Ma non ci riuscii.

Era troppo pesante.

Ero troppo debole.

Si lasciò andare.

Lo lasciai andare.

Lo vidi scomparire sott'acqua. La corrente se lo prese e lo portò via. Vidi il suo corpo senza vita trascinato verso l'abisso. Lo vidi ondeggiare come se seguisse il ritmo di una musica sottomarina, le gambe larghe e la giacca che fluttuava. Poi più niente, solo il nero. E acqua tutto intorno.

Ero terrorizzato. Ma in quel momento l'istinto di sopravvivenza fu più forte della pietà e della paura. Non potevo far altro che continuare a battere i piedi. Tenermi sveglio, scaldarmi. Avvicinarmi alla scialuppa che vedevo lì in fondo. Pareva così vicina, mi sembrava che avrei potuto allungare una mano e attaccarmi al bordo. Ma erano almeno duecento metri di distanza. Le onde erano alte, la scialuppa compariva e spariva.

"Aiuto!" gridai. Ma dalla bocca non mi uscì alcun suono.

Non dovevo perderla di vista. La salvezza era lì.

Ce la posso fare, mi ripetevo.

Uno, due, tre, quattro.

I soccorsi arriveranno. Resisti. Non mollare.

Uno, due, tre, quattro.

Non dovevo pensare al suo sorriso. Al modo in cui mi aveva guardato prima di lasciarsi andare. Non riuscivo a smettere di vedere il suo corpo fluttuare verso il fondo con le gambe aperte.

Ti salverai, aveva detto.

Mi salverò, continuavo a pensare.

Mi salverò. *Uno, due, tre, quattro.*

Tremavo dal freddo. Le forze mi stavano abbandonando. Non ce la facevo più. Avevo i polmoni in fiamme, sul punto di scoppiare. Il cuore era al limite delle forze. Non sentivo più le gambe. Non potevo battere i piedi.

Mi salverò, ripetevo. *Uno, due, tre, quattro.*

Non devo mollare la tavola. Un tè caldo e una fetta di torta di carote... Non mollare, non mollare.

Passai così un paio d'ore. Forse tre. Non so, l'orologio si era fermato.

Persi i sensi diverse volte. Non ricordo bene cosa successe, in quel lasso di tempo. So solo che non mollai la tavola. Quel relitto era la mia vita.

Poi mi parve di vedere una nave, sentii voci, grida e fischi. Ma forse stavo delirando. Pensai che stavo sognando l'ultimo sogno di chi muore assiderato.

Mi sentii afferrare da una mano calda.

"Questo è vivo," diceva una voce lontana.

"Prendilo," diceva un'altra voce.

"Vieni," diceva la mano calda.

Per un momento pensai che fosse la mano di un angelo. Mi stava portando in cielo. La nave era all'ingresso del paradiso. Non poteva essere altrimenti, perché l'inferno lo avevo già visto qui.

La mano iniziò a schiaffeggiarmi.

"Svegliati," mi diceva.

Non riuscivo a muovermi. Non sentivo le gambe. Erano dure come pezzi di ghiaccio. Non sentivo la ferita. Non sentivo niente, sentivo solo la mano calda che mi legava con una corda e trascinava me e il mio relitto per un tratto di mare. Vedevo gente intorno. Scialuppe, braccia, rottami. Voci, facce sconosciute. Poi sentii altre mani che mi prendevano.

Mi tirarono su. Mi sollevarono a braccia e mi legarono la corda intorno alla vita. Mi issarono a bordo, lungo il metallo freddo della fiancata.

Allora capii che ce l'avevo fatta. Ero salvo. La nave non era stata un delirio, era vera e la potevo sentire solida e asciutta sotto il mio corpo abbandonato. Adesso ero sul ponte, accartocciato su me stesso come un burattino a cui avevano tagliato i fili, riuscivo a muovermi a fatica. Mani calde mi stavano frizionando, mi misero sulle spalle una coperta e mi ritrovai con una tazza di cioccolata in mano.

Ti salverai, aveva detto.

Mi ero salvato.

Era una nave da guerra canadese, il cacciatorpediniere *St Laurent*. Aveva captato il segnale di soccorso ripetuto dalla stazione di Malin Head, sulla punta nord dell'Irlanda. Spinti i motori al massimo, ci avevano trovati grazie alle coordinate fornite dall'aereo da ricognizione.

Il sangue era tornato a circolarmi in corpo. Il dolore e un intenso formicolio mi avvisarono che avevo ancora i piedi.

Eravamo un'orda di naufraghi, ammassati sul ponte. Prigionieri tedeschi, internati italiani, soldati inglesi come me. Centinaia di sopravvissuti senza nome. Quel giorno la divisa che indossavamo non faceva alcuna differenza: neri di nafta, scalzi, infreddoliti, malconci, allo stremo delle forze, eravamo tutti uguali.

Gocciolavamo gasolio, oleoso e nero. Il ponte era diventato scivoloso. Prima che ci facessero scendere sottocoperta riuscii a dare un'ultima occhiata all'oceano. Il mare era una distesa di rottami e di corpi.

I marinai canadesi erano scesi sulle lance e remavano lentamente alla ricerca di sopravvissuti. Spostavano i legni, controllavano i corpi abbandonati sulle zattere improvvisate. I cadaveri li ributtavano in mare, perché sulla nave c'era poco spazio per i vivi, figurarsi se potevano caricare i morti.

Dopo un paio d'ore sentimmo le turbine dei motori dare potenza e la nave si mosse. Non c'era più tempo. Rimanere in zona era troppo pericoloso, lo sapevamo tutti. Era pieno di sommergibili tedeschi e ognuno di noi aveva un solo pensiero fisso: un altro siluro.

Tra i naufraghi c'erano un paio di medici, credo un italiano e un tedesco. Si dettero da fare con i feriti gravi, salvarono molte vite. Qualcuno era troppo malridotto, quattro morirono prima di arrivare a terra.

La mia gamba era conciata male, si era gonfiata, pulsava, la appoggiavo a fatica. La ferita era molto più lunga e profonda di quanto avessi immaginato. E tutte quelle ore nell'acqua avevano peggiorato la situazione.

Distribuirono da bere e un piatto caldo da mangiare, poi un sorso di rum. I canadesi erano gentili, cercavano in ogni modo di darci conforto.

Ma eravamo troppi per quella piccola nave. Non c'era posto per sdraiarci. Ci stiparono in ogni locale disponibile. Mi ritrovai in una sala mensa, con un'altra ventina di uomini.

Erano tutte facce sconosciute. Erano tedeschi o italiani. In quel caos avevo perso i miei commilitoni. Non avevo trovato neppure il capitano Robertson. Si erano salvati? Impossibile capirlo, in quella massa di corpi seminudi, con il viso sporco, le mani coperte di grasso, i vestiti in uno stato pietoso.

Chiesi a uno dei marinai canadesi.

"Sì, ho visto altri soldati inglesi."

"Sai dove sono?"

"Non ne ho idea."

Mi resi conto di aver fatto una domanda stupida. In quel caos sarebbe stato un miracolo riconoscere qualcuno.

Eravamo vivi, ma nessuno riusciva a gioire. Non c'era euforia, solo sbigottimento e stanchezza, intorno a me. E una pena infinita opprimeva il mio cuore.

Rivedevo la scena. Risentivo le sue parole. *Ti salverai*. Un pensiero si insinuò nella mia mente. L'avevo lasciato andare io per salvarmi? No. Non era vero. Era stato lui a lasciarsi andare. Non avevo potuto fare altro. Non ce la facevo a tenerlo su.

Non riuscivo a smettere di rivedere la scena. Lui riverso a pancia sotto, gambe e braccia molli come filamenti di una medusa, la giacca gonfia d'acqua che oscillava nella corrente.

Mi ero salvato.

Passai la notte seduto su una panca. Eravamo una ventina, pigiati uno accanto all'altro. Solo i feriti gravi erano stati distesi, alcuni sulle amache dei marinai, altri nelle cuccette degli ufficiali.

Alla mia destra era seduto un uomo dai capelli brizzolati, quasi bianchi. Mi parve molto vecchio, ma solo perché io ero molto giovane. Avrà avuto tra i cinquanta e i sessant'anni. Io ne avevo ventuno.

"Esercito?" chiese, guardando le mie mostrine. "Potresti essere mio figlio."

Lo avevano arrestato a Glasgow, subito dopo la dichiarazione di guerra. Ne avevano presi tre, della sua famiglia: lui, suo fratello e il figlio maggiore, che era nato in Italia. Li avevano portati in un campo di internamento provvisorio nel Midlothian. Poi erano finiti a Bury, nel Lancashire. I due figli minori invece erano nati in Scozia e così erano stati richiamati sotto le armi, uno nell'esercito inglese e l'altro nella Raf.

"Ho scritto diverse lettere a mia moglie. Ma non ho mai avuto risposta. Non so niente di lei dall'11 giugno."

Non si dava pace. Aveva voglia di parlare. Parlava con me, ma sembrava rivolgersi a nessuno in particolare.

"Per quale motivo se la sono presa con noi? Perché siamo nati in Italia? Eppure siamo tutti dalla stessa parte."

Gli altri lo stavano a sentire. Silenziosi, gli occhi chiusi o fissi nel vuoto, stretti nelle coperte.

"Nessuno ci ha spiegato perché siamo stati arrestati. Non si trattano così neppure le bestie."

Parlava e parlava. Raccontava che erano i proprietari di una gelateria molto popolare, erano arrivati a Glasgow trent'anni prima.

"Hanno tirato pietre contro le nostre vetrine, hanno scritto MUSSOLINI'S BASTARDS sul muro del negozio. Ma noi non siamo fascisti."

Perché diceva quelle cose proprio a me? E chi mi assicurava che non fosse tutta una messinscena? Che dietro quell'aria bonaria non si celasse un fanatico pronto a scattare agli ordini di Mussolini e Hitler? Che non stesse raccogliendo informazioni per segnalare agli aerei tedeschi dove bombardare?

Poteva essere un agente della Quinta colonna?

Ci avevano spiegato che gli agenti più pericolosi erano gli insospettabili.

E lui era il ritratto perfetto dell'insospettabile.

Aveva ragione Churchill. Gli italiani non erano affidabili. Voltagabbana. Erano nemici, non amici.

"Sull'*Arandora* c'erano fascisti e nazisti da deportare in Canada," gli dissi, duro.

Era un nemico. Dovevo convincermi che questa era una guerra, e non c'era posto per i buoni sentimenti.

"Non sono mai stato fascista," rispose. "Non sono un nemico. Due dei miei figli combattono con la divisa inglese. A Liverpool, sulla strada per il porto, ci hanno scambiato per nazisti. Dicevano ai bambini: 'Questi schifosi tedeschi... sputagli addosso!'. Ti sembro tedesco?"

Mi mostrò le mani, nere e unte di grasso.

"Vedi questo?" continuò. "Hanno provato a togliermi anche la fede dal dito. Ci hanno rubato tutto. Le sterline che avevo in tasca, l'orologio. Per fortuna avevo le dita gonfie e questa almeno l'ho salvata," disse girandosi l'anello intorno al dito. "È l'unica cosa che mi rimane, della mia famiglia."

Fino al naufragio era riuscito a restare con il figlio e il fratello. Poi li aveva persi di vista. Non sapeva se fossero vivi.

"Mio figlio mi ha sistemato di peso su una scialuppa, non mi sono neppure bagnato i piedi," raccontò guardandosi le estremità con aria colpevole. Era uno dei pochi con le scarpe. "Mi ha messo in salvo. Ha lasciato il posto a me che non so nuotare. L'ho visto tuffarsi in acqua. Sa cosa mi ha detto? 'Pa', non ti preoccupare, sono un buon nuotatore'..."

Si girò verso di me. "È davvero un buon nuotatore, sa."

E in quella frase c'era tutto. La speranza e l'illusione, la fiducia e la paura che essere un buon nuotatore non fosse sufficiente.

Quindi appoggiò la nuca contro la parete, chiuse gli occhi e non disse più nulla.

Quell'uomo non era un insospettabile. Ci avrei giurato. C'era un errore. Non era possibile.

Gli altri rimasero in silenzio. Stavamo all'erta, con le orecchie tese, temendo un nuovo siluro. Ogni rumore ci faceva sussultare. Quanti di loro erano "personaggi pericolosi"? C'erano membri della Quinta colonna?

Avevano la faccia sporca di grasso. Erano neri come corvi. La maggior parte stava a occhi chiusi, ma non credo dormissero. La cabina era illuminata da una luce al neon che gettava bagliori verdastri sui nostri volti.

Il viaggio pareva non finire mai.

La nave canadese navigò tutta la notte. La mattina dopo, all'alba del 3 luglio, giungemmo nel porto di Greenock, in Scozia.

La banchina era deserta, ma c'erano sentinelle armate ad aspettarci con i fucili spianati e le baionette. Come scendemmo a terra ritrovai gli altri soldati e il capitano Robertson. Era un uomo giusto, faceva un po' da padre a noi ragazzi. Non ci salutammo da militari. Mi accolse con una stretta di mano e un abbraccio, come fanno i civili.

"Sei vivo! Lo sapevo che eri una pellaccia," disse.

Aveva la faccia scavata dalla fatica, ma si era già rimesso al lavoro. Coordinava e smistava.

Eravamo tutti malconci. Molti naufraghi erano in pessime condizioni. Sul molo sfilava una marea di uomini affamati, infreddoliti, alcuni con ferite orribili. C'era gente con la testa aperta, altri con il volto devastato dalle esplosioni, scalzi, mezzi nudi, con indosso solo un cappotto o una coperta che i canadesi gli avevano pietosamente messo sulle spalle.

Soffiava un vento freddo e forte che alzava turbini di polvere e portava zaffate di alghe marce.

I soldati cercavano di mettere in fila i prigionieri, gli italiani da una parte, i tedeschi dall'altra. Ma molti non si reggevano in piedi. Zoppicavo, la mia gamba era gonfia e dolente. Mi dissero di mettermi seduto insieme ad altri feriti sotto una tettoia.

Le guardie smistavano i naufraghi, leggevano ad alta voce i nomi da una lista.

Ogni "presente" si spostava nella fila dei fortunati, abbracciava amici e familiari.

Se all'appello rispondeva il silenzio, il militare tirava una linea sul nome. Quel silenzio non sarebbe più stato colmato.

Vidi il padre che aveva passato la notte seduto accanto a me esultare quando chiamarono il nome del figlio e un giovanotto tarchiato, in maniche di camicia, a piedi nudi e con una coperta stretta intorno alla vita si fece largo nella massa per mettersi nell'altra colonna.

Fui felice per loro. E in quel preciso momento ebbi la certezza che non erano "personaggi pericolosi".

I prigionieri sopravvissuti furono rinchiusi in un magazzino in disuso, lì a Greenock. Il capitano Robertson rimase con i naufraghi italiani: si assicurò che avessero coperte e cibo, e si fermò tutta la notte con loro. So che il giorno dopo alcuni furono imbarcati e spediti in Australia, mentre altri finirono sull'Isola di Man.

Noi feriti fummo radunati in un ricovero approntato dalla Croce Rossa, in fondo al molo. Verso mezzogiorno qualcuno parve ricordarsi della nostra esistenza e arrivarono degli autobus. Ci caricarono e ci portarono al Mearnskirk Emergency Hospital, vicino a Glasgow. Era un sanatorio per bambini tubercolotici, requisito e approntato per le necessità belliche. Accanto al vecchio edificio erano state costruite una quindicina di baracche per ospitare i feriti, civili e militari.

Arrivai con la febbre alta. La gamba si era infettata e per tre giorni rimasi tra la vita e la morte a lottare con la non remota ipotesi dell'amputazione.

Poi, una mattina mi svegliai e la febbre se n'era andata. Ero stordito e debolissimo, un'infermiera mi disse che avevo delirato.

"Bentornato tra noi," mi salutò affabile.

La gamba era fasciata fino a sopra il ginocchio e aveva un odore poco rassicurante. Ma i medici erano ottimisti.

Trascorsi diverse settimane in quel luogo che mi pareva di delizia, con le lenzuola pulite, due pasti al giorno, tè, qualche sigaretta, infermiere ben disposte e medici gentili. Non era ancora iniziato il Blitz e almeno per il momento quel sanatorio in Scozia era un'isola piuttosto tranquilla nelle retrovie.

Il vecchio inglese interrompe il racconto. Rimane in silenzio a lungo, come se avesse esaurito le parole, e si gira verso di me. Ho la sensazione che mi veda per la prima volta, che finora abbia parlato senza badare alla mia presenza.

"La guerra," dice quasi sottovoce. "La guerra," ripete, e sembra cercare una tonalità diversa, poi a bruciapelo: "La guerra... lei riesce a capire che cos'è la guerra?".

Non rispondo. Sicuro che lo irriterei, qualunque cosa dicessi.

Mi squadra dalla testa ai piedi, con quel suo sguardo chiaro e quegli occhi freddi.

Mi dice che me lo legge in faccia che della morte non so niente. Dice che la morte non so neanche dove sta di casa, non so che mostro sia, né che male fa quando la vedi al lavoro.

"Tutti uguali, voi giovani," conclude.

Non ci sto. È vero, non capisco la guerra, so poco della vita e niente della morte, a parte quelle di mia nonna e di un ragazzo che aveva fatto la cresima con me, schiantato su un go-kart quando avevamo quindici anni. Ma so anche che non mi piacciono le generalizzazioni. Essere giovani è solo una condizione anagrafica. Persino un cieco si accorgerebbe che io sono diverso dagli altri.

"Non siamo tutti uguali."

"Siete tutti uguali, e siete arroganti. Siete nati in tempo di pace. Vivete nel benessere. Date tutto per scontato. Ma niente è eterno. Le cose possono cambiare velocemente."

Non capisco dove vuole andare a parare.

"La guerra è un cancro che ti entra in ogni atomo del corpo e non se ne va più. *Mai.*"

Quest'uomo è davvero sgradevole, mi verrebbe voglia di alzarmi e andarmene. E dice pure delle banalità... La guerra è un cancro... Voi giovani vivete nel benessere...

Eppure la sua ruvidezza è magnetica ed esige rispetto.

"*Mai*, capito?"

Ascolto, immobile.

"Sa che differenza c'è tra un nemico ammazzato e un uomo morto?"

Non capisco neppure il senso della domanda.

"Ho ucciso, durante la guerra. Tiravo il grilletto per difendere l'Inghilterra e fermare Hitler, e pensavo che quello fosse il mio dovere."

"Lo era, no?"

"Sì, probabilmente sì. Ma il punto non è questo."

Appoggia il bastone di fianco e si alza il pantalone.

"La vede questa cicatrice? La gamba mi fa ancora male. Mi fa male nel cuore, e quello è il dolore peggiore."

Noto il tremore delle mani grandi e piene di artrite e mi sorprende un moto di tenerezza nei suoi confronti. Vorrei scacciarlo, perché sarebbe più comodo provare rabbia per questo vecchio bisbetico.

"L'ho sognato per anni. Mi svegliavo nel cuore della notte, in preda a quell'incubo. Ho rivissuto quella scena migliaia di volte. E ogni volta rivivo ogni istante come se fosse ancora qui. Rivedo quell'uomo. Vedo i suoi occhi e sento le sue parole. *Ti salverai...*

"...Ho dubitato per anni. Ho cercato di convincermi che era come gli altri. Che era un nemico."

Adesso, all'improvviso, mi sento totalmente dalla sua parte. Lo voglio difendere dai suoi stessi pensieri.

"C'era la guerra," dico, "non è stata colpa sua. Non è colpa di nessuno."

Non mi risponde.

"Per questo ogni anno vengo a Bardi, il 2 luglio."

Mi guarda fisso, con i suoi occhi cerulei. "Ma questa storia non l'ho mai raccontata a nessuno. Lei è il primo."

"Era mio nonno?" gli chiedo a bruciapelo.

"Non lo so. Non so il suo nome. Ma che importanza ha? Non so niente di lui. Mi disse solo che a Liverpool, prima di imbarcarsi, gli avevano consegnato un telegramma. Era contento, gli era nato un figlio maschio."

9.

"Bel ragazzo, suo nipote."

Alla peruviana non sfugge niente.

"Non è mio nipote," le ho risposto senza dare troppe spiegazioni.

"Peccato," ha detto, e ha continuato a passare con molta flemma lo straccio nell'ingresso della scala A.

L'hanno presa quando l'altra donna delle pulizie se n'è andata all'improvviso.

"Lei non ha figli?"

"No."

"Davvero un peccato, signora. Io ho tanti figli e nipoti, tutti in Perú. Sono la vita, per me. Ma non mi parli di mio marito. Quello vada al diavolo, è un ubriacone... solo problemi e debiti. Il figlio grande adesso lo porto qui, con il ricongiungimento."

Parla sempre dei figli, la peruviana. E di quel marito a cui aveva mandato un sacco di soldi, per comprare un taxi e finire di costruire la casa vicino ad Arequipa.

Per poi scoprire che se li era fatti fuori tutti in birre e amichette.

La so a menadito, la storia. Me l'avrà raccontata un migliaio di volte. Ma sono stata ad ascoltarla lo stesso, perché mi sembrava maleducato non farlo.

La peruviana pulisce sempre con molta flemma e sempre negli stessi posti. Vicino al muro è pieno di batuffoli di polvere e di lanugine dei tigli della strada. Ma nessuno si prende

ʼriga di protestare. D'altronde, in questo periodo il condominio è praticamente vuoto. Sono tutti in ferie.

La peruviana non ha di meglio da fare che lucidare lo stesso preciso metro quadrato dell'ingresso e parlare con me.

E poi anch'io non ho molto altro da fare, in queste giornate d'agosto. Non c'è nessuno in giro. Credo di essere l'unica anima vivente nello stabile, a parte i pesci rossi della bambina del piano di sotto. Me li ha lasciati per l'estate.

"Mi farebbe un piacere, signora Flo. Non li posso portare con me al mare," mi ha detto.

Poi, quando è tornata giù, ho sentito dalla finestra aperta che parlava con la madre.

"Mamma, i Rossi li ho portati alla signora Flo. Così non si sente tanto sola."

Viene una volta alla settimana a fare lezione di pianoforte.

Mi ha lasciato anche il mangime e un retino di plastica verde, spiegandomi come cambiare l'acqua e tutto il resto.

"Rosso è quello più grande. Rossa è la piccola," si è raccomandata, come se dovessi chiamarli per nome in caso provassero a scappare.

Ora li guardo nella loro boccia di vetro. Sfrecciano inquieti su e giù, si scambiano, si sfiorano lungo traiettorie circolari.

E non c'è molto da aggiungere, sulla giornata di un pesce rosso. Ogni tanto mi viene voglia di andare ai giardini di Porta Venezia e liberarli nel laghetto. Lo proporrò alla bambina, quando torna. Ci andremo insieme e li faremo scivolare dolcemente nell'acqua. Poi potremo andare a trovarli, i Rossi, di tanto in tanto.

Rosso mi fissa e gli occhi gialli deformati dalla boccia di vetro sembrano le pupille di un extraterrestre. Apre e chiude la bocca contro il vetro.

"Cosa ne pensi, Rosso? Glielo dico?"

Ogni tanto ci parlo. Rosso è il mio preferito. L'altra fa la smorfiosa, non si ferma mai a guardarmi come fa lui. Non mi è molto simpatica, la Rossa.

E comunque la peruviana ha ragione.

Bel ragazzo, sì, il giovane Bart.

Deve averci visti insieme l'altra mattina, quando è venuto a trovarmi.

Era la settimana scorsa? No, di più. Forse un mese fa. Non lo so, faccio una tale confusione con le date.

Ma da quando è venuto non riesco a smettere di arrovellarmi.

Ogni giorno che passa mi sveglio con questo pensiero fisso. E più ci penso, più credo che dovrei dirglielo. È stato lui a cercarmi. Ha fatto tutto da solo.

E questo vorrà pur dire qualcosa, no? Vuol dire molto, anzi. È un segno del destino, che sia venuto. Io ci credo al destino.

Sistemo l'ultima rosa nel vaso, sul tavolino dell'ingresso. L'ultima di tre belle rose rosse panciute. Faccio due passi indietro per vedere il risultato. Ottimo. Bastano tre fiori vivi per tenere viva una casa, diceva Margherita. Un'altra delle cose che ho imparato da lei.

Queste le ho colte in quello che chiamano giardino, anche se io la definirei piuttosto una grande brutta aiuola in un grande brutto cortile. Mi hanno eletto "curatrice del giardino". Credo sia l'unica decisione presa all'unanimità nella storia delle assemblee di condominio di questo stabile.

"Voi inglesi ce l'avete nel sangue, il giardinaggio, signora Florence," mi hanno detto nel comunicarmi ufficialmente l'elezione plebiscitaria.

Non ho avuto il coraggio di confessare che non avevo mai preso in mano un paio di cesoie. Ma mi sono applicata. E forse hanno ragione, noi inglesi ce l'abbiamo nel sangue, perché il risultato non è per niente male. Hanno stanziato anche un piccolo budget, per gestire il giardino. Così, ogni tanto vado al vivaio Ingegnoli e passo la mattinata nelle serre a scegliere bulbi, a studiare i periodi di fioritura e i colori. Ormai mi conoscono. Poi, uno dei giardinieri carica tutto sul furgoncino e porta a casa anche me.

"Vuole che le dia uno strappo, signora Flo?" butta lì.

Io accetto volentieri. Salgo davanti e mi metto la cintura.

È bello vedere la città da quell'altezza. Chiacchieriamo del più e del meno, di potature e di concimi e di altre faccende da giardinieri.

"Le dispiace se faccio due consegne lungo la strada?"

Non mi dispiace affatto. Io rimango seduta con la cintura allacciata e lo guardo mentre fa il suo lavoro.

Poi mi porta a casa e inizia il solito rituale.

Lui mette le quattro frecce, scarica i miei acquisti e porta tutto in cortile.

Poi attraversiamo la strada e andiamo al bar. Si fa correggere il caffè con la grappa.

"Offro io, come ringraziamento per il passaggio."

"Non se ne parla proprio," replica.

Facciamo un po' di pantomima e poi si lascia offrire il caffè.

"Alla prossima, signora Flo. Stia in gamba."

Adoro queste mie piccole abitudini.

Anche Margherita era così. Piccole abitudini e routine che ti tengono in piedi quando vorresti solo stenderti e aspettare. Teneva sempre un mazzo di fiori accanto alla cassa da Berni's. Non aveva smesso neppure quando era scoppiata la guerra.

"Non c'è bisogno che siano fiori pregiati," diceva soddisfatta di ritorno da una spedizione fortunata lungo le rotaie della ferrovia, con un mazzetto di papaveri selvatici. "I fiori sono ovunque, basta saperli vedere."

Li disponeva con abilità e sembravano arrivati diretti da Hayford, il bel fioraio di Covent Garden.

Non ha mai rinunciato a quest'abitudine, nemmeno dopo gli arresti e quando era stata costretta a chiudere il caffè.

Se un giorno fossi entrata da Berni's e non avessi trovato i fiori freschi, anche solo un mazzetto di quelli piccoli, gialli, che crescono negli incavi dei muri, avrei iniziato a preoccuparmi davvero.

Il giorno che sapemmo dell'*Arandora Star* c'era un rametto di roselline rosa. Le vedo come se le avessi qui davanti a me. Rose piccole del cespuglio vicino al muro della scuola. Quelle che fioriscono fino a ottobre.

La mattina del 4 luglio fu chiaro a tutti cos'era successo. I miei sospetti iniziali erano confermati dai giornali che parlavano diffusamente dell'*Arandora Star*, la nave dei sogni di prima classe, silurata da un sottomarino tedesco. Pareva che ci fossero centinaia di morti. Ma c'erano anche molti sopravvissuti, dicevano le cronache. I naufraghi erano approdati in un porto della Scozia.

A Little Italy la notizia si era sparsa velocemente. Era partito il tam tam. Le donne, che in quelle settimane erano rimaste perlopiù rinchiuse e defilate per la paura, adesso passavano di casa in casa.

"Hai saputo niente?"

"Io no, tu?"

"Niente."

"No, nessuno sa niente."

Passò, agitato, anche Joseph. Sul "Daily Telegraph" scrivevano che la maggior parte dei morti erano internati italiani.

Alcune donne arrivarono da Berni's. Madri, mogli, sorelle. Sapevano che c'era la radio e speravano che avessimo qualche notizia in più.

Avevano portato il "Times" a Margherita, perché lo leggesse ad alta voce, lei che aveva più dimestichezza con la scrittura e le parole.

Il giornale intervistava soldati inglesi sopravvissuti. Raccontavano scene di panico e di lotta tra tedeschi, "energumeni forzuti" che si erano azzuffati con gli italiani per il posto su una scialuppa e avevano intralciato le operazioni di salvataggio degli eroici soldati inglesi, rimasti sul ponte fino alla fine.

Lina era seduta nel suo angolo nel bovindo, con il neonato sempre in braccio. Il bambino dormiva tranquillo, avvolto nella copertina fatta a maglia da Margherita. Spuntavano le manine grinzose chiuse a pugno e quel ciuffo di capelli ribelli.

Una delle donne del quartiere aveva prestato a Lina la

187

carrozzina dove aveva cresciuto i suoi figli, una solida culla
con due grandi ruote cromate, rivestita di tela cerata marrone, con un soffietto che si tirava su per riparare dal vento e
dalla pioggia. Lei non l'aveva ancora usata. Dal giorno del
parto non era mai uscita. Come se temesse di varcare la soglia per avventurarsi in un mondo che le sembrava troppo
ostile. Anche quando era in casa non lasciava mai il neonato.
Pareva che avesse paura non dico di allontanarsi da lui, ma
perfino di posarlo. Come se qualcuno potesse portarglielo
via, come avevano fatto con Bart.

Lo teneva in collo. O nel lettone, dal lato di Bart.

"Non va bene," aveva detto Margherita. "È pericoloso,
rischi di schiacciarlo nel sonno."

"Il figlio è mio," aveva risposto lei senza possibilità di replica.

Era suo, e su questo non c'era dubbio. Le era presa una
specie di ossessione. Non permetteva a nessuno di avvicinarsi, non potevamo neppure toccarlo.

"Lasciatela fare," aveva consigliato Jenny. In fondo non
era passata neppure una settimana dal parto. E lei continuava a venire ogni mattina per pesare il poppante e assicurarsi
che tutto procedesse bene. "Vedrete, piano piano le cose si
aggiustano. Bisogna lasciarle tempo."

Era una donna saggia e gentile, Jenny.

Era giovane, ma aveva fatto partorire un sacco di madri
del Quartiere. Sapeva come va, con le puerpere. Sapeva che
la natura prima o poi sistema tutto.

Michele e Bart erano su quella nave? Erano morti?
Dov'erano finiti?

Non c'era stata risposta al telegramma con cui si annunciava la nascita di Carlo. E questo aggiungeva altra angoscia
alla nostra attesa. Una notizia così esigeva una risposta.

Tra le donne italiane si era sparsa la voce che al War Office era arrivata una prima lista di dispersi.

Decidemmo di andare subito. Trovai Lina già pronta sulla porta con Carlo adagiato nella carrozzina. Lanciai un'occhiata a Margherita, ma non facemmo alcun commento. Era comunque una buona cosa, perché non lo teneva in braccio. Si era cambiata e indossava un grazioso vestito di cotone a fiori e uno spolverino beige. Si era anche data un filo di trucco sugli occhi, come se invece che in nomi stampati ci fosse la remota possibilità di imbattersi in Bart in carne o ossa. In quel mese non l'avevo mai vista truccata.

Scendemmo lungo Warner Street e ci dirigemmo verso Clerkenwell. Era una giornata d'estate, né calda né fredda, con il cielo grigio e lattiginoso e le solite nuvole che correvano alte.

Salimmo faticosamente su un autobus diretto a Victoria Station, issando la carrozzina che era piuttosto pesante.

Il ministero era a Hobart House, un imponente edificio vittoriano di mattoni rossi, a pochi passi dalla stazione ferroviaria. C'era un gran viavai di gente. Vedevo che Lina e Margherita si guardavano intorno spaesate. Dal giorno degli arresti non avevano più messo il naso fuori dal Quartiere e uscire da Little Italy per ributtarsi nella frenetica onda vitale di Londra doveva essere uno shock.

Tante cose erano cambiate, soprattutto in quell'ultimo mese.

Il centro della città pullulava di uniformi. C'erano i militari. E poi ogni sorta di corpi ausiliari e di volontari, ognuno con la sua divisa e la fascia al braccio, per indicare la funzione. Volontari che sfollavano bambini, donne in partenza per andare a lavorare nelle fattorie, vecchi non più arruolabili che scaricavano e caricavano materiale sanitario dai camion. La stazione era sorvegliata da soldati con il fucile spianato e da un dispiegamento di camionette e jeep tale che sembrava di essere in un campo militare.

Di sentinella al ministero stazionavano marinai con la divisa blu e il colletto bianco. Erano giovanissimi, al massimo diciottenni. Facce tutte simili, con i capelli rasati sulla nuca e lo sguardo piantato in avanti, nel vuoto.

C'erano cavalli di Frisia e sacchetti di sabbia a sbarrare il passo.

Non ci fu bisogno di mostrare i documenti per entrare. C'era già una ressa di donne italiane nell'atrio del Foreign Office.

Una penosa processione di madri e mogli, molte con un carico di marmocchi al seguito, qualcuna accompagnata da un figlio un po' più grande che si atteggiava a uomo di casa e camminava di fianco alla madre, senza toccarla. Donne con il fazzoletto nero in testa e il rosario in mano. Alcune pregavano: "Siamo qui ad aspettare il Signore".

Avevano affisso delle liste provvisorie. In testa la scritta, battuta a macchina in stampatello: MISSING, PRESUMED DROWNED. Dispersi, presunti annegati. Erano centinaia di nomi e cognomi italiani.

Le donne si avvicinavano tra timore e speranza. Cercavano il nome. Chi lo trovava lanciava un urlo. O si piegava sui ginocchi per il dolore. Qualcuna sveniva. Altre rimanevano immobili, mute nella loro disperazione, incapaci di emettere il benché minimo suono. Alcune si avventavano contro i piantoni: "Assassini, li avete uccisi!". Le portavano via a braccia e cercavano di calmarle.

Era uno spettacolo struggente. Ci avvicinammo compatte, tre donne e una carrozzina. La vista mi tremava, facevo fatica a mettere a fuoco. Detti una prima scorsa a quei fogli bianchi, le scritte nere si accavallavano, stentavo a distinguere le lettere. Li controllai tutti, dal primo all'ultimo.

Non c'erano.

Rilessi con più calma. Li ricontrollai con cura, con il timore di essermi sbagliata.

Non c'erano. Ero sicura.

Lina scoppiò a piangere. "Allora è vivo!" gridò.

Margherita era impassibile e nel suo sguardo sollevato lessi il mio stesso pensiero.

"Non cantiamo vittoria. Sono liste provvisorie," dissi. Non c'era da stare troppo allegri.

All'uscita, le donne che non avevano trovato il nome

nell'elenco si fermavano a gruppetti, per decidere la prossima mossa. "Che facciamo adesso?"

Nessuno lo sapeva. La paura incombeva, ma c'era anche la speranza, che come si sa è l'ultima a morire. Era uno dei detti di Margherita. Ce lo avevamo anche noi in inglese, le avevo fatto notare. *Hope dies last*, identico. La speranza non vuole morire, in nessuna lingua del mondo.

Le altre si allontanavano con lo sguardo vuoto, come in una bolla invisibile. Erano entrate mogli, uscivano vedove. Altre avevano perso il figlio, e quello era il dolore più terribile.

Erano automi che si dirigevano verso una casa che non sarebbe più stata uguale a prima.

Chiedemmo indicazioni a uno dei funzionari del ministero.

"Dovete andare all'ambasciata brasiliana."

Dopo la dichiarazione di guerra l'ambasciata italiana era stata chiusa e i rapporti diplomatici tra Gran Bretagna e Italia erano tenuti dai brasiliani.

Un'altra donna diceva che le liste dei sopravvissuti erano al Foreign Office.

Le notizie erano confuse. Non si riusciva a capire dove andare, cosa fare.

Era terribile vivere in quell'angoscia, senza sapere nulla di certo.

Nelle settimane successive tornammo altre due volte a Hobart House. Ma senza risultato. C'erano elenchi parziali, elenchi con nomi sbagliati. Non si capiva niente.

L'unica cosa da fare era aspettare. E pregare.

Mi ricordai le parole di Michele a proposito dell'Ivy.

"Se succede qualcosa vai da Giandolini," mi aveva detto. "Di lui ti puoi fidare."

Potevo davvero fidarmi?

Il ristorante, anche se italiano, non era stato preso d'assalto. Continuava a servire i suoi facoltosi clienti e ci avevo visto Churchill con Halifax proprio la settimana prima.

Abele Giandolini non l'avevano internato. Aveva protezioni in alto, lui. Potevo provare a parlargli, chiedergli se poteva fare qualcosa per riportare a casa Michele, Bart e Dante. Anche altri noti fascisti, i capoccioni del partito – gli amici di Luigi che Michele odiava di più, quelli che lavoravano nei ristoranti e negli alberghi di lusso del centro –, non li avevano arrestati.

"Sono cittadini britannici," mi aveva spiegato Joseph. "Sono riusciti ad avere il passaporto inglese, loro. Sono qui da tanti anni e hanno gli agganci giusti."

Anche Dante era a Londra da tanti anni, ma il passaporto non ce l'aveva. Pure a Michele l'avevano rifiutato. Ma non aveva importanza. Sapevo di italiani con cittadinanza inglese che erano stati deportati comunque, la spiegazione di Joseph non stava in piedi.

Parlare con Giandolini, dunque?

Continuavo a ragionarci, ma non riuscivo a prendere una decisione. E non potevo chiedere consiglio a nessuno. Scoprirsi con lui era rischioso, avrebbe capito che sapevo, che Michele mi aveva raccontato cosa succedeva nel locale dopo la chiusura.

La notte era il momento peggiore. Appoggiavo la testa sul cuscino e perfino il cotone della federa mi infastidiva. Ero così tesa che mi tirava anche la pelle del viso. Allora mi alzavo, aprivo la finestra e rimanevo lì, sperando che l'aria fredda della notte si portasse via gli incubi. Poi tornavo sotto le coperte e cercavo di addormentarmi pensando al viso di Michele. Ma come chiudevo gli occhi vedevo solo un mare in burrasca e uomini che annaspavano tra le onde. Provavo a girarmi dall'altra parte, cercavo di pensare a cose belle, ai prati di campagna dove correvo tra i papaveri quando ero bambina, ai regali sotto l'albero di Natale, alla gioia pura quando a scuola avevo vinto il primo premio per la gara di poesia.

Margherita continuava a ripetercelo: "Ragazze, l'unico modo per scacciare i brutti pensieri è avere bei pensieri".

Non so cosa pensasse, in verità. Se davvero riuscisse a fare bei pensieri. La guardavo quando la mattina metteva su la macchinetta del caffè e beveva la sua tazzina fumante, in piedi, come quando Berni's era ancora aperto.

Era sempre ben vestita e pettinata.

Ma un giorno ero entrata in cucina ed era di spalle che sistemava i fiori. L'avevo colta di sorpresa e l'avevo vista asciugarsi gli occhi. Aveva nascosto in fretta il fazzoletto nella manica del vestito. Margherita soffriva come noi.

Provavo a fare come lei, ma non ci riuscivo.

"Anche stanotte non hai dormito," mi sgridava Lucy, guardando le mie occhiaie nere e il mio viso sempre più scavato. "Così non va per niente bene."

Mi preparava una tazza di tè e si appoggiava alla mia scrivania cercando di strapparmi un sorriso. "Quando torna Michele vuoi che ti trovi in questo stato?"

Cercavo di rispondere con il sorriso che si aspettava, ma mi veniva male, stiracchiato e fasullo. La malinconia e i brutti pensieri non se ne andavano, stagnavano nel cuore e appestavano le giornate.

Una sera decisi di presentarmi all'Ivy.

Entrai decisa, come facevo quando andavo a portare le carte al ministro Halifax.

Il locale era mezzo vuoto. Le pesanti tende dell'oscuramento rendevano l'aria soffocante.

Giandolini era seduto a un tavolo, da solo, con l'unica compagnia di un bicchiere di whisky.

Mi sedetti di fronte a lui.

"So perché sei qui," mi disse in italiano.

Lo guardai senza alcuna sorpresa. Quell'uomo era inquietante, ma dovevo fidarmi. Me l'aveva detto Michele.

"Vuoi bere qualcosa?"

Fece un cenno a un cameriere, un biondino nuovo che non avevo mai visto prima. "Un porto per la signorina," ordinò.

Adoro il porto, non so come facesse a saperlo. Forse era solo l'intuito del ristoratore. Forse glielo aveva detto Michele.

Presi in mano il calice di cristallo, detti un piccolo sorso e gli puntai lo sguardo addosso.

"Lei sa qualcosa che non ci dicono?"

"No," rispose senza tentennamenti. "E se vuoi che ti dica la verità, nessuno sa niente."

"Com'è possibile?"

"Si sono fatti prendere dal panico," rispose.

Non capivo di chi parlasse. Lo guardai interrogativa.

"Vedono spie e nemici ovunque. Ma vedrai che tutto si metterà a posto."

"Michele è morto?"

"Non lo so. Non lo sanno neppure loro."

Così mi confermò quello che già avevamo capito.

"Non sanno neppure quanti ne sono morti. Dicono quattrocentocinquanta, ma non è una cifra precisa." Mi prese la mano tra le sue. "Tu sei una cara ragazza, ma sono successe troppe cose..."

Poi, di colpo, cambiò argomento.

"Hai bisogno di soldi?" mi chiese.

Gli dissi di no, che avevo il mio lavoro. E che anche da Berni's non se la passavano male. Almeno rispetto alle altre donne di Little Italy.

Mi fece capire che la sua porta era aperta, per chi aveva bisogno: "Non posso riportarli a casa, ma qui cibo e denaro non mancano".

Mi salutò e sono sicura che c'era un lampo di tristezza nei suoi occhi.

Non parlai mai con nessuno di quel colloquio.

Si sentivano troppe storie di gente accusata di collaborazionismo. I sospetti li arrestavano su due piedi e sparivano non si sapeva dove.

Così passavano i giorni e poi le settimane. L'ultima volta che andammo al War Office ci ritrovammo di nuovo in fila. Adesso era tutto molto più ordinato. Ci fecero sedere in un lungo corridoio, su panche di legno. Regnava un silenzio che rendeva l'atmosfera ancora più pesante del caos dei primi

giorni. Un funzionario apriva la porta e chiamava la
per cognome.

Riconobbi Maria, la giovane madre con cui a
mangiato il pasticcio di carne a Hyde Park, il giorno d g--
arresti. Se ne stava andando via frettolosa, pallida e magrissi-
ma, il piccolo sempre in braccio e l'altro attaccato alla gonna.
Mi salutò velocemente, impacciata. Non riusciva a trattenere
un leggero sorriso che le increspava le labbra.

Si fermò solo un attimo: "È vivo. È in un ospedale militare. Hanno detto che lo interneranno all'Isola di Man".

Esitò. Alla fine sgattaiolò via, mascherando l'imbarazzo
ingombrante della propria felicità, che non era un sentimento da sbandierare in quel corridoio pieno di ansia e dolore.

Poi fu il nostro turno. Entrammo. L'impiegato non alzò
neppure la testa da un registro pieno di nomi e numeri. Scor-
reva l'elenco aiutandosi con un righello di legno. Girò una
pagina. Poi un'altra. Controllò ancora. I nomi non c'erano.

"Legga bene," lo aggredii, esasperata. "Non è possibile."

"Signorina, so leggere. Non ci sono."

Hanno gli elenchi definitivi, ci avevano detto. Ma non era
vero. Gli elenchi definitivi non arrivarono mai. Non ci sono
mai stati elenchi definitivi.

"Non disperate," disse Margherita. "Se sono sopravvissuti, prima o poi si faranno vivi."

10.

Il Mearnskirk Emergency Hospital... Non ne ho un brutto ricordo, nonostante tutto. Ci sono rimasto più di un mese.

Quando mi rimisero in piedi iniziai a esplorare in giro, muovendomi su due stampelle di legno che avevo imparato a manovrare con destrezza.

L'ospedale era circondato da prati e alberi secolari e sul retro c'era un giardino vero e proprio – ben curato come il parco di una villa di campagna, con le panchine di legno e alcune altalene –, che era l'area giochi per i bambini del sanatorio.

A noi militari convalescenti era concessa una certa libertà. Potevamo muoverci tra i padiglioni e uscire a prendere aria. Seppi che in una baracca erano ricoverati alcuni italiani, sopravvissuti dell'*Arandora Star*.

Iniziai a ronzare lì intorno. Ero attirato da quel luogo, guardato da due sentinelle all'ingresso, come da un magnete.

Le mie passeggiate zoppicanti mi portavano sempre in quei paraggi e dopo qualche giorno ruppi gli indugi.

"Posso entrare?" chiesi al commilitone di guardia.

"Non si potrebbe."

"Cerco una persona. Sono anch'io un sopravvissuto dell'*Arandora*," dissi, per essere più convincente.

Mi squadrò con interesse, perché il naufragio era finito sulle prime pagine dei giornali. L'evento aveva avuto una certa risonanza.

"Come si chiama?"

"Non lo so."

Mi guardò interrogativo. Lo stavo prendendo in giro?

Cercare una persona di cui non si sa il nome poteva sembrare strano. Ma anche lui doveva aver maturato la mia stessa attitudine verso i casi della guerra e doveva essere giunto alla stessa conclusione: non fare domande, non cercare risposte, non tentare di capire dove non c'è una logica.

Gli allungai un paio di sigarette.

"Entra," fece.

Entrai. C'erano sedici brande di ferro bianco allineate, otto per parte. Molti degli uomini avevano ancora addosso i vestiti del naufragio, sporchi di nafta. Ad alcuni era stato dato un pigiama di fortuna, altri indossavano indumenti raccolti chissà dove ed erano una strana accozzaglia di pantaloni troppo corti o troppo lunghi, camicie e giacche troppo grandi o troppo piccole.

Stavano sdraiati sopra le coperte, chi con un occhio bendato, chi con un braccio al collo, chi con la gamba tesa. Molti di loro erano vecchi.

Alcuni giocavano a carte, seduti sul letto. Nell'aria stagnava un odore di chiuso, imbevuto di medicazioni e di alcol.

I feriti più gravi si intravedevano dietro tendine azzurre tirate a metà.

Non avevo nessuno da cercare. E non sapevo neppure bene perché ero entrato lì.

Si girarono all'unisono verso di me, e chi stava chiacchierando si zittì. Mi guardarono chiedendosi chi fossi e cosa volessi.

Si aspettavano che dicessi qualcosa, ma non avevo niente di particolare da dire.

Mi uscì dalle labbra un flebile "scusate". E uscii.

"Trovato?" chiese la guardia.

"No."

Il giorno dopo, andai di nuovo alla baracca degli internati italiani.

Sulla porta c'era la solita guardia. Mi fece un segno di saluto.

Saltellai fino a lì e gli regalai altre due sigarette.

"Ehi." Sentii una voce che mi chiamava.

Nello spiazzo tra una baracca e l'altra c'era un gruppetto di italiani. Erano chini in avanti. Uno dettava, un altro scriveva, appoggiato sul ginocchio.

"Carissima, io sto bene e lo stesso spero di voi. Non ho più avuto nessuna vostra notizia, mi auguro che non sia un brutto segno..."

"Scrivi in inglese, sennò non passa la censura."

"Io ho scritto almeno tre lettere, ma le hai viste tu le risposte?"

"Non le consegnano neppure, secondo me."

"Anch'io non ho ricevuto una riga. Impossibile che mia moglie non abbia scritto."

Erano impegnati nelle loro faccende e non si curarono di me.

Mi avvicinai al giovane che mi aveva chiamato. Era seduto all'estremità di una lunga panca di legno. Teneva le gambe distese e aveva i piedi fasciati.

"È la nostra ora d'aria. Salubre aria scozzese per convalescenti," scherzò. "Ti ho riconosciuto," aggiunse.

Il giovane italiano era un po' più vecchio di me, ma non raggiungeva la trentina. Era alto e magro, con i capelli castani ondulati, pettinati all'indietro. Aveva un bel modo di fare e un'aria distinta.

"Ti ho visto ieri. Eri sull'*Arandora?*"

Annuii.

"Immaginavo. Siamo stati fortunati!" esclamò.

"Fortunati, sì."

"A parte questi piedi. Ma sono quasi a posto, ormai."

"Anche la mia gamba sta guarendo," dissi.

Fissò la mia divisa.

"Sono vivo grazie a un ufficiale inglese," disse.

Mi raccontò di essere rimasto in acqua, attaccato a un legno per molte ore. E di essersi poi diretto a nuoto verso una scialuppa stracarica, con già centoventi naufraghi a bordo.

"Ho fatto l'errore di gridare 'aiuto' in italiano. Non volevano farmi salire, dicevano che c'era posto solo per i soldati

inglesi. Per fortuna l'ufficiale al timone ha detto cι
si devono soccorrere tutti e ha dato ordine di tirarη
do."

Si presentò. Si chiamava Uberto Limentani. Era un a
cato di Milano, ebreo, scappato dall'Italia fascista dopo
leggi razziali. Era arrivato a Londra chiedendo asilo politico.
Dopo l'arresto lo avevano portato al campo di prigionia di
Lingfield, l'ippodromo vicino a Londra.

Aveva un modo distaccato, quasi divertito, di raccontare
le proprie disavventure, come se fossero accadute a qualcun
altro.

"La vuoi sapere una cosa buffa? Prima del naufragio avevo il raffreddore, quando mi hanno ripescato mi era passato.
Mi sono mezzo congelato i piedi, in compenso." Teneva le
mani in tasca, aveva un'espressione ironica scolpita sul viso.
"E pensare che avevo sempre sognato di fare un viaggio
sull'*Arandora Star*."

L'aveva già vista alla fonda davanti ai Giardini nel 1932,
durante un viaggio a Venezia con i suoi genitori. Allora era
bianca come una torta nuziale ricoperta di panna. Splendida
e super lussuosa, da terra si vedevano gli ufficiali in divisa
immacolata e galloni dorati sui ponti superiori. La gente andava in pellegrinaggio lungo la banchina per ammirarla e
guardare i facoltosi passeggeri di sola prima classe che scendevano dalle lance per la visita a San Marco.

Parlava con gli occhi socchiusi, come se descrivesse una
scena reale che aveva davanti agli occhi in quel momento.

"Strana, la vita," commentai.

E fu l'unico, banalissimo pensiero che riuscii ad articola-
re, quando invece avrei voluto esprimere con mille altre parole il groviglio di sensazioni di quei giorni.

La giornata era grigia, c'era una brezza che non si poteva
neppure definire un venticello, appena un gentile movimento d'aria. Dagli alberi arrivava un cinguettio irrequieto, segno che la pioggia si avvicinava.

Gli uomini parlavano fumando e pensai che era assai piacevole essere vivi.

i occhi socchiusi, il giovane ebreo italiano
lei versi.

'*naufrago*
)esa,
vero,
.. c tesa,
.u vista a scernere
. rode remote invan."

Recitava con una certa enfasi, come i bambini a scuola.

"*Prode remote invan...* E poi non riesco a ricordare il seguito."

"Cosa è?" chiesi.

"È di un poeta italiano. *Il cinque maggio* di Alessandro Manzoni, scritta in occasione della morte di Napoleone... L'onda s'avvolve e pesa sul capo del naufrago... è proprio vero... no?"

Disse che cercare di ricordare il resto l'aveva tenuto vivo.

"Quando torno a casa devo rileggere *Il cinque maggio*, pensavo nell'acqua."

Gli altri non facevano caso alla nostra conversazione.

Con le stampelle faticavo a stare in piedi. Limentani si scostò per farmi spazio e mi sedetti accanto a lui. Era un personaggio davvero curioso, diverso dalla massa dei poveracci che avevo visto stipati nelle cabine sull'*Arandora*.

Ero incuriosito da quello strano italiano, così inglese, anche nello humour.

"Spero solo che mi tirino fuori presto da questa situazione. Mi hanno arrestato il 13 giugno. Ho fatto appena in tempo a telefonare ai miei colleghi alla Bbc prima dell'arresto. Mi hanno promesso di liberarmi presto."

"La Bbc?"

"Lavoro alla Bbc, alla radio italiana, Radio Londra."

"Perché ti hanno arrestato, allora?"

"Non lo so. Sono un rifugiato politico. L'ho fatto presente più volte, ma senza risultato, come vedi."

Non era l'unico, mi fece notare.

"C'erano altri antifascisti a Lingfield. Ho incontrato anche un anziano sarto, un certo Decio Anzani, capo degli antifascisti d'Inghilterra. Ci hanno trattato come bestie. Dormivamo in dieci o dodici nel box di un cavallo, su un pagliericcio. Si pativa letteralmente la fame. Poi ci hanno trasferito nel campo di Warth Mills, a Bury."

Lo conoscevo. Il campo di prigionia era in una tessitura di cotone in disuso, in un distretto industriale a nord di Manchester. Un posto orribile. Una serie di edifici di calcestruzzo grigi e tetri, resi ancora più sinistri dal filo spinato di cui erano stati circondati.

Per fortuna ci avevo passato solo una notte, nelle garitte di guardia. Era stato un sollievo andarsene. Mi ero domandato come potessero tenere dei prigionieri in quelle condizioni. Anche il capitano Robertson era scandalizzato, aveva detto che il campo era stato dichiarato inagibile dalla Croce Rossa. C'erano duemila internati di guerra e solo diciotto rubinetti d'acqua fredda, e neppure un gabinetto, solo secchi di zinco, fuori, all'aperto. Avevo visto topi scorrazzare nel cortile e le finestre erano rotte. Dal tetto gocciolava acqua e il pavimento era di cemento grezzo, coperto di segatura e intriso di grasso delle macchine tessili, rimosse per far spazio agli internati.

Niente letti, né riscaldamento e neanche luce elettrica. I prigionieri dormivano su assi di legno o direttamente per terra. Cibo poco, e quel poco consumato in piedi perché non c'erano neppure i tavoli. Niente medicine o cure mediche. In compenso scoppiavano continue risse tra prigionieri, costretti a condividere quel poco spazio con i propri peggiori nemici. Qualcuno non ce l'aveva fatta e si era suicidato.

"*Collar the lot*, no?" commentò sarcastico Limentani. "E hanno eseguito alla lettera. Ci hanno presi tutti. Senza distinzioni. Dovunque c'è un filo spinato, puoi star certo che quello è il posto per noi internati italiani. Non gli importa che siamo ebrei. A Bury ce n'erano molti altri. Anche ebrei tedeschi scappati dai campi di concentramento... per poi ritrovarsi accanto ai loro aguzzini nazisti."

Limentani era lucido e freddo nella sua analisi. Ragionava da avvocato, si capiva che sapeva il fatto suo. Anche a me sarebbe piaciuto studiare legge, se non fosse scoppiata la guerra. Poi sono finito a fare il contabile in un ufficio pubblico. Sarebbe stato diverso, senza la guerra. Tante cose sarebbero state diverse. Ma va bene così. Poteva andare peggio.

"Che fine hanno fatto gli altri sopravvissuti?" mi chiese.

"Una parte è stata imbarcata su un'altra nave," risposi. "Non so altro."

Un anno dopo scoppiò lo scandalo e il comandante del campo di Bury, tal maggiore Braybrooke, fu rimosso e condannato per i furti e le angherie contro i prigionieri. Era successo di tutto. Rubavano i soldi e gli oggetti degli internati: anelli, orologi, contanti, catenine d'oro. Minacciavano chi faceva resistenza. Li spogliavano nudi e, con la scusa delle perquisizioni, li ripulivano di ogni avere. Un vero saccheggio.

Si diceva che in tutto avessero razziato tra cinquantamila e sessantamila sterline. La nostra paga era di due sterline a settimana. Era una cifra mostruosa, sottratta a profughi, ebrei, povera gente, anziani, civili separati a forza dalle famiglie.

"Qui comunque non c'è da lamentarsi per il trattamento. Se non fosse che non mi permettono di scrivere ai miei amici della Bbc. Non sono più il signor Tal dei Tali. Sono solo il numero 557," concluse.

Il giorno dopo ripassai dalla baracca.

"Cerchi gli italiani?" disse il piantone. "Non c'è più nessuno. Li hanno trasferiti."

Parecchi anni dopo la fine della guerra vidi una sua foto sul "Times". Lo riconobbi. E così venni a sapere che Uberto Limentani era diventato professore di letteratura italiana a Cambridge. Dicevano che era stato il primo internato italiano a essere rilasciato, il 31 luglio 1940. Tornò alla Bbc, dove lavorò a Radio Londra fino alla fine della guerra.

Non mi sono mai dimenticato di lui e della poesia in morte di Napoleone.

L'ho voluta imparare a memoria anch'io. Insieme a un po' di italiano.

Il vecchio inglese punta il bastone e si tira in piedi.

"Ei fu. Siccome immobile,
Dato il mortal sospiro,
Stette la spoglia immemore
Orba di tanto spiro...

"Ho una buona memoria, cosa crede. Non dimentico mai niente," dice guardandomi con quella sua aria sgarbata.

Tutta apparenza, penso. Non mi freghi, non sei così burbero. Ormai l'ho capito.

Si appoggia al bastone e zoppica leggermente. Ma è un bel vecchio, dritto come un cipresso. Anche lui un cipresso. Forse è così, noi cipressi siamo un po' burberi di natura.

"Si è fatta l'ora della passeggiata."

Inizia a camminare, ma non accenna a congedarmi. Non è possibile che se ne vada così, senza neppure salutare.

Forse vuole che lo accompagni. Sto per porgergli il braccio, perché si appoggi a me.

"Non ho bisogno di aiuto," grugnisce.

Lo interpreto come un invito ad accompagnarlo.

Lo seguo, in silenzio.

La passeggiata consiste nel percorrere il vialetto della Pensione Flora e arrivare al lungomare. Attraversare il viale che separa la pineta dalla spiaggia e infilarsi in uno dei bagni.

Siamo in controesodo. Al semaforo incrociamo un gruppo di madri cariche di figli con le gambe piene di sabbia, i capelli bagnati e i sandali di plastica. Loro tornano, noi andiamo.

Al bar del Bagno, sotto una pergola di canniccio c'è un gruppo di anziani, seduti ai tavolini con l'aperitivo davanti.

"Un Crodino?" chiede uno rivolto verso di noi.

"Stasera no, grazie," risponde il vecchio inglese.

"Allora alle nove e mezzo per la briscola?"

Il mio uomo fa un segno con il bastone, che vuol significare un sì. Ma non si ferma.

Ha il suo giro, qui. Chissà da quanti anni viene tutte le estati. A Bardi e poi qui.

Arriviamo sulla spiaggia.

Lunghe file di ombrelloni, lettini e sdraio a righe bianche e azzurre. Anche le cabine sono bianche, con le porte e le staccionate azzurre.

È l'ora del giorno quando il sole fa le ombre lunghe. Le Apuane, dietro di noi, sono nitidissime. Alte e rassicuranti, una foresta verde scuro interrotta solo dai grumi di puntini chiari delle case e dallo squarcio bianco delle cave di marmo.

"Quando le montagne sono così limpide è brutto segno," dice. "Domani cambia il tempo."

Si siede su un lettino, nella posizione di prima, con il bastone tra le gambe.

I bagnini passano con la retina per raccogliere le cicche e stendere la sabbia e le mamme urlano di uscire agli ultimi bambini rimasti nell'acqua. "Ora basta, non lo voglio dire un'altra volta!"

Il vecchio mi fa cenno di sedermi accanto a lui.

Dal portafogli di pelle nera tira fuori una custodia di plastica trasparente, di quelle per la patente. Sfila con cura un pezzetto di carta ingiallito. Lo apre con le sue mani grandi e me lo porge, senza dire una parola.

Leggo sottovoce. "Altri cadaveri portati a riva dalla corrente. Vittime dell'*Arandora Star* affondata."

È il ritaglio di un giornale, il "Donegal Vindicator" del 17 agosto 1940.

"Legga."

È quasi illeggibile, da quanto è consumato.

Il dottor John O'Sullivan ha rilasciato i certificati di morte per annegamento di altri due corpi non identificati portati a riva. Dice: "Come molti altri, questi due uomini hanno avuto una morte crudele ed è possibile che le loro famiglie e i loro cari non sapranno mai la verità sul loro destino. Sono certo che ognuno di noi reciterà una preghiera perché le loro anime ripo-

sino in pace e per chiedere a Dio di portare conforto ai cuori dei loro cari".

Alzo la testa.

"Ne sono arrivati a centinaia. Sulle coste dell'Irlanda del Nord e in Scozia. Corpi senza nome, mezzi mangiati dai pesci. Con ancora i salvagente addosso, i vestiti a brandelli. Li hanno recuperati e seppelliti a loro spese. Con una croce, senza nome. Erano poveri, ma erano bravi cristiani. So che ci sono molte tombe, lungo la costa."

Parla piano. Quasi sottovoce. Come se avesse paura che qualcuno ci senta.

"Uno di questi poteva essere il cadavere del mio compagno italiano. Ho pensato tante volte di andare su una di quelle tombe. Ma non ci sono mai riuscito. Non ne ho mai avuto la forza."

11.

Le nasse sono impilate con cura. La brezza tesa che spazza il molo ha asciugato i filamenti di alghe tra le maglie di metallo. Tremolano leggeri mossi dal vento e portano un intenso odore di marciume e salsedine.

"Pussa via, bestiaccia."

La pedata diretta al gabbiano finisce in un calcio a vuoto, nell'aria.

"Lasciali perdere," dico. "Fanno allegria."

Il giovane Bart torna a sedersi accanto a me sulla panca di legno ed elimina con la mano una pozza d'acqua lasciata dalla pioggia. "Ma quale allegria. Sono insopportabili. Sono come i piccioni, sudici e prepotenti."

Una decina di gabbiani fanno la posta ai pezzi di granchio che cadono dai panini dei viaggiatori. Planano silenziosi. Accompagnano l'atterraggio con due o tre passetti incerti e si fermano a debita distanza dagli avventori. Si guardano intorno muovendo la testa e il becco con aria indifferente, ma sono attentissimi a quello che succede dalle parti delle nostre mandibole. I più temerari si lanciano in picchiate fulminee direttamente dentro le ceste di gamberi ancora gocciolanti, e scatenano le urla gutturali in gaelico di un ragazzino con i capelli gialli a spazzola, dall'aspetto più di sguattero che di cameriere. Si aggira tra tavoli e panche per ritirare i piatti vuoti, avvolto in un grembiule di plastica e con ai piedi stivali di gomma da pescatore.

Il baracchino dei frutti di mare si vanta di essere il miglio-

206

re della Scozia. Ha le pareti di legno tinte di un verde brillante. Sul ghiaccio tritato sono allineate piccole aragoste scure, enormi granchi grigi, code di gambero, gamberoni rosati, ostriche e muscoli. Alcuni animali si muovono ancora, sbattendo le chele verso l'alto, tra gli spicchi di limone.

Che sia il migliore della Scozia, non è detto. Che il pesce sia fresco è indiscutibile.

Sul retro c'è una cucina con un fornello a gas attaccato alla bombola. Nelle padelle friggono anelli di calamari. In larghi tegami di alluminio si schiudono i muscoli dal guscio nero lucente e dalla polpa arancione carnosa, le vampate di vapore bianco portano l'odore pungente del mare.

Li servono con piatti e forchette di plastica bianca, accompagnati da fiumi di maionese o burro all'aglio fuso.

Da quanto tempo non sentivo questo olezzo di pesce e grasso. Abbasso le palpebre e inalo a pieni polmoni quest'unto che mi riporta alla mente una quantità di ricordi. Rimango a occhi chiusi, assaporando l'odore così familiare, e sento le nostre voci di ragazze e il rumore delle nostre corse sui ciottoli della spiaggia di Brighton le domeniche d'estate. Capelli e vestiti rimanevano intrisi di quest'odore, lo stesso dei baracchini sul lungomare e delle dita che ci leccavamo ridacchiando e scherzando. Lo riportavamo a Londra con noi nelle carrozze del treno, insieme all'entusiasmo e alle spalle arrossate di quelle gite felici.

Ma ora il burro per me è veleno.

"Tenga sotto controllo il colesterolo," si è raccomandato il medico. Sempre lui, quello che mi ha ordinato di camminare quarantacinque minuti al giorno e che quando l'ho informato di questo viaggio mi ha guardato strano, come se fossi una vecchia matta.

Mi guarda spesso così, a dire il vero.

"Con il suo cuore ballerino non mi sembra il caso." Poi si è alzato per congedarmi: "Ma che parlo a fare... Lo so che andrà comunque," ha aggiunto aprendomi la porta.

Mi conosce fin troppo bene, infatti.

Al diavolo i medici. Al massimo sanno curare le malattie,

di certo non le persone. Le persone bisogna ascoltarle, e quello non mi guarda neppure negli occhi.

Ho fatto proprio bene a partire. Un viaggio lungo e stancante, è vero. L'aereo, il treno da Glasgow. Arriveremo in serata. Ma da anni non stavo così bene.

Comunque sono stata giudiziosa. Ho onorato il mio cuore ballerino ordinando una porzione di muscoli senza burro. Solo una spruzzata di limone. Però alla ginger beer non ho saputo resistere.

Bevo a piccoli sorsi dalla bottiglia e mi sento una ragazzina, seduta su queste panche di legno, con il mio piatto di plastica bianca sulle ginocchia e il vento che mi arruffa i capelli.

Quando siamo scesi dal treno Glasgow-Oban, Bart sembrava preoccupato.

"Flo, è troppo stanca?" mi ha chiesto, prendendomi il trolley.

Voleva portarmi a mangiare al ristorante del Caledonian Hotel, il vecchio albergone che con le sue guglie e le sue storie di villeggiature sontuose sovrasta il Golfo di Oban. Ci siamo avvicinati, ho dato un'occhiata ai prezzi del menu esposto all'esterno, ma soprattutto ho guardato attraverso le finestre scrostate dalla salsedine della veranda: tovaglie immacolate e coppie di anziani che mangiavano zuppe di pesce e bevevano acqua naturale in calici di finto cristallo.

"Non ci pensare neppure. È pieno di vecchi qui dentro."

L'ho trascinato via sul lungomare dirigendomi verso il terminal dei ferry per le Ebridi.

Non se l'aspettava. Quando faccio così anche lui mi guarda strano. Un po' come il medico.

Ora siamo qui, insieme a una piccola pattuglia di passeggeri, turisti, amanti del trekking e naturalisti, che mangiano panini, granchi e pesce unto, ognuno in attesa del proprio traghetto.

Non l'avevo mai preso, un aereo. Che emozione vedere le Alpi innevate sfilare sotto ciuffi di nuvole e sorvolare la Manica con il blu intenso del mare screziato dalle scie bianche lasciate dalle navi, minuscole come modellini di un plastico. Non sono riuscita a staccare gli occhi dal finestrino. Il cuore ha iniziato a battermi all'impazzata quando siamo arrivati a sorvolare la campagna inglese e sotto di noi correva veloce quella immensa distesa di campi dalle mille sfumature di verde, punteggiata di villaggi e fattorie. E quando abbiamo iniziato la discesa potevo anche contare le greggi, le staccionate e i trattori.

Quanti anni fa sono partita? Non saprei. Tantissimi, troppi. Perché non sono mai tornata? Quello lo so benissimo. Anche se non sono più sicura che sia stata una decisione giusta.

È stato carino, il giovane Bart. Mi ha lasciato il posto vicino al finestrino, con la scusa che ha le gambe lunghe e preferisce il corridoio.

Sento il cuore che fa ancora un po' il matto, ma gli passerà. Il dottore ha ragione, il punto è che certe cose non si possono decidere con la ragione. Si decidono col cuore, anche se è ballerino. E io oggi sono emozionata come una bambina. Questo mi basta.

I pesci Rossi li ho lasciati alla peruviana.

"Meno male che anche lei fa un po' di vacanza, signora Flo. Io non prendo mai le ferie. L'estate faccio le sostituzioni degli altri portieri. Devo lavorare sempre, per colpa di mio marito. Per i figli, sa. Sono tutto i figli, per me..."

"Lo so, lo so," ho tagliato corto.

Non avevo tempo di ascoltare l'ennesima replica della telenovela peruviana.

Le ho messo in mano la boccia di vetro: "Il grande si chiama Rosso. La piccola è la Rossa. Ma li chiami pure come le pare. Tanto non capiscono niente".

Mi ha guardato strano. Anche lei come il medico. Mi guardano tutti strano, in questi giorni.

Siamo partiti da Malpensa molto presto stamani.

Non ho quasi chiuso occhio, per l'ansia. Lui invece ha dormito come un ciocco, immobile e scrafico. Durante la notte sono andata in salotto e l'ho controllato un paio di volte, steso sul divano, lungo e diritto come un fuso. Stava così fermo che mi sono avvicinata per vedere se respirasse.

Gli avevo detto che poteva dormire a casa mia. Non volevo che spendesse altri soldi per un albergo. Ma che vi racconto, tanto lo avete già intuito: era una scusa. Mi faceva piacere che stesse da me. Mi piace averlo intorno. È arrivato con il sacco a pelo, per non disturbare.

Me lo sono trovato sul pianerottolo ansimante.

"Lo sa che non prendo l'ascensore," ha sbuffato. Questa volta ho colto un tono diverso. Non l'aveva detto per giustificarsi, ma per ricordarmi una sua caratteristica. Sono il ragazzo che non prende l'ascensore. Punto.

Quando l'ho svegliato stamani aveva la faccia liscia di un bambino.

Si è tirato su e mi ha sorriso, mentre gli porgevo la tazzina di caffè.

Una cosa che facevo sempre con Michele.

"Caffè a letto, che lusso."

In taxi mi ha sfiorato appena una mano: "Non si preoccupi. Stiamo facendo la cosa giusta".

"Lo so," gli ho risposto.

Ormai non ho più dubbi. Sto facendo quello che si deve fare. Devo solo trovare il momento giusto per parlargli. Gli racconterò tutto.

L'ho deciso così all'improvviso questo viaggio, che ancora non riesco a crederci.

Il giovane Bart mi ha chiamato la settimana scorsa per dire che la foto era pronta, sarebbe venuto a Milano a portarmela e a riprendersi la sciarpa. Mi ha raccontato del suo lungo incontro con il soldato inglese.

Indugiava. Sentivo che non voleva chiudere la conversazione e che si era riservato la parte più importante per il finale. Ormai un po' lo conosco. Capivo che aveva altro da dire.

"Flo, ho pensato una cosa..."

Silenzio.

"Vorrei andare su quell'isola in Scozia..."

Silenzio.

"Vorrei cercare quelle tombe."

Poi ancora silenzio. Sentivo il suo respiro nella cornetta. Ma non parlava.

Così sono rimasta zitta a lungo anch'io.

"Perché non viene con me?" ha chiesto poi a bruciapelo.

Aveva senso andare a caccia di una tomba, ammesso che ci fosse? Aveva senso cercare di mettere un nome su ossa sepolte in terre così remote sessant'anni prima?

Certo che aveva senso. E adesso che tutto era chiaro, non riuscivo a capacitarmi di non averlo fatto prima.

"Andiamo," ho risposto.

Non so cosa mi sia preso. Non sono mai stata così impulsiva. Sono una con le sue abitudini, lo sapete. Ma in quel momento l'unica cosa che volevo dalla vita era andare in Scozia con lui.

Mi veniva da ridere. E anche da piangere. Ero agitata, non sapevo che altro dire. Ogni parola sarebbe stata troppo o troppo poco.

Per mascherare il mio stato d'animo ero passata alle faccende pratiche.

"Però il viaggio lo pago io."

Non navigo nell'oro, ma la pensione mi basta e riesco a mettere via qualcosa ogni mese. Per le emergenze, diceva Michele. Questa non la definirei un'"emergenza" in senso tecnico. Piuttosto, la inserirei nella colonna degli "imprevisti".

"No," ha risposto. "Ho dei risparmi. E l'idea è mia."

È orgoglioso, il giovane Bart. Sembra un ragazzino, ma quando si impunta non è facile fargli cambiare idea.

Ho insistito, ma non troppo per non offenderlo.

Alla fine abbiamo concordato che avremmo fatto una cassa comune.

Il ferry per Colonsay appare all'improvviso in fondo al golfo. È un elegante bisonte del mare, nero con la scritta bianca della compagnia sulla fiancata: Caledonian MacBrayne. Si dirige sicuro verso la banchina e accosta con precisione millimetrica. Rimango sempre affascinata dalle manovre nei porti, dalla destrezza e velocità con cui questi uomini di mare virano tonnellate d'acciaio in così poco spazio.

I marinai lanciano cime a terra, comunicano attraverso radioline, parlano in gaelico dandosi comandi secchi incomprensibili.

Sulla poppa, il nome in lettere dorate: *Lord of the Isles*. È il Signore delle Ebridi. Fa la spola tra la costa occidentale della Scozia e questa spruzzata di isole rocciose, di cui ho sempre sentito parlare ma dove non sono mai stata. Neanche in Scozia ero mai venuta, se è per questo. Non avrei mai pensato che a ottant'anni suonati avrei avuto così tante "prime volte". E tutte nello stesso viaggio.

Guardo le macchine in attesa dell'imbarco. Sono perlopiù fuoristrada, una ha un carrello con una piccola lancia a motore.

Ci mettiamo in coda.

"È la prima volta che andate a Colonsay?"

La donna di mezza età è vestita da trekking, sta in piedi e regge con la mano una mountain bike super tecnica, carica di borse, fissate dietro, davanti e di lato. Ha anche uno zaino sulle spalle, super tecnico pure quello.

"È un'isola da sogno. Io ci torno ogni anno, da quando l'ho scoperta."

La squadro dalla testa ai piedi, incuriosita dal suo abbigliamento. Indossa scarponcini da montagna fluorescenti, pantaloni con una decina di cerniere e tasche e una giacca a vento di un arancione da spaventapasseri che non donerebbe a nessuno. Tantomeno a lei, che ha le spalle troppo larghe e un sedere enorme.

"È il paradiso dei camminatori. C'è anche una spiaggia dove si fa il bagno nell'oceano. Ma è molto pericoloso, le correnti sono fortissime.

"Guardate qui," continua, avvicinandosi a un parallelepipedo di plexiglas riempito di acqua dell'oceano, che la capitaneria di porto ha piazzato in mezzo alla banchina come monito per i villeggianti contro i pericoli delle correnti.

"Spingi, prova a spostarlo," dice la donna rivolta a Bart.

È l'ultima cosa che Bart vorrebbe fare, con gli occhi degli altri passeggeri in coda puntati addosso. Prova a rifiutarsi, ma capisce che il modo migliore per mettere fine al più presto a quella esibizione è eseguire l'ordine della donna.

Si appoggia con le spalle alla scatola trasparente e spinge con tutte le sue forze. La colonna d'acqua, com'era prevedibile, non si muove di un millimetro.

"È impossibile spostarla," chiosa la donna. "Quando entra la marea, la corrente raggiunge la velocità di cinque miglia marine. Diventa pesante come una tonnellata d'acqua. Nessuno riesce a spostare la scatola, come nessuno può battere la corrente."

Bart torna in fila. La ciclista non molla e continua con i suoi pedanti ammonimenti ad alta voce, rivolta ora a un gruppetto di giovani campeggiatori che scherzano chiassosi e incuranti.

"State attenti. Lo dico per voi, ragazzi. Ne sono morti troppi in queste acque. Sono acque maledette."

Bart cerca il mio sguardo nello stesso momento in cui io cerco il suo. Ci guardiamo negli occhi. Sono sicura che sta pensando quello che penso io.

Ma la donna non può sapere perché siamo qui. E neanche gli altri gioiosi passeggeri, carichi di ceste e borse del supermercato (a Colonsay c'è solo un piccolo spaccio malfornito, scopriremo), che si apprestano a trascorrere il weekend sull'isola.

Saliamo sul ponte più alto. Ci sediamo all'aperto su poltroncine di plastica rossa sbiadite dalle intemperie e incrostate di salsedine. Quando il traghetto molla gli ormeggi, il comignolo spara in cielo sbuffi di fumo nero puzzolente, le vibrazioni dei motori arrivano fino a quassù e vedo l'acqua avvolgersi in maestosi vortici di schiuma bianca.

Chissà quante tonnellate saranno, mi ritrovo a pensare. Mi piacerebbe chiederlo alla sederona, forse sa anche questo.

Il paese di Oban, con il suo lungomare di edifici colorati e i tetti di ardesia, si allontana. Una luce radente batte sulle guglie di pietra del Caledonian Hotel e le vecchie vetrate riflettono bagliori dorati. Attraversiamo la baia e ci lasciamo sulla sinistra i pescherecci con il loro seguito di gabbiani che volteggiano e stridono acuti. Il mare è una tavola di un grigio violaceo.

Dall'altoparlante, una voce maschile elenca le norme di sicurezza.

"Vi preghiamo di prestare molta attenzione alle istruzioni in caso di naufragio. Non prendete iniziative... Recatevi senza correre al punto di ritrovo... Non tentate di abbandonare la nave se non siete espressamente invitati a farlo."

Le dice in inglese e le ripete in gaelico.

Di nuovo incrocio lo sguardo di Bart e un brivido mi corre lungo la schiena. Ci guardiamo, nessuno dei due commenta. So che anche lui ha avuto un fremito alla parola "naufragio".

Il *Lord of Isles* percorre il profondo fiordo e si dirige verso il mare aperto.

Sono le tre del pomeriggio, arriveremo intorno alle cinque e mezzo.

Abbiamo prenotato due camere in un piccolo lodge gestito da una famiglia di allevatori.

Cumuli di nubi nere si ammassano sulla terraferma che ci stiamo lasciando alle spalle. Quando le nuvole arrivano a coprire il sole, l'oscurità cala all'improvviso e stende una coltre di piombo sulla terra, il mare e il cielo. Ogni cosa perde il proprio colore e tutte diventano di una sfumatura indistinta, tra il grigio e il viola.

Usciti dal fiordo, il vento si fa più forte. La gente sul ponte tira fuori i berretti di lana e se li calca sulla testa. Sale anche una nebbiolina fine e la plumbea coperta si congiunge all'acqua. L'orizzonte adesso è solo una linea di grigio più scuro.

I campeggiatori allegri, con i loro zaini e i sacchi a pelo, si sono seduti in cerchio e continuano ad aprire lattine di birra che hanno imbarcato in grande quantità, incellofanate in confezioni da ventiquattro. Sono vivaci e ciarlieri, giocano a dama su una grande scacchiera di legno e cantano.

Il vento è freddo. Tiro su il bavero della giacca.

"Scendiamo?" chiede Bart, premuroso come al solito.

Sottocoperta c'è un bel tepore. Ci sediamo sui divanetti vicino al finestrino. Accanto a noi, alcune signore dai capelli bianchi parlottano in gaelico e sferruzzano. Un'altra, più giovane, ha in mano un telaio di legno sul quale ricama a piccolo punto qualcosa che al mio occhio esperto pare un cuscino.

C'è anche una coppietta di giovani che un po' amoreggia e un po' legge, ognuno il suo libro sulle ginocchia e le gambe allungate sul divanetto di fronte.

Da fuori arrivano alla spicciolata altri viaggiatori infreddoliti. Ha iniziato a piovigginare e ogni volta che qualcuno apre la porta entra una folata gelida e umida.

L'onda lunga dell'oceano ci culla, faccio fatica a tenere gli occhi aperti. Ho la testa pesante, mi cade in avanti. Riapro gli occhi, rialzo la testa e cerco di stare sveglia. Provo a resistere al torpore, ma non ci riesco. Mi appisolo.

A svegliarmi sono i rumori metallici dell'attracco e ancora gli ordini gridati dai marinai. Apro gli occhi e mi ritrovo con la testa reclinata a destra, appoggiata alla spalla di Bart. Anche lui si è appisolato. Mi sono svegliata appena in tempo per tirarmi su e ricompormi. Per fortuna non si è accorto di nulla.

Sbarchiamo che sta calando la sera. Ha smesso di piovere, un vento freddo spazza la banchina e apre squarci tra le nuvole lasciando spazio a un tramonto rosato.

"Rosso di sera, bel tempo si spera," dico fiera rivolta al giovane Bart. Mi dà una certa soddisfazione declamare i proverbi italiani. Ho iniziato con Margherita, poi ho continuato tutta la vita a memorizzarne altri. Sono portatori di una saggezza popolare immediata e profonda che nessun'altra combinazione di parole può esprimere. Per questo mi piacciono, e quando li recito con il mio accento inglese vedo che la gente sorride benevola.

Faccio lo stesso effetto anche a Bart. Scuote la testa, sorride e mi prende il trolley di mano.

"Flo, le ha mai detto nessuno che lei è un po' matta?"

Lo so. "Matta come un cavallo," diceva Michele.

"Andiamo. La ragazza del lodge ha detto che dal porto sono dieci minuti a piedi. Il paese è minuscolo."

Mi guardo intorno ma non vedo nessun paese.

Per la verità neppure il porto di Skalasaig è un vero porto, ma un lungo pontile di ferro su piloni di cemento che sporge nella baia per qualche centinaio di metri. Sul lato sinistro vedo le boe gialle di un allevamento ittico e dall'altro lato dondolano placide alla fonda alcune piccole imbarcazioni e pilotine da pesca.

IN CASO DI MALTEMPO IL SERVIZIO È SOSPESO, avverte un cartello affisso nel casotto che fa da biglietteria e riparo per passeggeri e biciclette in attesa dell'imbarco.

Il traghetto si svuota velocemente. Le macchine prendono senza esitare ognuna la propria direzione. Ci sono solo due strade: una sale dritta di fronte al molo verso un gruppo di case bianche. L'altra costeggia la baia e sparisce dietro una collina sulla destra, superando un altro gruppo di costruzioni, bianche anche loro.

I ciclisti montano in sella e pedalano via lesti. La sederona si allaccia il caschetto e fa un cenno con la mano: "Ci vediamo in giro!" grida mentre si allontana. Il gruppetto di camminatori è già sparito dietro la curva, con il suo carico di zaini e buste della spesa.

I ragazzi hanno trovato un passaggio su un pick-up e continuano la baldoria seduti nel cassone posteriore, ridendo e cantando. Tutto è avvenuto così in fretta che Bart e io non ci siamo resi conto di essere rimasti soli.

Ci guardiamo intorno. Prati, cielo, mare e le due strade. Non sappiamo quale prendere.

Sembrerebbe un'isola deserta, o perlomeno abbandonata, se non fosse per i pali della luce, indizio di presenze umane recenti.

"Dove alloggiate? Se volete vi do uno strappo," dice il bigliettaio.

Il traghetto sta imbarcando le macchine in partenza e alcuni cicloturisti che hanno finito la vacanza. Dà tre colpi di sirena e si appresta a tirare su gli ormeggi.

Il bigliettaio spegne le luci e chiude la porta a vetri del casotto.

"Qui non c'è altro da fare. Fino a dopodomani non ci sono altri ferry," dice mentre mi apre la portiera della jeep.

Prende per la strada dritta in salita, costeggiando i pali della luce, e ci scarica in cima alla collina, davanti al cancello di legno del nostro lodge.

Dà un colpo di clacson. "Mildred," chiama dal finestrino.

Una ragazza dai capelli rossi si affaccia alla porta.

"Entrate," dice, senza troppe cerimonie. Poi si rivolge a Bart: "Ho messo tua nonna nella stanza di sotto, e te di sopra".

Bart non la corregge, e io nemmeno. Chi ci vede insieme dà per scontato che io sia sua nonna. E poi sarebbe troppo complicato da spiegare, quindi pensino pure quello che vogliono. D'altronde, le apparenze ingannano, ma non poi tanto. Che altro potremmo essere?

Mildred ha fretta di andarsene. E noi non vediamo l'ora di riposarci e rifocillarci.

È paffuta, sulla ventina, non ha l'accento scozzese. Chissà come è finita quassù. Ci consegna le chiavi, ognuna legata con un cordino a una targhetta di legno.

"Ecco. Ma tanto nessuno chiude mai, qui. In paese ci conosciamo tutti."

"Ma dov'è il paese?" chiedo.

"Giù al molo, no? Non l'ha visto?"

Per la verità no, ma non voglio deluderla. Lo troveremo, prima o poi, penso.

La camera è graziosa, semplice ma curata e accogliente. Tende azzurre a fiori che riprendono il motivo del copriletto, un armadio laccato di bianco e uno scrittoio antico, con una lampada marinara a petrolio. E ai piedi del letto due poltroncine di vimini con ancora l'etichetta dell'Ikea.

Se avessi la forza potrei azzardare una riflessione sulla globalizzazione e il fatto che anche in questo estremo angolo del globo, quasi isolato dal mondo, dove il traghetto attracca a giorni alterni, non si scampa alle poltroncine Finntorp. Ma ho altro per la mente, stasera.

Apro l'acqua della vasca, mi tolgo le scarpe e mi sdraio sul letto. Allungo le gambe gonfie e doloranti, e guardo le travi di legno del soffitto.

Erano anni che non avevo una giornata tanto piena. Non ho avuto il tempo di mettere in fila le immagini e i pensieri. Tutto corre così veloce, in questi giorni. Non sono abituata a tante emozioni. E tutte insieme, affastellate. Mi sembra impossibile essere qui.

È così strano e surreale. Non è vero che si vive una volta sola.

Ciò che sta accadendo è la prova che si possono vivere più vite. Vite diverse e inimmaginabili. Pensavo che alla mia età il futuro fosse già scritto. Mi ero rassegnata a finire i miei giorni sola, con le mie passeggiatine nel quartiere, gli esercizi al pianoforte e le conversazioni strappate qua e là. Invece è arrivato questo ragazzo a buttare tutto all'aria.

Mi sento in corpo una vitalità che non pensavo più di avere.

E il meglio deve ancora venire, penso, mentre mi faccio scivolare dentro l'acqua calda.

Ho deciso che stasera gli parlerò.

È un pensiero sereno. L'angoscia è svanita.

La lettera di Michele arrivò ai primi di settembre. Erano passati due mesi dal giorno del naufragio. Fu annunciata da un allegro scampanellio della bicicletta del postino. Iniziò a chiamarci imboccando Warner Street.

"Se sono sopravvissuti si faranno vivi," ci ripeteva ogni giorno Margherita. La sua fiducia poteva apparire una forma di ottusità a chi sottovalutasse la sua fede cieca nella Provvidenza. Dal naufragio dell'*Arandora* andava alla chiesa di St Peter ogni mattina. Lei e le altre donne del quartiere recitavano il rosario e pregavano per tutti: per i morti, per i dispersi e per chi era stato richiamato sotto le armi.

"Posta!"

Il postino varcò trionfante la porta di Berni's sventolando la busta come se il merito di quella buona novella fosse un po' anche suo. Non era una lettera del ministero. Arrivava dall'Isola di Man, dove tutti sapevano che erano stati deportati gli italiani arrestati.

"Buone notizie," disse pimpante.

Lina, che era di sopra con il bambino, si precipitò di corsa per le scale. Gli buttò le braccia al collo e scoppiò a piangere. Anche l'uomo si commosse. Si sciolse dall'abbraccio, estrasse il fazzoletto dalla tasca e si tamponò gli occhi imbarazzato.

Riconobbi subito sulla busta la scrittura di Michele. La lettera era indirizzata alla famiglia Berni, presso il caffè Berni's in Warner Street.

Allungai la mano per dare la busta a Margherita, ma lei fece cenno di no con la testa.

"Aprila tu." Aveva riconosciuto anche lei la calligrafia di Michele.

Mi girava la testa. Le mani mi tremavano. Il cuore mi batteva così forte che non riuscivo a respirare.

Aprii la busta e lessi in silenzio. Seguivo le parole con gli occhi, ma non riuscivo a leggere ad alta voce. Quando arrivai alla fine rimasi muta, in piedi, svuotata di ogni energia, e lasciai cadere la mano che teneva la lettera.

Margherita intuì e si accasciò su una sedia.

"Cosa è successo?" urlò Lina.

Avevo la gola chiusa, non riuscivo a parlare, le passai la lettera senza poter dire niente.

Me la sfilò di mano. Lesse ad alta voce e scoppiò a piangere.

Michele era vivo, internato all'Isola di Man. Dante e Bart erano finiti sull'*Arandora*.

"Perché?" singhiozzava Lina. "Perché?"

Anche Margherita piangeva, stringendo il fazzoletto tra le dita che teneva congiunte in grembo, martoriandosi le nocche.

"Non è possibile," ripeteva Lina tra i singhiozzi.

Poi accartocciò la lettera, si girò di scatto voltandomi le

spalle e salì di corsa in casa. Si chiuse in camera, dove il piccolo Carlo dormiva nella culla, ignaro del suo futuro da orfano.

La sentii singhiozzare tutto il pomeriggio, ma non ebbi il coraggio di salire.

Rimasi a piangere con Margherita, seduta con lei a un tavolino nella sala di Berni's. Le lacrime mi piovevano sul vestito. Le accarezzavo la schiena. Ma non avevo parole per consolarla. Venimmo a saperlo così. E all'inizio sembrò solo una beffa del destino.

Le settimane successive furono piene di dolore.

Lina si era chiusa in un mutismo rabbioso.

Margherita diventò più grigia e magra. Sulle tempie erano apparse pennellate di capelli candidi. Era una pena vedere come si svuotavano le braccia potenti che amavo osservare quando impastava il pane. Tutta l'energia operosa dei giorni dell'attesa stava scivolando via dal suo corpo. Lina e il bambino non le bastavano. E io in fondo ero sempre stata, e rimanevo, un'estranea. Era gentile con me, capiva che anch'io avevo la mia pena, ma non era la stessa cosa.

Non cucinava più. Non c'erano più fiori nel vaso vicino alla cassa di Berni's.

Una sera, tornando dall'ufficio in bicicletta (perché poi l'avevo presa una bicicletta, e avevo imparato ad andarci), mi fermai lungo la ferrovia, proprio dove andava Margherita. Raccolsi un mazzo di fiori di campo, avendo cura di sceglierli in modo da creare una composizione come le sue, ciuffi di papaveri, campanule, narcisi. Pedalai veloce e le porsi il mazzo con gli occhi pieni di lacrime. Lei lo prese, mi strinse in un abbraccio e iniziò a singhiozzare. Piccoli singhiozzi di una disperazione così profonda da togliere il fiato anche a me.

La mattina dopo trovai i fiori abbandonati sul tavolo della cucina, ormai moribondi. Non li aveva neppure tolti dal foglio di giornale nel quale li avevo avvolti.

Arrivarono altre lettere di Michele. Scriveva che all'Isola di Man c'erano tensioni tra i prigionieri. Che avevano dovuto separare gli internati fascisti dagli ebrei e dagli antifascisti.

Se la passava discretamente e si mangiava bene, perché tra i prigionieri c'erano una gran quantità di cuochi, sottocuochi e ristoratori italiani. Metteva sempre un post scriptum dove abbracciava Margherita e Lina e chiedeva del bambino. E ogni lettera, invece che una gioia, per Lina era una pugnalata. Così smisi di fargliele vedere e le aprivo di nascosto, in camera.

Non riuscivo a parlarle. Continuavo a non trovare le parole per consolarla. I silenzi sono il peggior nemico delle relazioni umane, adesso lo so. Ma in quegli anni eravamo così giovani. E non lo sapevamo.

Il giovane Bart bussa alla porta fresco di doccia. Ha i capelli ancora umidi, indossa una camicia bianca a sottili righe azzurre e un paio di jeans neri.

"Stasera andiamo al Colonsay Hotel," annuncia offrendomi il braccio con una sorta di inchino, esagerando il movimento come farebbe un giullare.

"Mi dicono che il ristorante è unico..." Aggiunge ridacchiando: "Credo abbiano ragione... anche perché non ce ne sono altri su tutta l'isola".

Fa lo spiritoso per allentare la tensione.

Mi sono messa un vestito color panna di lana leggera e il bagno ha fatto il suo dovere ristoratore. Sono pronta.

Questa è la grande serata. E da come si comporta deve averlo intuito anche lui. Non mi ha più chiesto niente. Ha deciso di rispettare i miei tempi. È un ragazzo sensibile e intelligente, ve l'ho detto fin dall'inizio. Sembra uno sprovveduto, ma non lo è affatto.

Il cielo è pieno di stelle e il vento è calato.

Lo seguo nell'aria pungente della sera. Attraversiamo un prato stando attenti a schivare le enormi chiazze di escrementi bovini, seguiamo un vialetto sterrato e arriviamo davanti a una costruzione bianca che ha l'aria di una vecchia casa padronale.

Bart mi apre la porta a vetri del Colonsay Hotel con un altro inchino.

Passiamo davanti al bar, dietro il bancone scorgo la rossa Mildred che ci strizza l'occhio.

Diavolo di un Bart, penso. Più che un bar è un pub, e gli ospiti dell'albergo si mischiano con gli abitanti dell'isola. Riconosco l'uomo del pick-up e il bigliettaio, insieme ad altri personaggi barbuti, seduti al bancone alle prese con pinte di birra scura e schiumosa. Il bigliettaio, ora in versione camicia a quadri e pantaloni da lavoro, fa un cenno di saluto portandosi la mano alla fronte, come per toccarsi la visiera di un invisibile cappello.

Attraversiamo un piccolo salotto dove scoppietta un fuoco di ciocchi stagionati e odorosi. Ai lati del caminetto due poltrone di pelle, e davanti un divano chiaro, con un tavolino basso moderno. Alle pareti, foto in bianco e nero dell'isola. Il soggetto è monocorde: scogliera. Onde che si infrangono sulla scogliera. Gabbiani sulla scogliera. Prato con fiorellini in primo piano e scogliera sullo sfondo. Tempesta sulla scogliera.

L'ambiente è accogliente e non ha niente di pretenzioso. Ci sediamo al tavolo che Mildred ha riservato per noi, vicino alla finestra dalla quale si domina la baia. Nel buio brillano in lontananza alcune luci. Devono essere le case bianche che abbiamo visto salendo.

Che sia quello il paese?, mi domando mentre apro il menu.

"Vino?" chiede Bart.

"Che domande... Certamente," rispondo. E mi stupisco dell'aria civettuola che ho messo su stasera. Ma un buon vino è il minimo che possiamo concederci, in una serata come questa.

Tranquilla Flo, stai facendo la cosa giusta, mi ripeto. Anche Lina approverebbe, ne sono sicura. Adesso lo so.

Era successo il 30 giugno, la mattina che il comandante del campo di internamento di Bury radunò i prigionieri e iniziò a leggere i nomi da una lista. Li chiamava in ordine alfabetico, Dante Berni fu tra i primi. Bart si aspettava di essere chiamato con lui. Ma il suo nome non era nella lista. Fu chiamato invece Michele. I nominati sarebbero stati trasferiti i giro di due ore. Che si sbrigassero a radunare le loro cos urlò l'ufficiale.

Tra i prigionieri piombò l'angoscia. Nessuno sapeva se fosse meglio restare o partire.

"Per favore, fai andare me," disse Bart a Michele. "Voglio rimanere con mio padre."

Non c'era molto tempo per decidere. Non avevano spiegato dove li avrebbero portati. Avevano detto solo che c'era un treno in attesa.

Non era chiaro neppure il criterio della selezione. Avevano chiamato indistintamente vecchi e giovani. I peggiori fascisti insieme con ebrei, rifugiati politici e antifascisti. Dividevano le famiglie, i padri dai figli, separavano i fratelli.

Bart e Michele si abbracciarono.

"Va bene, vai tu allora."

"Grazie, sei un amico."

Nella confusione non furono gli unici a scambiarsi. Il caos era totale e le guardie inglesi non controllavano i documenti. In tanti non li avevano neppure. C'era nell'aria una tristezza sinistra. Era disperato chi partiva e anche chi restava. Quando il gruppo dei nominati si incamminò, gli altri si affollarono alle cancellate del campo. Molti piangevano. La destinazione era sconosciuta, ma speravano di essere diretti all'Isola di Man e che gli altri li avrebbero raggiunti in seguito.

All'ultimo, vedendo Dante e Bart avviarsi, Michele provò una stretta al cuore e tentò di unirsi a loro. Ma si trovò un mitra puntato contro il petto. "Dove credi di andare? Torna al tuo posto." I militari non volevano grane. Avevano fretta di portare a termine quel compito ingrato e di lasciare al più presto l'osceno capannone maleodorante di Warth Mills, con il carico di "soggetti pericolosi" da far arrivare a Liverpool per imbarcarli sull'*Arandora Star* e deportarli in Canada.

Michele era corso con gli altri prigionieri alle inferriate ed era rimasto lì aggrappato, salutando con la mano finché non li aveva visti sparire oltre il muro in fondo alla strada.

una beffa del destino, ma per noi divenne qual-
... Bart era morto al posto di Michele. Questo
... tutte e tre pensavamo ma che nessuna di noi
...raggio di dire.

...aprì una voragine che non fu più possibile riempire.
...cesse come alla buca del bambino in riva al mare. Prima è
una bella buca tonda e profonda, poi l'acqua scava sotto,
sempre più in profondità, e mangia la sabbia finché le pareti
non crollano e la buca non è più una buca ma una piccola
fossa, e poi arriva l'onda e cancella anche quell'ultimo avval-
lamento. E alla fine non rimane più niente.

Così accadde a noi.

"Perché l'ha fatto?" chiedeva Lina, che non riusciva a
darsi pace.

Non le bastava la risposta più semplice, la più ovvia e naturale.

"È voluto andare con suo padre. Non l'avrebbe mai abbandonato," le diceva Margherita.

Per Lina non era una spiegazione sufficiente. Doveva esserci altro. Una mano perfida si era intromessa tra lei e il padre di suo figlio e aveva voluto deviare il corso del destino in
modo così crudele. Iniziò a cercare un colpevole. E nella sua
mente comparvero ombre. E poi sospetti.

Eppure non era colpa di nessuno. Era tutto terribilmente
banale, non c'erano colpevoli.

Ma nella vita anche le cose semplici si complicano, perché i rapporti tra le persone sono complicati.

Così una sera, entrando da Berni's dalla porta sul cortile
posteriore, sentii le due donne parlare concitate su in casa.

"Non dire stupidaggini. Non devi neppure pensarlo," diceva Margherita a Lina.

Mi fermai in silenzio ai piedi delle scale.

"È Michele che la racconta così. Chissà se è vero..."

"Perché dovrebbe mentire?"

"E chi ci garantisce che non è stata lei?" ribatté Lina.

"Sono sicura che Florence non c'entra," la rimbrottò Margherita, tagliando corto. "È stato il destino."

"Perché Michele era su quella lista?" incalzava Lina. "Non me la raccontano giusta. C'entra il ristorante di Giandolini. Chissà cosa combinava..."

Se Michele non fosse stato sulla lista, era il suo ragionamento, Bart non gli avrebbe chiesto di scambiarsi.

"E poi Flo, con il suo lavoro al ministero, potrebbe aver fatto delle manovre," insisteva, "potrebbe..."

Margherita non le permise di finire la frase: "...'potrebbe' niente. Sai perfettamente che, se avesse potuto fare qualcosa, li avrebbe salvati tutti".

"È pur sempre un'inglese."

Una lama di ghiaccio mi passò da parte a parte. Lina sospettava di me. Dubitava della mia lealtà.

Stavo per girare sui tacchi e andarmene. Non sarei più tornata. Non avrei più messo piede in quella casa. Volevo correre via, ma non riuscivo a muovermi.

Ero frastornata. Le gambe mi si piegavano. Mi appoggiai al muro, badando di non fare rumore. Mi lasciai scivolare sulla schiena e mi abbracciai i ginocchi.

Respiravo piano, non volevo farmi sentire. Rimasi appostata lì per un tempo che mi parve lunghissimo. Provavo un senso di nausea.

Guardavo nella penombra attraverso la porta che dava nella sala grande di Berni's e l'immagine dei tavoli con sopra le sedie capovolte, con la polvere che si era posata ovunque, rispecchiava il mio stato d'animo.

Riuscii finalmente a dare un nome alla sensazione che aleggiava da quando avevamo saputo. Non era solo la tristezza a stringermi la bocca dello stomaco quando entravo da Berni's.

Era un veleno più sottile.

Mi sentivo in colpa.

Perché io ero stata risparmiata dal destino.

E i sospetti di Lina erano solo l'altra faccia della medaglia di quel senso di colpa.

Durante quel lunghissimo tempo al buio, ai piedi delle

scale, decisi che se ero la miracolata avrei dovuto portare quel peso. Anche i suoi sospetti, in fondo, erano colpa mia.

Decisi che l'unico modo era il silenzio.

E tutto ebbe inizio quella sera.

Dovevo essere comprensiva, mi dissi. Forse, nei panni di Lina avrei avuto la stessa reazione, gli stessi dubbi, gli stessi pensieri.

Dovevo far finta di niente. Avrei aspettato che le passasse. Perché ero certa che le sarebbe passata.

Avrei salito quelle scale facendo rumore, per avvisare della mia presenza. Sarei entrata sorridendo, portando il giornale del pomeriggio come sempre, e sarei andata alla culla del piccolo Carlo per dargli una carezza.

Twinkle Twinkle Little Star, gli avrei canticchiato, facendogli un grattino sotto il mento. E lui mi avrebbe guardato con gli occhi azzurro scuro dei poppanti e avrebbe avuto un sussulto di gioia, come sempre.

Così feci quella sera. E poi le altre sere. Entravo sorridendo e facevo finta di nulla. Tutto sarebbe tornato normale, mano a mano che il dolore fosse scemato.

Sbagliavo.

Bevo un sorso di vino.

La luna è alta e il cielo lì fuori è limpidissimo. Mildred gira nervosa intorno al nostro tavolo. Siamo rimasti gli ultimi e le si legge chiaro in faccia che vorrebbe chiudere bottega e andarsene. Ma fingiamo di non vederla.

Qui mangiano presto e noi siamo arrivati che gli altri clienti si stavano già alzando. Ora è proprio tardi. Non arrivano più il rumore di sottofondo e gli scrosci di risate provenienti dal pub, e gli sgabelli al bancone sono quasi tutti vuoti. Sono rimasti solo un paio di pescatori. E il fuoco nel caminetto si sta spegnendo con un bagliore di brace sotto la cenere.

Il giovane Bart mi fissa con aria seria.

"Perché nonna Lina non ci ha detto niente?" chiede.

"Non lo so. È difficile capire. Ha voluto chiudere con il

passato, credo. Succede." Ricambio il suo sguardo. "La vita è complicata."

"Lo so," risponde.

"Ogni testa, un piccolo mondo," aggiungo. È un altro dei proverbi di Margherita. Un'altra perla di saggezza.

Lui ride.

"Eh sì," ripete. "Ogni testa, un piccolo mondo. Lo diceva sempre anche nonna Lina."

Tante volte, dopo la guerra, sono stata sul punto di affrontare il discorso con Lina. Ma non l'ho mai fatto. Ho sempre avuto paura che dare un suono a quei pensieri, ai sospetti e ai sensi di colpa non servisse a dissiparli ma piuttosto a renderli reali. Quindi avevo deciso di non parlarle. Non avrei mai affrontato l'argomento.

Ho sbagliato.

Come sbagliai quella sera. Avrei dovuto salire le scale di corsa e dire che avevo sentito tutto e che la smettesse di delirare. Che io capivo il suo dolore, ma che non era colpa mia. Io non c'entravo. Avremmo litigato? Forse. Ma tutto sarebbe stato meglio di quel mutismo, di quel rancore silenzioso.

Io ho continuato a vivere nel mio senso di colpa, lei nei suoi sospetti. Ed entrambe facevamo finta di nulla.

Finché la sabbia delle pareti è franata e la nostra buca è sparita.

Quando cominciarono i bombardamenti su Londra, riuscii a convincere Lina a sfollare con il piccolo Carlo. Le trovai un posto in campagna, in una fattoria dell'Essex, dove li accolsero tutti e due. La misi personalmente sul convoglio con altre madri e altri bambini.

Ci abbracciammo.

"Vieni anche tu," mi implorò buttandomi le braccia al collo in un impeto sincero, uno sprazzo della nostra vecchia amicizia.

Ricambiai l'abbraccio.

"Non posso. Non ti preoccupare per me."

La lasciai partire e provai un senso di liberazione. Ero

contenta che fossero al sicuro. Ma più ancora mi rendeva felice non doverla vedere ogni giorno. Il pensiero di non incrociare i suoi occhi torvi di rabbia e di rancore mi dava un enorme sollievo. E più quella leggerezza si impossessava del mio cuore, più mi sentivo in colpa.

Tornavo sempre più spesso a dormire nella stanza che dividevo con Lucy.

Margherita non ne voleva sapere di lasciare Berni's. Era ormai preda di un delirio di autodistruzione. Altre donne del quartiere non avevano retto al colpo. Una delle amiche con le quali andava ogni giorno a St Peter per il rosario era morta di crepacuore. L'avevano trovata seduta in poltrona, con in mano le foto del marito e dei figli, tutti dispersi, presunti annegati sull'*Arandora*.

"Almeno lei ha smesso di patire," aveva commentato Margherita.

Quando suonavano le sirene non cercava più rifugio. Non scendeva neppure in cucina, sotto il tavolo, come faceva all'inizio.

La notte in cui Margherita morì, l'attacco fu particolarmente violento. Ero scesa con Lucy nel rifugio. Sentivamo gli ululati delle sirene e le raffiche incessanti della contraerea. Le bombe venivano giù sibilando e i boati erano seguiti da esplosioni, con bagliori rossi a incendiare il buio. All'alba uscimmo. L'aria era piena di fumo e polvere, c'erano incendi ovunque. Nel corridoio di emergenza lungo il Tamigi passavano decine di mezzi di soccorso, camion dei pompieri e ambulanze.

Andai in bicicletta fino a Farringdon, ma gli ultimi cento metri dovetti farli a piedi, tra le macerie e le barelle. Una squadra di pompieri, così giovani che sei mesi prima di certo erano ancora sui banchi di scuola, cercavano di contenere le fiamme divampate nel crollo di un'officina. Intimavano di stare alla larga. C'era pericolo di esplosioni.

Le bombe quella notte avevano distrutto mezza Little Italy. Berni's fu ridotto a un ammasso di macerie. Uno dei pochi negozi a salvarsi nel quartiere fu la fabbrica di organetti dei Chiappa. Alle finestre erano rimaste solo le carcasse di legno degli infissi, i vetri erano tutti in briciole, ma le mura almeno erano in piedi e dall'interno arrivava una musica. Qualcuno stava suonando. E quella melodia rendeva la scena ancora più penosa e triste.

Trovai Joseph in piedi su un cumulo di macerie in quella che era stata Warner Street. Mi venne incontro, mi abbracciò, e la sua faccia coperta di polvere bianca si rigò di lacrime.

Era nella squadra dei soccorsi ed era stato lui a tirare fuori il corpo di Margherita. Aveva scavato a mani nude, conosceva la casa, sapeva dove cercare. La trovò stesa sul letto, vestita di tutto punto. Con l'abito nero e il velo da vedova in testa. Non si era neppure spogliata. Aveva deciso di farsi trovare in ordine all'appuntamento con la morte, che non aveva voluto evitare.

Berni's era collassato verso l'interno, era rimasta in piedi solo una parete della camera di Lina e Bart, quella con la carta da parati a righe verdoline e la foto incorniciata di un gruppo di parenti davanti a una casa di pietra, nella campagna tra Pontremoli e Borgotaro. Volevo cercare di recuperarla, ma Joseph mi trattenne: "Non ti avvicinare. Qui crolla tutto".

Michele tornò dall'Isola di Man prima della fine della guerra. Dopo qualche mese dagli arresti, il governo inglese capì di aver esagerato con gli internamenti. Ci furono denunce e fu aperta un'inchiesta a Westminster sul trattamento riservato agli italiani. Anche al ministero e ai servizi segreti si resero conto che tra gli internati c'erano cittadini totalmente innocui e anche molti antifascisti. Così iniziarono a rimandarli a casa.

Michele provò a ottenere un cosiddetto "lavoro bellico", ma non lo presero, perché era comunque italiano. Così ricominciò ad andare da Giandolini, ma il ristorante, con i razionamenti e il resto, funzionava a ritmo ridotto. Lavorava nel magazzino, si occupava di smistare la merce. Cosa che poi continuò a fare anche dopo: import ed export di generi alimentari italiani. Ha proseguito questo business per tutta la vita, finché non ha deciso di ritirarsi e ci siamo traferiti a Milano, dove lui veniva già prima, almeno una volta al mese, per i suoi commerci. A me andava bene, l'Italia mi è sempre piaciuta.

Michele non volle aspettare la fine della guerra, ci sposammo poco dopo il suo ritorno. Joseph fu uno dei testimoni. Chiedemmo a Lina di essere l'altro, ma non volle. Disse che non se la sentiva di venire a Londra. Che non voleva lasciare il piccolo Carlo e tantomeno portarlo con sé in città.

Sapevo che era una scusa, decisi di non insistere. Saremmo potuti andare noi nell'Essex, ma era troppo complicato. E poi ero convinta che fosse meglio così, che per lei sarebbe stato troppo doloroso.

Michele invece si arrabbiò. "Non è così che ci si comporta. Poteva anche venire."

Cercai di spiegargli la situazione, di come l'avevamo vissuta in quei mesi di attesa. Ma non volle sentire ragioni. "È adulta. Dovrebbe anzi ringraziare il cielo che almeno io mi sono salvato."

Appena fu possibile, Lina tornò in Italia. Era da poco finita la guerra.

Noi ci eravamo sistemati in una casetta in Batoum Gardens, nella zona ovest di Londra. Accanto abitava una giovane vedova di guerra, con due bambini, un maschio e una femmina. Avevamo fatto amicizia. Il marito era un pilota della Raf, abbattuto durante una missione in Germania.

Tornata dall'Essex, Lina aveva abitato con noi un paio di mesi. Il piccolo Carlo era un bimbetto sveglio. Aveva lo stesso sguardo serio di quando in culla gli cantavo *Twinkle Twinkle Little Star*. Gli anni nella fattoria, le uova fresche e l'aria di campagna l'avevano irrobustito. Non aveva l'aria emaciata dei bambini di guerra. L'anno seguente sarebbe andato in prima elementare. Si stava affezionando a noi. Specialmente a Michele, che la domenica lo portava a giocare a pallone, insieme al figlio della vedova.

"Vieni da zia Flo," gli dicevo quando tornavano. "Ti ho

preparato la limonata." Lui correva verso di me, con il pallone sotto il braccio. Lina mi fulminava con la sua occhiata severa, come se quelle manifestazioni di affetto la disturbassero profondamente.

Era un periodo duro. C'era stato un momento di euforia per la fine del conflitto, ma era durato poco. Nessuno stava bene. I viveri erano ancora razionati, le case fredde e umide. La muffa ci entrava nell'anima. Tutti avevamo fame, il futuro era incerto. Facevamo tentativi di ritorno alla normalità, piccoli esperimenti quotidiani. Bisognava provarci, almeno.

Ma Lina non faceva nessuno sforzo. Non si era ripresa. Aveva ancora i nervi malati. Era molto magra e la vita della fattoria, invece di calmarla, sembrava averla stremata. Ogni volta che suonava il telefono scattava in piedi. E quando sentiva la bicicletta del postino in fondo alla via, la vedevo agitarsi e le partiva un tremito alla mano sinistra.

Non aveva ancora smesso di sperare.

Era molto taciturna. Passava le giornate in casa. Faceva fatica a uscire. Non voleva cercarsi un lavoro. Quello che era successo aleggiava tra noi.

Con Michele in particolare era fredda e scostante. Con me si sforzava di essere normale. Ma mi rendevo conto che non ce la faceva. Bart non c'era più. Michele era lì. E lei proprio non si rassegnava, non poteva vederlo insieme a me. Troppi ricordi.

Michele le aveva raccontato decine di volte com'era andata al campo di Bury. Non si sentiva in colpa. "Il destino gioca brutti scherzi. Io ho la coscienza a posto," mi diceva. "Ho lasciato il mio posto a Bart perché me l'ha chiesto. È stato un gesto di amicizia."

Ma Lina si era fissata. Continuava a vivere nel passato. E, in fondo al cuore, continuava a pensare che Bart non fosse morto sull'*Arandora*.

Poteva essere sopravvissuto, no? Chi ce lo garantiva che fosse davvero morto? Avevano trovato il suo cadavere? No. Quindi, perché eravamo così sicuri? Sapevamo qualcosa che non volevamo dirle?

Ancora con i suoi sospetti. Con le sue farneticazioni di

complotti. E più lei ci rimaneva impigliata, più il mio senso di colpa si ingigantiva e diventavo falsa e gentile.

Forse l'avevano deportato in Australia, con le altre navi partite in seguito, diceva. Non aveva scritto perché non poteva. Forse era stato ferito gravemente ed era in qualche ospedale, in attesa di rimettersi.

Ne aveva fatto una malattia e ogni nostro tentativo di dissuaderla, di riportarla alla realtà, peggiorava le cose.

Le avevamo sentite anche noi, storie come questa, no? Perché non volevamo crederci?

Le dicevo che, se fossero sopravvissuti, ormai si sarebbero fatti vivi. Bart o Dante. O qualcun altro per conto loro. Avrebbero scritto. Ci avrebbero fatto avere un messaggio. Avrebbero telefonato.

"Ma Berni's è distrutto. Io ero alla fattoria. Come potevano rintracciarci?" si ostinava.

E non servivano le mie rassicurazioni che la posta comunque veniva reindirizzata. Talvolta arrivava con mesi di ritardo, ma prima o poi arrivava.

Anche la vedova inglese della porta accanto le dava fastidio.

"Guardala, quella lì. Quante arie si dà," sibilava quando la vedeva uscire.

La seguiva con lo sguardo dalla finestra, tormentandosi le nocche, con il tremito alla mano sinistra.

Non si dava affatto arie. Era una poveretta, come tutte le altre che avevano perso il marito o un figlio in guerra.

Ma su una cosa Lina aveva ragione. La moglie del pilota era una vedova di guerra inglese. Aveva uno status. Avrebbe ricevuto una pensione. C'era stata una cerimonia, dove le avevano consegnato una medaglia al valore. Suo marito era un eroe di guerra. Era caduto per difendere l'Inghilterra dalla follia nazista. Così c'era scritto sopra. Poca cosa, ma sempre meglio di niente.

I morti dell'*Arandora*, invece, erano figli di un dio minore. Le vedove non avrebbero mai avuto medaglie e i loro cari non sarebbero mai stati eroi morti per la patria. Erano morti per un capriccio del destino. Non avrebbero avuto obelischi né targhe. Erano solo poveracci, morti annegati, che non avevano avuto neppure la dignità di una sepoltura.

Una sera Michele aveva fatto sedere Lina in cucina, al caldo, davanti alla stufa economica. Le aveva preso le mani e gliele aveva tenute ferme davanti a sé, perché non potesse girarsi o andarsene. Le aveva detto dritto in faccia che doveva smetterla.

Che non poteva continuare così. Che doveva guardare avanti. Che era una follia, che si faceva solo del male. Era passato troppo tempo, non c'erano speranze.

Che dopo il siluramento, tra la fine di luglio e agosto, erano arrivati centinaia di cadaveri sulle coste della Scozia e dell'Irlanda del Nord. Lo avevano scritto i giornali. Lo sapevano tutti. Erano corpi di civili senza nome. "Italiani portati dal mare." Così avevano scritto i giornali.

Non avrebbe mai avuto una tomba su cui mettere dei fiori o dove andare a piangere.

"Fattene una ragione."

Fu brutale, cercò di scuoterla.

Le disse che avrebbe scritto al ministero per avere conferma della morte di Bart. Ci avrebbe pensato lui, dato che lei si rifiutava di farlo. Il suo non era un comportamento accettabile. Forse, davanti a una lettera ufficiale si sarebbe rassegnata.

Ero atterrita dalla violenza di quel discorso. Erano seduti uno di fronte all'altra, i volti vicini. Avrei voluto fermarlo, impedirgli di dirle certe cose. Ma non intervenni. Sapevo che lo faceva a fin di bene.

Lei lo guardò glaciale e non scoppiò in singhiozzi, come mi aspettavo.

Lo guardò fisso e per un attimo temetti che lo avrebbe picchiato. Ma non lo fece. Rimase immobile, senza replicare. Semplicemente si incurvò ancora di più, sembrò ripiegarsi sulla sedia e ritrasse le mani, che strinse a pugno in grembo, per fermare il tremito.

La settimana dopo, ci comunicò che sarebbe partita per

l'Italia. Una parente le aveva trovato un lavoro a Firenze. Avrebbe insegnato inglese.

Aveva già fatto le valigie. Non c'era bisogno che la accompagnassimo a Victoria Station.

Mildred continua a ronzare intorno al nostro tavolo.

Il giovane Bart mi versa un ultimo sorso di vino e con questo abbiamo finito la bottiglia.

"Flo, mi scusa un attimo?"

Si alza e sparisce nell'altra sala. Lo sento parlottare con Mildred, mi arrivano le loro voci indistinte ma non capisco che cosa si stanno dicendo.

Sono stordita. E non so se sia più la stanchezza, la serata o il vino. Sul prato fuori dalla portafinestra, tra i lettini in legno dove di giorno i turisti prendono il sole, pascola una mucca pezzata, bianca e nera. È enorme, con il campanaccio e le mammelle gonfie. Dev'essersi smarrita. Le mucche di notte non dormono? Strano che nessuno la venga a cercare.

Persa in questi ragionamenti, guardo l'oceano laggiù, in fondo alla discesa. Il molo in lontananza sembra un esile bastoncino appoggiato sulla superficie del mare, illuminato da due piccoli lampioni. Da questa prospettiva la strada pare tuffarsi direttamente nell'oceano, una distesa d'acqua maestosa, appena increspata dalla brezza, sulla quale la luna crea un nastro argentato.

Il giovane Bart torna a sedersi con un sorriso sornione e un bigliettino stretto in mano.

"Questo è il nome che volevo," dice mostrandomi il pugno chiuso. "Domani le farò una bella sorpresa."

Lo guardo con aria interrogativa. Cosa ha combinato ancora? Diavolo di un ragazzo. Ha sette vite e tutta questa energia. Beata gioventù.

"Che nome?" chiedo.

"Lo saprà domani. Abbiamo un appuntamento. È una sorpresa, gliel'ho detto."

Poi aggiunge:

"Ha detto Mildred che possiamo stare quanto vogliamo.

Dobbiamo solo chiudere bene la porta. Che non entrino i cani".

"E la mucca," dico.

"Che mucca?"

"Niente, niente." Scruto nell'oscurità, ma la bestia nel frattempo è sparita dalla visuale.

Il giovane Bart mi guarda. "Ma forse è meglio andare a dormire. Sarà stanca morta."

Rimango seduta, con il bicchiere il mano. Assorta.

Cosa gli vado a parlare di mucche? Penserà davvero che sono totalmente matta, non solo una vecchierella un po' stramba.

Però ha ragione. Sono veramente stanca morta. Ho bisogno di una buona dormita.

Mette la sua mano grande e calda sulla mia, fredda e rinsecchita.

"Comunque grazie."

"Di cosa?"

"Di essere qui. Di avermi accompagnato. Di stasera."

È proprio un caro ragazzo.

"Sai quando ho deciso che ti avrei raccontato tutto? Quando mi hai portato la foto del fidanzamento. E mi hai detto che Lina la teneva sullo scrittoio, in camera, tra le cose più care. Allora non ho capito niente, ho pensato.

"Ho sbagliato, quella sera. Ho sbagliato per tutta la vita. Ma con te ho deciso di non sbagliare."

Guardo i riflessi della luna sul soffitto. È una notte di luna piena, colma di ombre, rumori e odori. Sono esausta. Non l'avevo mai raccontata a nessuno la storia di noi quattro. Per stasera può bastare.

C'è un'ultima cosa che devo dirgli, la più importante.

Ma lo farò domani. Domani andiamo a cercare le tombe.

12.

Sono sulla veranda del nostro lodge a godermi il sole della mattina quando Mildred arriva con un cesto di lenzuola e asciugamani dell'albergo.

"L'ho chiamato," le dico. "Viene alle dieci."

"Fatevi trovare pronti, non è il tipo a cui piace aspettare," mi avvisa.

Sorseggio tè scuro e forte appoggiato alla balaustra. Al di là della strada, oltre il prato, due coppie di turisti armati di tutto punto per l'escursione emergono dal Colonsay Hotel. Cappello, zaino, binocolo al collo e bastoni da trekking. Indugiano davanti al cancello di legno dipinto di bianco, aprono una cartina appoggiati al muretto a secco, controllano veloci la direzione e si avviano trotterellando, gli uomini avanti, le donne dietro, molto presi dalle rispettive conversazioni.

I raggi tiepidi scaldano le larghe tavole di tek chiaro e riverberano un calore tenue e avvolgente. Dal prato sale un odore di erba tagliata, il verde è brillante e intenso. In fondo alla scala c'è una pianta di ortensia con le foglie carnose e i fiori rigogliosi, grosse palle di diverse sfumature, dall'azzurro pallido al rosa, al violetto.

Mi verso un'altra tazza di tè.

Che serata, ieri. Continuo a ripensarci. Se mio padre sapesse dove sono. E soprattutto con chi.

Questa volta, comunque, non gli ho mentito.

"Vado in Scozia con un'inglese," gli ho detto.

"E bravo. Dove l'hai conosciuta, l'inglesina?"

"A Milano."

Avrà pensato a una studentessa, una di quelle che vengono in Italia a frequentare corsi di storia dell'arte. Firenze ne è piena, d'estate.

"Finalmente una donna," ha commentato allegro. E mi ha strizzato l'occhio, come tra vecchi marpioni.

"Com'è?"

"Bionda. Occhi azzurri."

"La sai lunga, eh? Sei un'acqua cheta..." Mi ha dato una pacca sulla spalla, di quelle sue quando pensa di essere simpatico e giovanile.

Mentre uscivo con lo zaino mi ha fermato ancora. "A soldi come stai?"

"Sono a posto. Faremo una cassa comune."

"Ma quale cassa comune... Tieni." Mi ha allungato due banconote da centomila. "Con le donne bisogna essere galanti. Portala a cena fuori. E falla bere. Vino buono, mi raccomando. Non le schifezze che bevete voi giovani."

Sono riuscito a rimanere impassibile, ma era esilarante che mio padre stesse finanziando questa strana spedizione in Scozia con una vecchietta amica della nonna alla ricerca della tomba di suo padre.

Se l'avesse solo sospettato sarebbe andato su tutte le furie. Mi avrebbe apostrofato per l'ennesima volta con la sua parola preferita quando si rivolge a me: "perditempo". Sarebbe scoppiata una lite delle solite e io sarei partito lo stesso, ma avrei avuto il magone per tutto il viaggio.

Così invece li ho lasciati con il cuore leggero. Eravamo tutti contenti, per una volta. Lui e la mamma sono partiti sorridenti per la Sardegna, in un villaggio vacanza con un'altra coppia di amici.

In fondo omettere non è mentire, giusto?

A Pietro invece l'ho detto. Ci siamo rappacificati, alla fine. Sennò non sarebbe il mio migliore amico.

È passato da me la settimana scorsa, come se niente fosse.

"Ci sei?"

"Sì."

"Salgo."

Avevo deciso che non lo avrei chiamato. Si è fatto vivo lui. A sorpresa.

"Pace?"

"Pace."

Con quest'ultima tipa dev'essere una cosa seria. Dice che non fanno vacanze, perché vogliono risparmiare e in autunno andare a vivere insieme. Hanno trovato un lavoretto estivo in un bar sul Lungarno, vicino a Ponte Vecchio. Uno di quei posti spennaturisti, dove servono gli aperitivi con l'ombrellino e la mezza fetta d'arancia.

"Sempre meglio di niente. Ho la mattina libera, così posso studiare."

Incredibile.

Quando mai l'ho sentito così?

Non ha neppure fatto commenti sarcastici quando gli ho dato la notizia della Scozia.

Per una volta non mi ha provocato e non ha nemmeno fatto battute su Flo.

"Un giorno me la presenti, eh?"

Ha voluto che gli raccontassi tutta la storia. Annuiva e alla fine ha commentato che era la cosa giusta da fare. Dovevo andare.

"Fai tante foto," si è raccomandato, come una vecchia zia.

Se non lo conoscessi abbastanza, penserei che si è proprio rincoglionito.

Eravamo seduti al tavolo di cucina. Ho tirato fuori dal frigo due lattine di birra gelata. Lui ha preso il telecomando e ha iniziato a saltare tra i canali.

Si è fermato su un vecchio cartone animato giapponese. Roba che guardavamo da bambini. Eroi armati di alabarde spaziali e magli perforanti, episodi sempre uguali, con piroette nell'aria e ragazzini che salvano il mondo trasformandosi in mostri metallici.

"Ma tu preferivi Goldrake o Jeeg Robot?"

Ho sorriso. "Jeeg Robot, ovviamente."

"Ma no! Sei proprio vecchio dentro. Goldrake tutta la vita."

Meno male, non è cambiato, ho pensato strappando la linguetta della mia lattina.

Il pick-up si ferma sul bordo della strada.

"Flo," chiamo ad alta voce rivolto verso la finestra aperta della sua stanza. "È arrivato."

La portiera si apre lentamente e dall'abitacolo esce un grande cane bianco e nero, con i denti brillanti e il pelo folto e lucido dei cani fortunati.

Prendo lo zainetto e scendo dalla veranda.

Poi esce l'uomo. È alto e massiccio, con l'aria atletica di chi è abituato a muoversi e mangiare sano. Ha un'enorme barba bianca, i capelli sono batuffoli leggeri un po' bianchi ma ancora molto rossi.

Mi tende la mano potente, stringe forte e sento i suoi calli duri contro il mio palmo.

"Kevin Byrne."

"Bartolomeo Berni," stringo anch'io. "Bart..."

Mi guarda fisso negli occhi. Poi abbassa lo sguardo sulle mie scarpe da ginnastica.

"Vieni con quelle?"

"Be', non ne ho altre."

"Ti bagnerai i piedi."

Torna all'auto, rovista sotto il sedile posteriore e tira fuori un paio di stivali di gomma verdi.

"Questi sono di mia moglie, dalli a tua nonna. Almeno lei sta all'asciutto."

Ancora con questa storia della nonna.

Flo sale davanti, io mi sistemo dietro. Il cane entra con un balzo scodinzolando e si attorciglia ai miei piedi.

"È sull'altro versante," spiega Kevin. "Poi c'è da fare un pezzo a piedi."

Ingrana la marcia e partiamo.

La strada è un sottile nastro di asfalto che segue il dolce saliscendi delle alture rocciose coperte di pascoli e prati verdissimi. L'isola è lunga e stretta. Appena scolliniamo, di fronte a noi si apre la vastità dell'Oceano Atlantico, di un blu intenso increspato da pennellate di schiuma bianca.

Kevin allunga il braccio fuori dal finestrino.

"Da qui in poi non c'è più niente fino al Canada."

La strada costeggia ora un'enorme spiaggia dorata, poi si inerpica per un'alta scogliera a strapiombo sul mare, quindi taglia nuovamente la brughiera, tra campi coltivati e ancora pascoli, pecore, fattorie.

Sorpassiamo qualche ciclista. Poi un gruppo di abitazioni. Cottage in pietra con il tetto di ardesia e casette bianche in mezzo a prati tagliati alla perfezione, con giardini pieni di fiori e rose rampicanti.

Kevin rallenta. "Là abita Donald McNeill. Il vecchio Gibbie... È stato lui a ritrovare il primo corpo, quel giorno. Aveva sedici anni, era a pascolare le pecore."

Dopo un paio di chilometri lasciamo la macchina.

Saliamo per un sentiero lungo la scogliera tra ciuffi di erica e acquitrini, spuntoni di roccia e pozze. Il cane ci accompagna saltellando e correndo avanti e indietro, felice. Anche i cani possono sorridere. E questo sorride molto. Quando si avvicina troppo al dirupo, Kevin lo richiama con un fischio secco. E lui torna veloce, come tirato da un elastico.

Il posto dove siamo diretti si chiama Prior's Leap. Il Salto del Priore.

Kevin procede spedito, con le falcate lunghe e regolari del camminatore, rallenta ogni tanto per aspettare Flo. Nei passaggi più impervi mi fermo per darle una mano.

"Ce la faccio da sola, non ti preoccupare," protesta lei. "Guarda piuttosto dove metti quei piedi fradici."

Le mie scarpe sono completamente inzuppate. Devo stare attento a non scivolare. La roccia è viscida, coperta di muschio, e in certi punti il terriccio si sbriciola sotto i nostri piedi.

Dopo il mutismo iniziale, Kevin parla e racconta. È irlandese. È arrivato a Colonsay negli anni settanta, quando nelle case non c'era ancora la luce elettrica. Si è innamorato dell'isola ed è rimasto. Si occupa di promozione turistica, affitta lodge ai villeggianti. E guida lo scuolabus.

"D'inverno rimaniamo in centoventi. Ci sono sei bambini. Li prendo e li riporto a casa uno per uno, ogni giorno."

Mi faccio l'idea che sia una sorta di nonno protettore di Colonsay. È il cultore della memoria di questo luogo e il vecchio saggio che conosce ogni pietra, ogni cottage, ogni famiglia. Sa tutto della storia dell'isola, delle piante, degli uccelli per cui Colonsay è famosa.

"Vedete quelli laggiù? Sono i gracchi dal becco rosso. Gli ornitologi vengono qui apposta."

Indica una colonia di corvi neri e lucenti arroccata sulla scogliera. Li guardo e non vedo cos'abbiano di così speciale rispetto ai corvi nostrani. E comunque non mi piacciono. C'è qualcosa di sinistro nel modo in cui volano in circolo e gracchiano striduli, come se lanciassero nel vento grida di dolore.

Dopo circa un'ora di cammino, Kevin si ferma sul punto più alto della scogliera.

"Il corpo l'hanno trovato lì sotto."

È un'insenatura tra gli scogli, stretta e profonda. Lo strapiombo sul mare è alto almeno trenta metri.

"Gibbie era con il padre. C'era uno stormo di uccelli che vorticava proprio in quel punto. Hanno visto il cadavere, sono scesi per strapparlo al mare e lo hanno portato su a braccia."

Kevin parla con la sua voce profonda.

"È stato seppellito qui. È stato il primo cadavere ritrovato dell'*Arandora Star*," dice.

In mezzo al prato si erge un tumulo di pietre alto quasi un metro.

"Si chiamano *cairn*, si costruiscono per commemorare i morti. Ogni persona che arriva quassù aggiunge una pietra."

Kevin ci guarda. Forse si aspetta che prendiamo una pietra pure noi. Ma Flo non accenna a muoversi. Anch'io rimango in piedi, fermo.

"Era il 16 agosto 1940. Gibbie corse a chiamare aiuto. L'agente di polizia riuscì a identificare il cadavere grazie a una targhetta cucita nei pantaloni: DELGROSSO G. Misero un annuncio sui giornali scozzesi."

Non era il primo di quei ritrovamenti, spiega Kevin.

Cadaveri ne erano arrivati altri, su quelle scogliere. Vittime di naufragi. Corpi portati dal mare, dalle correnti forti e profonde.

"In quelle settimane dell'agosto 1940, il mare portò a Colonsay altri corpi di naufraghi. Non si sa quanti. Alcuni li seppellirono dove venivano trovati. Altri sono finiti nella fossa comune del cimitero," continua Kevin.

I parenti di Delgrosso si fecero vivi dopo aver visto l'annuncio sul giornale. Si chiamava Giuseppe. Aveva cinquantun anni, era nato a Borgotaro, in provincia di Parma, e viveva ad Hamilton, in Scozia, dove aveva una bottega di fish & chips. Non era mai stato fascista, anche lui fu arrestato il 10 giugno.

La famiglia mandò soldi per i fiori e il funerale. Ma gli isolani l'avevano già seppellito a loro spese. I pastori dell'isola, gente povera ma di cuore, si sono sempre presi cura dei cadaveri. E facevano il possibile per identificarli e rintracciare i parenti. Finita la guerra, la famiglia venne a riprendersi il corpo e lo trasferirono nel cimitero di Glasgow.

Mi guardo intorno. C'è una pace surreale. L'oceano ondeggia lentamente. Le onde sbattono senza forza contro gli scogli con un borbottio di acqua e sassi smossi. La brezza fischia lenta tra i cespugli di erica.

"Quando il mare si scatena gli spruzzi arrivano fin quassù, e il vento è così forte che non si riesce a stare in piedi," dice Kevin. Si inginocchia e con le sue mani nodose cerca di sistemare le pietre cadute dal tumulo. L'ultima mareggiata ha fatto dei bei danni.

"Ai funerali partecipa tutta la comunità di Colonsay, ogni morto diventa un po' nostro. Il mare ci aveva portato questi corpi, per noi era un dovere e un privilegio prenderci cura di loro. Anche di quelli senza nome."

Finisce di sistemare le pietre.

"Questo è rimasto il luogo della memoria per i caduti dell'*Arandora Star*. Non siete i primi parenti a venire qui."

Vorrei dire qualcosa, ma non trovo le parole.

Mi chino e raccolgo un sasso. Lo stesso fa Florence. Li posiamo sul *cairn*.

Se sapessi pregare dovrei farlo ora, credo. Ma non ricordo neppure una preghiera. È da quando ho fatto la cresima che non entro in chiesa. Chi se lo ricorda più, come si fa.

Florence ha l'aria stanca. È diventata improvvisamente silenziosa. Da quando siamo arrivati al Salto del Priore non ha detto una parola. Guarda il mare. Un velo di tristezza le è sceso sugli occhi, sempre così allegri e vivaci.

Perché l'ho portata fin qui? Sono un idiota. L'ho sempre sospettato, ma adesso ne ho la certezza. Perché l'ho trascinata in questa ricerca? E se anche trovassimo una tomba? Che differenza farebbe, a questo punto?

Troppe domande e nessuna risposta. Solo i miei ragionamenti senza senso e gli occhi tristi di Flo e la voce di Kevin, che mi riporta alla realtà.

"Andiamo," dice. "Torniamo indietro da un'altra strada, che devo fare una cosa."

Ci incamminiamo. Lui davanti, Flo nel mezzo e io chiudo la carovana.

Dopo una decina di minuti Kevin si ferma e dalla tasca della giacca di velluto tira fuori un sacchetto della spazzatura, me lo porge. Mi fa cenno di seguirlo. In mezzo all'erba scorgo un mucchietto di pezzi di plastica. Bottiglie, tappi, polistirolo, corde di nylon arancione.

"Questi li ho raccolti giù tra gli scogli solo nell'ultimo mese."

Lo guardo con aria interrogativa, mentre tengo aperto il sacchetto della spazzatura.

"È l'unica cosa veramente importante che un uomo possa fare," afferma perentorio. "Puoi avere un figlio, puoi scrivere un libro, dipingere un quadro bellissimo. Ma qualunque cosa, tra mille anni non avrà più importanza. L'unico atto che resterà per sempre è se avrai tolto dal mare questa immondizia. Questo è un gesto che migliora il mondo per sempre."

Mentre raccogliamo la plastica, Flo si siede su un sasso. Accarezza il cane e continua a non parlare.

"Tutto a posto?" le chiedo.

Ho paura che si senta male. Questa camminata in mezzo agli acquitrini non è proprio una scampagnata alla sua età.

L'ho immaginata indistruttibile, è colpa mia, mi dico.

Stupido che non sono altro. Avrei dovuto essere più cauto.

"Tutto a posto." Si alza e riparte.

Kevin ha riempito il sacchetto con una rabbia furiosa. Poi se lo butta sulla spalla e ci rimettiamo in marcia.

Dopo poco facciamo un'altra deviazione. Ancora un mucchietto di plastica da raccogliere. E qui anche tre enormi sacchetti già pieni e chiusi con lo spago.

"Prendi," dice.

Due lui e due io, ce li carichiamo in spalla e proseguiamo così fino alla macchina. Pesano da morire. Qualcosa di duro mi si è piantato sotto una scapola. Quando arriviamo sono distrutto, con i piedi disintegrati. Le braccia doloranti. Le spalle in fiamme.

Kevin sembra non sentire la fatica. Lancia roteando i sacchi nel cassone del pick-up, dove solo ora mi accorgo che ci sono altri sacchetti e altra plastica.

"Lo faccio anche con i bambini. Se per la strada troviamo rifiuti abbandonati, fermo lo scuolabus, scendiamo e li raccogliamo. Devono imparare fin da piccoli."

Sembra particolarmente soddisfatto della raccolta di oggi.

Il cane sorride soprattutto a Flo. Le salta intorno, le strofina il muso contro la mano e si fa accarezzare.

È ancora taciturna, ma le è tornato il sorriso.

Nella camminata di ritorno, mentre noi raccoglievamo spazzatura, lei ha raccolto dei fiorellini violetti. Un piccolo mazzo che stringe tra le mani.

"Kevin, puoi lasciarci al cimitero?" chiede mentre saliamo in macchina.

Potrei prendere il volo. Pedalo velocissimo.

Ho affittato una bici da Archie, che si è raccomandato di non attraversare la laguna.

Quando arrivo alla spiaggia c'è anche un cartello: NON OLTREPASSARE QUESTO PUNTO CON LE BICI. Firmato: ARCHIE.

Appoggiate a una rastrelliera ci sono infatti un sacco di bici di Archie.

È qui che si attraversa per andare a Oronsay. È la parte sud dell'isola, divisa da Colonsay dalla marea. Si passa solo una volta al giorno, quando l'acqua si ritira.

Sono come Mosè che attraversa il Mar Rosso. Oggi me ne frego dei cartelli. L'acqua è bassa, dove due ore fa c'era l'oceano è rimasta una spiaggia lunghissima e piena di granchi, piccole conchiglie dal guscio scuro a spirale e lombrichi.

Pedalo velocissimo, e quando finisco in una pozza alzo i piedi e lascio girare i pedali a vuoto.

Sono l'uomo più veloce dell'isola. Sono più veloce del vento.

C'è il sole e il cielo è blu, con nuvoloni carnosi. Anche loro corrono veloci. Ma io sono più veloce di tutti, anche delle nuvole.

Non posso ancora credere a quello che mi ha detto Flo.

Michele era mio zio. Anzi, credo si dica prozio. Insomma, era il fratello di nonna Lina. E quindi anche Flo è mia prozia. Incredibile.

Flo è voluta andare a vedere quelle tombe al cimitero. Kevin ci ha mollato di fronte al cancello di ferro. È un piccolo cimitero di campagna, con l'erba curatissima e le pietre e le croci in fila. È circondato da un muretto a secco, non troppo alto ma abbastanza da impedire che le mucche e le pecore entrino e calpestino il terreno consacrato.

Flo l'ha girato tutto in silenzio finché non ha trovato le tombe di alcuni soldati inglesi. MORTI NEL CONFLITTO 1939-1945, c'è scritto. E a poca distanza c'è una stele di pietra senza nomi né date. Lì ci sono gli italiani. Ai piedi di quella pietra sbiadita si è chinata e ha adagiato il mazzolino di fiori violetti raccolti alla scogliera.

"Spero davvero che il mare abbia portato Bart e Dante a

Colonsay. Se sono arrivati qui, li hanno sepolti con amore. Non è un posto magnifico?"

Gli occhi le si sono riempiti di lacrime. Mi ha chiesto se poteva abbracciarmi.

Me l'ha chiesto, capite? Ed è stato allora che me l'ha detto.

"Lina non ha più voluto vedere neppure suo fratello. Ma ha voluto che i tuoi genitori ti chiamassero Bart."

Non sapevo che cosa fare. Cosa dire. Ho ripensato alla foto sullo scrittoio, alle loro facce giovani e sorridenti. E a quella lettera che ho trovato nel cassetto: *Missing, presumed drowned*. Era stato Michele a scrivere. Voleva che Lina si mettesse l'anima in pace. Forse sperava che si rifacesse una vita.

Ma lei aveva chiuso i rapporti. Non gli aveva neppure più fatto vedere mio padre.

"Mi ricordo il piccolo Carlo. Chissà com'è diventato adesso. Mi piacerebbe incontrarlo."

Ora Flo era lì di fronte a me. Avrei voluto solo stringerla e dirle che non doveva più preoccuparsi. Che adesso c'ero io. E che ero così felice che lei ci fosse.

Ma non sono riuscito a dire niente. L'ho stretta forte e ho sentito un calore che mi è salito dentro. Una bolla calda che non avevo mai provato prima, in tutta la mia vita.

E siamo rimasti lì, seduti per un bel po'. In silenzio.

"Mi piacerebbe davvero rivedere Carlo, dopo tutti questi anni."

Io non le ho risposto. Non ho detto proprio niente.

E poi ci siamo incamminati verso il lodge. E mentre camminavamo sul bordo della strada è passata la sederona con la sua bicicletta supertecnologica e si è fermata a salutarci.

"Bella vacanza con sua nonna?"

"Non è mia nonna. È la mia prozia," ho risposto. Ora so cosa rispondere. Posso dare un nome alle cose che non l'avevano.

"Bellissima," l'ha liquidata Flo con gentile fermezza.

Poi è passata una macchina e si è fermata per offrirci un passaggio. Perché su quest'isola quando incontrano un'anima viva si fermano e chiedono se ha bisogno di qualcosa.

Siamo saliti e ci hanno portati davanti al lodge. Prima però c'è stata una sosta in paese, per fare il pieno. E così abbiamo finalmente capito che il paese altro non è che il piazzale vicino al molo del ferry. Sul piazzale c'è una costruzione bassa, lo spaccio. Accanto c'è un'altra costruzione più piccola, la posta. Dietro, una terza costruzione più grande, la biblioteca. E davanti, la pompa di benzina.

Pedalo velocissimo. Sono l'uomo più veloce di Colonsay. Neanche gli attacchi di panico mi possono fermare. Ne ho ricacciato indietro uno proprio ora. Ha provato a rincorrermi, ma l'ho lasciato indietro. Non ce l'ha fatta a prendermi. Non ho dovuto chiamare Pietro. Né Flo. Adesso so come fare. Respiro e faccio uscire il calore, quella bolla calda che mi è entrata nel corpo.

Pedalo più veloce del vento e devo stare attento a non volare via, come un palloncino verso il cielo, per quanto mi sento leggero. Vorrei cantare o almeno gridare per l'allegria. Ma credo che mi limiterò a pedalare fino alla fine dell'isola, dove c'è il santuario di St Columba. E se qualcuno mi ferma e mi chiede se questa è una bici di Archie e perché ho violato il cartello, gli risponderò che oggi nessuno può fermarmi.

E quando arriverò al monastero mi fermerò e mi siederò tra le rovine e guarderò il mare. Allora deciderò se dirlo a mio padre.

Se glielo dicessi, potremmo andare insieme a Bardi. E portare una foto di nonno Bart nella cappella.

Perché oggi nessuno può fermarmi. Sono più veloce del vento.

Londra, 16 agosto 1940
Lettera delle figlie di tal Azario, nate in Inghilterra, al deputato George Doland:

Questo non è certo il modo di trattare cittadine inglesi, il portare via il loro padre da casa e trascinarlo alla morte. Quando un paese dice di combattere per la libertà e la giustizia come può trattare in questa maniera chi era in Inghilterra da quarantun anni? Nostro padre non era certo un fascista, ma perfettamente leale verso questo paese. A tutt'oggi non abbiamo ancora ricevuto una parola per sapere se è vivo o morto.

Lettera di un cittadino di origine italiana al deputato Henry Graham White, senza data:

Mia madre e io siamo nati in Inghilterra e i miei sentimenti sono per questo paese. Mio padre è italiano e venne in Gran Bretagna quando era giovanissimo e partecipò alla Grande guerra, durante la quale venne gravemente ferito alla testa. Egli non aveva alcuna idea politica e non apparteneva ad alcuna associazione. Il giorno 11 giugno fu condotto via e internato. Alla notizia che l'Arandora Star era affondata, noi ci allarmammo. Egli era a bordo e fu dichiarato disperso. Finora non abbiamo avuto alcuna notizia dalle autorità. Io sono l'unico figlio e presto avrò vent'anni. Voi potete immaginare lo stato d'animo di mia madre che è da tempo in delicato stato di salute.

Nota dell'autrice

I personaggi di questo romanzo sono una creazione della mia fantasia.

Ogni altro riferimento a persone realmente esistite o a fatti realmente accaduti *non è*, invece, puramente casuale: in queste pagine fiction e realtà si rincorrono, le piccole storie personali incrociano la grande Storia, e in particolare un episodio avvenuto durante la Seconda guerra mondiale che ha segnato la comunità degli emigrati italiani in Gran Bretagna.

Il numero reale dei cittadini italiani annegati il 2 luglio 1940 nel naufragio dell'*Arandora Star* – diretta in Canada e colata a picco da un siluro tedesco al largo delle coste scozzesi – non si è mai saputo con certezza, ma si parla di 446 morti. Per settimane, centinaia di cadaveri hanno continuato ad arrivare sulle coste dell'Irlanda del Nord e della Scozia. Solo una decina di loro hanno un nome. Molte famiglie non hanno mai ricevuto una comunicazione ufficiale.

Ringraziamenti

A Gianluca Foglia e a Marco Vigevani, che hanno creduto fin dal primo momento in questo romanzo. E un po' anche alle pinte di birra del pub londinese Havelock Tavern, dove questo progetto ha preso forma.

A Claire Sabatié-Garat, amica e sorella, nonché agente di eccezionale cuore, tenacia e professionalità.

Ad Alberto Rollo, l'uomo che sussurra agli scrittori, che da almeno cinque anni mi aspettava nelle acque affascinanti della narrativa e mi ha dato la fiducia per navigarci.

A Laura Cerutti, che ha adottato il bambino rimasto orfano e l'ha accompagnato nel mondo. E a Giovanna Salvia, la migliore "merlettaia di testi" che un autore possa desiderare.

A mia madre Adriana e a mio marito Federico, primissimi lettori entusiasti.

A Giulia Cogoli, Andrea Daninos, Marina Gersony e Ornella Tarantola (la libraia più pop di Londra), amici il cui consiglio mi è stato prezioso.

A Maria Serena Balestracci, instancabile nelle sue ricerche storiche e autrice del fondamentale *Arandora Star, dall'oblio alla memoria*.

Ad Alfio Bernabei, per la sua minuziosa conoscenza delle vicende degli esuli ed emigrati italiani negli anni trenta a Londra.

A Tudor Allen, archivista del Camden Local History Studies and Archives Centre, bibliotecario della Islington Local History Collection, gli scrigni in cui sono conservate le storie di Little Italy, il quartiere italiano di Londra.

A Bruno e a John (Giovanni) Besagni per avermi permesso di attingere al materiale raccolto da Olive Besagni in *A Better Life, London's Italian immigrant families in Clerkenwell*.

A Beppe Conti e a Kevin Byrne, custodi della memoria dell'*Arandora Star* a Bardi e a Colonsay. E ad Archie per la bici.

A Rupert Limentani e a Graziella Feraboli, per la generosità con cui mi hanno aperto la porta e per le storie di prima mano che mi hanno fornito.

A Heidi e Michele Ballarati, che mi hanno accudito con molti caffè e un tavolo speciale della loro Pentolina, il ristorante italiano più buono di Londra.

A Roberto Stasi, che ho scoperto ossessionato quanto me dal destino delle vittime dell'*Arandora Star* e delle loro famiglie.

Grazie anche a tutte le persone che è probabile mi sia dimenticata di citare.

Un grazie particolare ai miei figli Jacopo e Lorenzo (in ordine alfabetico), che hanno contribuito a modo loro.

，

Printed in Great Britain
by Amazon